Dinos & Flugzeuge

Ein Kriegsdrama von Jefferson Mustafa

„Lasst uns das tausendmal Gesagte immer wieder sagen, damit es nicht einmal zu wenig gesagt wurde! Lasst uns die Warnungen erneuern, und wenn sie schon wie Asche in unserem Mund sind! Denn der Menschheit drohen Kriege, gegen welche die vergangenen wie armselige Versuche sind, und sie werden kommen ohne jeden Zweifel, wenn denen, die sie in aller Öffentlichkeit vorbereiten, nicht die Hände zerschlagen werden."

- Bertold Brecht

Inhaltsverzeichnis

Einleitung

Es ist ein ungewöhnlich heißer Tag. Maisfelder, deren Halme
in den Himmel ragen, wackeln und rauschen. Einzelne
Pflanzen knicken um und es raschelt, während man sich fragt,
welches Kitz sich darin verlaufen hat und jeden Moment zum
Vorschein treten wird. Zwischen zwei Feldern springt Rosa
völlig verschwitzt und außer Atem auf einen Ackerweg. Es ist
keine Zeit zum Stehenbleiben. „Renn weiter!", schreit sie und
verkneift sich einen Ausbruch ihrer dermaßen irritierten
Emotionen. Dabei blickt sie nur kurz zurück auf die kleine
Marie, die sekundenspäter ebenfalls an derselben Stelle aus
dem Maisfeld auf den Weg stolpert. Sie richtet sich mit ihren
kurzen Beinen schnell auf und gerade als sie wieder losrennen
will, um der immensen Gefahr zu entkommen, kann sie
Bewegungen des Bodens unter ihr wahrnehmen. Ihr wird kurz
schwindelig, doch als sich ihre Schwester erneut nach ihr
umdreht und ruft: „Los, Marie, bitte bleib nicht stehen!", hört
sie einen Schrei des Dinosauriers, der das Blut in ihren Adern
zu Eis gefrieren lässt. Ein riesiger Dino, der die Zähne fletscht
und aus dessen Maul Speichelfäden tropfen, ragt über dem
Horizont hinter den meterhohen Maisfeldern hervor.
„Marie!", schreit Rosa erneut so laut sie kann, um den Bann
des Schocks zu lösen. Plötzlich packt sie sie am Arm und
Marie kommt wieder zu sich. Ihre Gesichter in Tränen und
Nasenschleim bedeckt, rennen die beiden Mädchen den
Feldweg entlang. Der Boden unter ihnen bebt mit jedem
Schritt, den der Dinosaurier hinter ihnen macht.

Kapitel 1 – Der Herbst

Nach der alljährlichen Apfelernte ist der Keller der Familie Kunsk gefüllt mit Kisten der süßsauren Frucht sowie mehreren Flaschen hausgemachten Apfelsafts. Das süße und trübe Lieblingsgetränk der drei Kinder. Sie sind noch jung: Rosa, 12 Jahre, Marie, 8 Jahre, und Erich, 3 Jahre alt, doch alle sind schon fester Bestandteil der Mannschaft, wenn es um das Pflücken der Äpfel geht.

Rosa springt schon beim erstem Sichtkontakt mit den Bäumen von der flachen, breiten Pferdekutsche, auf der mehrere Decken ausgebreitet liegen, ein Korb mit einem Laib Brot und etwas Wurst vom Metzger und vielen Holzkisten, und rennt los, um als Erste dort zu sein und zu rufen, wie groß die Äpfel seien und wie viele es dieses Mal gäbe. Marie darf nicht von der Kutsche abspringen. „Mama, bitte!", fleht sie ihre Mutter an, doch diese bleibt hartnäckig. Schon immer wollte Marie all das tun, was ihre rebellische Schwester tat, auch wenn sie sonst eigentlich vernünftig ist.

Jedes Jahr freuen sich die Kinder auf diesen Ausflug. Sogar Erich scheint glücklich, der noch gar nicht so lange dabei ist. Er sitzt am Essenskorb auf der Decke im Schatten und versucht an einem der harten Äpfel zu nagen, den er mit beiden Händen festhält.

Ein zwar notwendiger, aber sehr schöner Zeitvertreib. Umso qualvoller ist die ständige Ungewissheit der Eltern, ob die diesjährige Saison wohl vorerst die letzte ist. Seit dem Sommer gibt es in der Gegend schon Gerüchte, dass die Unionssoldaten das Land überfallen würden.

Zunächst blieben Emilia und Ferdinand zuversichtlich und taten diese Gerüchte als Irrsinn ab, so wie die meisten anderen Dorfbewohner auch. Geschichten wie diese gab es schon seitdem sie denken konnten. In Wahrheit wusste man von dem Potential einer solchen Gefahr, doch passiert war bis jetzt noch nichts. Die Union wird geführt von einem wahnsinnigen, mächtigen Mann, der unsterblich scheint.

In der Vergangenheit überfielen seine Vorgänger schon das Land, doch dieser Führer ist anders als die bisherigen. Seit mehreren Jahrzehnten ist er schon an der Macht, doch er ließ seine Truppen noch kein einziges Mal in das gespaltene Land einmarschieren. Er tat das nicht, weil er ein guter Mensch ist. Das ist er sicher nicht. Man sagt, er habe Killerkommandos eingesetzt, um seine politischen Gegner auf skrupellose Art hinzurichten und seine Konkurrenz zu vernichten. Ein Minister etwa, der versprach eine Revolution zu starten und die Korruption zu beenden, wurde beim Theaterbesuch mit seiner Familie umgebracht. Vor den Augen seiner Kinder und seiner Frau wurde er von maskierten Männern erdrosselt. Wie muss ein Kind sich fühlen, das so etwas gesehen hat? Ein Kind, das seinem sterbenden Vater in die Augen blickt, während sein Gesicht lila anschwillt und die Mutter von anderen Männern festgehalten wird.

Taten wie diese wurden am helllichten Tag vor den Augen hunderter Zeugen begangen. Die Polizei traf jedes Mal kurz nach der Tat ein, nachdem die Täter verschwunden waren und sich längst wieder unter das Volk gemischt hatten. Weitere Verbrechen wie diese folgten immer häufiger, bis der Führer der Union keine Gegner mehr hatte und sich keiner mehr in solch eine Position traute, um gegen ihn anzutreten. Natürlich wurde nie bewiesen, wer hinter diesen Gräueltaten steckte, doch seitdem brodelt die Gerüchteküche.

Seitdem sind sich die Menschen unsicher, ob und wann die Unionssoldaten nun das tun würden, was ihnen schon jahrzehntelang befohlen wurde. Einmarschieren, plündern, töten. Jeder weiß, dass es unter seiner Führung noch schrecklicher werden würde.

Nach Jahren der Ungewissheit setzte bei vielen Bewohnern jedoch das Gefühl der Sorglosigkeit ein. Die Vorsicht der Menschen ließ nach. Bis in diesem Spätsommer ein Fremder im Dorf auftauchte und die Menschen wieder das Spekulieren anfingen. Die Kleidung an seinem Körper war dreckig, gerissen und stank. Er selbst schaffte es nie einen vollständigen Satz von sich zu geben. Schnell wurde er im Dorf zum Gesprächsthema schlechthin. Und noch schneller stempelte man ihn als einsamen Verrückten ab, der keinem schaden könnte. Man ließ ihn im Dorf bleiben. Seitdem schlief er in Scheunen und Ställen und wurde gelegentlich von Bauern vertrieben. Trotzdem stellten einige ihm bei den Tieren eine Schale mit Überresten des Abendbrotes hin.
Und er blieb.

Die kleine Marie, die nie Freunde finden konnte wegen ihres Aussehens - als Baby ließ Emilia sie einmal fallen und sie brach sich die Nase - war neugierig. Sie suchte den neuen Verrückten des Dorfes auf und beobachtete ihn, obwohl sie schon mehrmals dabei erwischt und deshalb ermahnt wurde. Sie wollte wissen, wo er herkam und warum keiner mit ihm redete. War er böse? „Bleib von dem Verrückten fern!", ermahnten ihre Eltern sie.

Eines Tages, als der Vater schon bei Morgengrauen zu Pferd auf die Arbeit im weitgelegenen Nachbardorf aufbrach und die Mutter damit beschäftigt ist, den Garten zu pflügen, verlässt Marie das Haus.

Sie läuft die staubigen Feldwege des Dorfes entlang, um den Verrückten aufzusuchen. In ihrer Tasche hat sie eine Handvoll Brombeeren gesteckt. Ein kleines Geschenk von ihr für ihn. Lange muss sie nicht nach ihm suchen.

Er sitzt mit angezogenen Beinen am Flussufer an der Brücke, wo man ihn zuerst fand, und starrt auf die frisch geernteten Maisfelder, die überragt werden von großen Bergen. Seinen Kopf lässt er von seinen Knien stützen. Marie setzt sich wortlos zu ihm und greift in ihre Tasche. Sie holt mit einem Griff die zum Teil zerquetschen Beeren aus ihrer Jackentasche und streckt ihre Hand vor ihm aus.

Er beachtet sie nicht. „Die sind für dich. Die habe ich selbst gepflückt", sagt sie. Doch er scheint sie zu ignorieren. „Hättest du lieber einen Apfel gewollt?", fragt sie.

„Die gibt's auch schon seit ein paar Wochen. Na gut. Ich lege sie hierhin. Du kannst sie essen, wenn du Hunger hast", sagt sie und legt die Beeren neben ihn auf das Gras.

Sie beobachtet ihn kurz und bemerkt seine Blicke auf die Berge. „Kommst du von den Bergen?", fragt sie ihn. Sein Blick fällt langsam zu Boden. „Manchmal gehe ich im Sommer mit Rosa zu den Feldern und wir spielen Fangen. Weißt du, auf den riesigen leeren Feldern auf der anderen Seite wächst nämlich Mais. Das sind die großen Pflanzen. Unsere Mama sagt uns immer, dass wir das nicht dürfen und dass da schon mal Kinder verschwunden sind. Glaubst du das?

Aber wenn wir da zu zweit hingehen, kann uns nichts passieren. Rosa passt auf uns auf", erzählt sie ihm, ohne, dass er eine Reaktion zeigt.

„Meine Mama sagt auch, dass du stinkst und bei den Tieren schläfst. Deswegen darf ich nicht zu dir kommen. Aber außer Rosa habe ich keine Freunde. Die anderen Kinder kenne ich nicht. Sie gehen in die Schule, wir nicht.", erklärt sie.

Plötzlich schluchzt der Mann leise auf. „Das macht mich auch traurig", sagt Marie. Der Mann hebt langsam seinen Kopf und schaut Marie an. Doch bei seinem Anblick erschreckt sie und springt auf. Er hat Narben im Gesicht.

„Marie!", schreit plötzlich Rosa aus der Ferne, „komm sofort hierher!" Sie schaut ihn noch kurz verängstigt an.

„Ein Dinosaurier", sagt der Mann leise und fängt wie am ersten Tag seiner Ankunft an, unkontrolliert zu weinen.

„Dinosaurier?", fragt sich Marie, während sie ihn verängstigt ansieht. „Marie! Jetzt komm schon!", ruft Rosa erneut und Marie rennt los.

„Was machst du denn allein bei diesem Verrückten?", schimpft ihre Schwester mit ihr und packt sie am Arm.

„Rosa, was sind Dinosaurier?", fragt Marie verwirrt. „Die gibt's nicht. Jetzt lass uns nach Hause gehen", sagt Rosa und blockt die Neugier Maries sofort ab. „Bitte verrate Mama nicht, dass ich bei dem Verrückten war, Rosa", fleht Marie ihre große Schwester schon fast an, als sie beide nach Hause laufen. „Wieso redest du mit dem? Das darfst du doch nicht", entgegnet sie ihr. „Vielleicht ist er ja nett", antwortet sie traurig. Rosa ignoriert Marie und zusammen setzen sie ihren Heimweg fort.

Würde ihre Mutter herausfinden, dass Marie schon wieder bei ihm war, gäbe es dieses Mal noch mehr Ärger.

Marie will das nicht und ist der Gutmütigkeit ihrer großen Schwester ausgesetzt.

„Na, ihr zwei? Habt ihr euch auch mal dazu entschieden eurer Mutter zu helfen?", kommentiert Emilia, als ihre Töchter das Gartentor öffnen. Marie schaut Rosa mit schuldbewussten Blicken an. Doch sie sagt nichts und läuft kommentarlos in den Schuppen, holt sich einen Spaten und setzt ihn gekonnt am Rande des Beets an. Emilia kann sich ihren Stolz nicht verkneifen. „Ihr beide müsst wohl die besten kleinen Helfer sein, die man sich wünschen kann", sagt sie und setzt sich für eine kurze Pause auf einen Hocker. Als die kleine Marie merkt, dass man sie nicht verpetzen würde, stürzt auch sie sich glücklich auf die Arbeit.

Es ist spät geworden und die Schwestern liegen in ihren Betten im Zimmer, das sie sich teilen. „Bist du noch wach?", fragt Marie leise in der Hoffnung, eine Antwort von ihrer Schwester zu bekommen. „Ja", antwortet Rosa knapp.
„Wieso hast du Mama nichts gesagt?", fragt sie, während sie auf dem Rücken liegt. „Mama und Papa machen sich Sorgen, wenn sie wissen, dass du bei ihm warst. Er ist der Verrückte", antwortet Rosa.
Hatte Rosa die Wahrheit verschwiegen, um ihre Eltern zu beschützen?
„Ich glaube das nicht. Er ist einfach nur still", antwortet Marie. Rosa denkt nach.
„Was hast du eigentlich mit dem Verrückten geredet? Hat er überhaupt etwas gesagt?", fragt sie. „Er hat nicht geredet. Ich habe ihm Brombeeren gebracht und ihm von den Maisfeldern erzählt", antwortet Marie. „Von den Maisfeldern?", fragt Rosa überrascht und stützt sich im Bett auf ihren Ellbogen auf. Sie sieht ihre kleine Schwester besorgt an, die sich auf die Seite dreht und sie ebenfalls ansieht.

„Da dürfen wir doch nicht hin. Und was ist, wenn er sich dort versteckt?", fragt Rosa. „Vor wem soll er sich denn dort verstecken?", fragt Marie ahnungslos.

Rosa wird bewusst, was sie gerade gesagt hat und sie schaut kurz auf den Boden. „Das weiß ich nicht. Du solltest dich auf jeden Fall von ihm fernhalten, Marie", antwortet sie nun in einer ruhigeren Stimmlage.

„Na gut", kommentiert Marie und dreht sich wieder mit dem Gesicht zur Wand, um besser einschlafen zu können. Rosa hingegen legt sich auf den Rücken und starrt an die Decke. Sie bleibt eine Weile so liegen. „Marie?", fragt sie erneut, doch bekommt dieses Mal keine Antwort. Sie ist wohl zügig eingeschlafen. Den Garten zu pflügen ist keine leichte Arbeit. „Wieso hat sie mich nach Dinosauriern gefragt?", fragt sie sich und schaut dabei an die graue Decke, die ihnen Schutz vor der Kälte bietet.

Wochen später… „Mama darf ich Apfelsaft trinken?", fragt die kleine Marie, während die Familie beim Abendbrot sitzt und der Vater gerade Wasser einschenkt. Ferdinand stoppt bei der Hälfte des Glases. Er und Emilia schauen sich an. Normalerweise durften die Kinder am Wochenende ein Glas des trüben Apfelsaftes trinken, doch möglich war das leider nicht. Die Deckel der Flaschen wurden nicht richtig zugedreht und der Saft ist verschimmelt. „Der Apfelsaft ist nicht mehr da, Spatz", antwortet die Mutter und Ferdinand füllt das restliche Glas mit Wasser. „Aber ich habe noch gar nicht viel getrunken", antwortet Marie in einem traurigen Tonfall. „Der ist kaputt", sagt Ferdinand und nimmt kein Blatt vor den Mund. Marie ist verwirrt. „Wieso ist er kaputt?", fragt sie enttäuscht. „Die Flaschen waren nicht richtig zugedreht", antwortet Ferdinand geduldig, obwohl er sehr gestresst ist von der vielen Arbeit, die er in letzter Zeit hat.

Er ist erschöpft. Seit geraumer Zeit muss er länger arbeiten als gewohnt. Das Stahlwerk verarbeitet mehr Eisenerz als üblich. Seit Tagen kommen über die Schienen mehr Waggons mit Rohstoff an. Was daraus hergestellt wird, weiß Ferdinand nicht so genau. Sein Arbeitsplatz ist an den Schienen. Er sorgt dafür, dass die Waggons schnellstmöglich geleert werden und der Zug wieder abfahren kann. Doch gänzlich ahnungslos ist keiner der Arbeiter, dafür sorgen die Gerüchte.

„Wieso waren die Flaschen nicht richtig zugedreht?", fragt Marie. Sie kann nicht verstehen, dass der ganze Apfelsaft, den sie noch mit eigenen Augen gesehen hatte, plötzlich nicht mehr trinkbar sein soll. Sie hatte doch sogar selbst dabei geholfen, die Äpfel zu pflücken. Sie war sogar dabei, als sie die Äpfel dem Kelterer brachten. Es war doch ihr Lieblingsgetränk.

„Wieso wird der Apfelsaft schlecht, wenn er nicht richtig zugedreht ist? Wieso muss das Stahlwerk so viel arbeiten, wenn angeblich kein Krieg droht? Wieso ist ein Verrückter im Dorf? Und wieso stellst du so viele Fragen? Ich kann dir nicht alles beantworten, Marie", antwortet Ferdinand und verliert letztendlich seine Geduld.

Doch er bereut augenblicklich, was er sagt. Marie ist angeschlagen und still. Ferdinand atmet tief durch. „Es tut mir leid, Marie. Wir haben keinen Apfelsaft. Ihr müsst euch mit Wasser zufriedengeben", sagt Ferdinand und entschuldigt sich bei seiner Tochter.

„Er ist nicht hier, um Äpfel zu essen", sagt Marie leise vor sich hin.

Ferdinand und Emilia sind irritiert. Sie schauen sich gegenseitig fragend an.

„Wie kommst du darauf?", fragt Emilia.

Marie realisiert, dass sie sich selbst verraten hat und sucht mit ihren Blicken Hilfe bei ihrer großen Schwester. Doch es sind diese Blicke, die sie in Wahrheit verraten.

Marie verheimlicht ihren Eltern etwas.

Emilias Blicke werden streng.

„Hast du etwa mit ihm gesprochen? Haben wir dir nicht verboten in seine Nähe zu gehen?", schimpft die Mutter und wird lauter. Marie kann die Tränen nicht unterdrücken und ein Tropfen kullert ihre Wange hinab. „Sie wollte ihm nur Brombeeren bringen", antwortet die große Schwester in einer ruhigen Tonlage und versucht die Mutter zu beruhigen.

„Brombeeren?", fragt die Mutter und schaut nun Rosa an.

„Er ist harmlos, Liebling. Kein Grund die Kinder zu bestrafen", beschwichtigt Ferdinand und nimmt sich eine Scheibe dunkles Brot. Emilia schaut nochmal Marie an und lässt ihren Blick fallen. Sie nimmt sich ebenfalls ein Stück Brot und belegt es für den kleinen Erich, der auf einem hölzernen Hochstuhl sitzt. „Na los, essen wir", sagt sie und weiß im Inneren, dass Ferdinand vermutlich recht hat, doch beruhigt ist sie trotzdem nicht. Sie traut dem Verrückten nicht und würde ihn am liebsten aus dem Dorf verjagt sehen.

„Haben wir gar keinen Apfelsaft mehr?", fragt Marie noch immer traurig. Auch wenn Emilia wütend auf Marie ist, bringt sie es nicht übers Herz allzu streng mit ihr zu sein. Sie ist schließlich noch sehr jung und muss lernen, was richtig und was falsch ist.

„Wir haben keinen Apfelsaft mehr. Aber morgen ist der Markt. Wir können zusammen hingehen und eine Flasche kaufen", antwortet sie und kann sich ein Lächeln nicht verkneifen. „Jaa!", ruft Marie und die Trauer scheint sofort verschwunden. Auch sie nimmt sich nun eine Brotscheibe und etwas Wurst. „Hier, die Butter", kommentiert Rosa und reicht ihr den kleinen Teller mit der frischen Butter aus Kuhmilch und ein Messer zum Schmieren. Die Familie genießt ihr Abendbrot und die Laune ist nicht länger angespannt. Doch Emilia plagt noch immer die Neugier und Sorge.

„Hast du denn mit dem Verrückten gesprochen?", fragt sie Marie und nimmt einen Bissen von ihrem mit Käse belegten Brot. Die Wurst lässt sie den Kindern und Ferdinand übrig. Auch wenn genug da ist. Sie fühlt sich besser, wenn sie weiß, dass die Kinder satt und zufrieden sind. Umso ungeschickter der Vorfall mit dem Apfelsaft. Auch wenn sie den Apfelsaft nicht selbst herstellen, sondern die Früchte mit der Kutsche in die Kelterei fahren, gibt sie sich dafür heimlich selbst die Schuld. Eine ganze Kiste ging verloren. So viele Äpfel wurden verschwendet, und das in dieser Zeit der Unsicherheit. Hätte sie die Flaschen beim Abholen besser kontrollieren sollen?

„Ich habe ihm von den Maisfeldern erzählt, und dass Kinder dort manchmal spielen, und habe ihn gefragt, ob er von den Bergen kommt", erzählt Marie, während sie ihr Brot anschaut, dass sie mit beiden Händen hält. Rosa ist erstaunt vom Talent ihrer kleinen Schwester, die Wahrheit vertuschen zu können.

„Erzähl schon. Hat er was gesagt?", fragt die Mutter neugierig. Das weckt auch die Aufmerksamkeit des Vaters, der nun, während des Essens, auch Marie anschaut.

„Er hat »Dinosaurier« gesagt", antwortet sie stumpf.

Die Mutter ist verwundert. Auch der Vater fragt sich, was das soll. „Dinosaurier?", fragt Emilia desorientiert. „Was sind Dinosaurier?", fragt Marie und schaut ihre Mutter an. Diese hingegen, tauscht erneut Blicke mit Ferdinand aus.

„Ich sag doch, der Verrückte ist es nicht wert", antwortet er und muss kurz lachen. Seine Körperhaltung entspannt sich.

„Rosa sagt, die gibt's nicht", sagt Marie. „Das stimmt",
antwortet Ferdinand.

„Das sind riesige Tiere, die angeblich vor langer, langer Zeit
auf der Erde gelebt haben sollen", erklärt er. Marie ist
begeistert und hellhörig. „Und wieso gibt's die nicht mehr?",
fragt sie und will nun alles wissen. „Das weiß ich nicht, mein
Schatz", antwortet Ferdinand, „das sind nur Geschichten."
Doch Marie gibt sich nicht zufrieden. „Wie groß waren die
denn?", fragt sie staunend. „So groß wie das Haus?"
Ferdinand muss lächeln. Er nickt ihr zu, während er an seinem
nächsten Bissen kaut. Sie kann es nicht fassen. „Manche
waren sogar so groß wie der Kirchturm", fügt Rosa hinzu,
„und sie aßen kleine Mädchen", Marie erschrickt.
„Mädchen?", fragt sie verängstigt. „Rosa!", schimpft Emilia.
„Du hast doch deinen Vater gehört. Das sind nur Geschichten.
Die gab es in Wirklichkeit gar nicht", sagt sie und beruhigt die
Lage.
Doch die Fantasie der kleinen Marie ist nun erweckt und sie
versucht sich während des Essens diese großen Tiere
vorzustellen. „Bevor ihr nach dem Essen ins Nachthemd
schlüpft, brauche ich Hilfe, um nach dem Pferd zu sehen",
sagt der Vater und schaut in Rosas Richtung. Er will ihr seit
geraumer Zeit den Umgang mit dem so wichtigen Tier
beibringen. Rosa nickt ihrem Vater verständlich zu.

Am nächsten Morgen ist Marie schon früh wach.
Wie gewohnt ist Ferdinand schon vor dem Morgengrauen zur
Arbeit aufgebrochen. „Los, Rosa! Wach auf! Wir gehen zum
Markt!", sagt sie aufgeregt und tippt ihrer Schwester auf die
Schulter. Sie liegt mit dem Gesicht zur Wand. Ihre Augen
hatte sie schon geöffnet, als Marie fröhlich aus dem Bett
sprang, doch sie blieb noch liegen. Sie war etwas genervt,

aber könnte ihrer Schwester nie einen Gefallen ausschlagen. Sie bedeutet ihr einfach zu viel, auch wenn sie manchmal zu viel sein kann. Aber das ist eben das Alter, indem sie ist, und Rosa ist nun mal die ältere Schwester. Sie ist sich ihrer Position und den Erwartungen der Eltern bewusst.

„Ist Mama schon wach?", fragt sie, während sie sich auf den Rücken dreht und die Augen reibt. Marie denkt kurz nach.

„Ich geh mal gucken", sagt sie und stürmt aus dem Zimmer. Rosa bleibt noch einen Moment liegen, bevor sie aufsteht und ihr Bett macht.

Wie wohl andere Zwölfjährige ihren Tag beginnen? Rosa wollte schon immer in die Schule gehen, wie die anderen Kinder auch.

Regelmäßig beobachtete sie die wohlhabenderen Kinder des Dorfes, wie sie in Autos zur Schule gefahren wurden. Diese führten kein nobles Leben, aber sie hatten einen Luxus, den die Kunsk-Kinder nicht hatten: Sie mussten nicht arbeiten. Ihre Väter waren Beamte oder arbeiteten für die Büros der Union. Sie wurden dadurch besser behandelt und genossen Vorteile, die viele nicht hatten. Sie pflegten Gärten, nicht um Gemüse anzubauen, sondern als Hobby. Ihre Gärten waren dekoriert; darin wuchsen verschiedene bunte Blumen und Sträucher. Praktisch war das nicht, nur schön anzusehen.

Rosa hatte man schon sehr früh Aufgaben und Verantwortung übertragen. Es ist nicht unüblich, dass sie auch mal die Windel ihres Bruders wechseln musste oder dem Vater beim Holzhacken hilft.

Trotzdem waren die Kunsk nicht arm. Den Umständen entsprechend führten sie sogar ein angenehmes und reguliertes Leben. Die Aufgaben im Haushalt sind klar verteilt und das Stahlwerk im Nachbardorf bezahlt seine Mitarbeiter gut. Ferdinand schuftet zweifellos hart, aber er ist stolz auf sich und seine Familie. Auch er wünschte sich, dass er seine Kinder auf die Schule schicken könnte, doch das würde den Rahmen sprengen.

Es würde für ihn und seine Frau nicht nur viel mehr Arbeit anstehen, er würde auch die Schulgebühr für drei Kinder zahlen müssen. Nichtsdestotrotz überlegten sie sich, Erich in ein paar Jahren auf die Schule zu schicken. Das wäre für sie machbar und so würde wenigstens eines ihrer Kinder eine schulische Bildung genießen.

Ferdinand selbst ging als Kind auch nie zur Schule. Sein Vater verließ die Familie als er noch jung war. Ein sehr schlechtes Los, das Oberhaupt der Familie zu verlieren und mittellos zu sein. Seine Mutter musste sehr hart dafür kämpfen, um das Land behalten zu dürfen. Das war nicht leicht. Frauen als alleinige Besitzer von Grund und Boden zu sehen ist sehr fragwürdig und selten. Deshalb war es auch nicht unüblich, dass viele Männer, Beamten, vor ihrer Tür standen und es ihr wegnehmen wollten.

Ferdinand erinnert sich noch immer an den Tag, als er zusammen mit seiner Mutter auf dem Feld die Kartoffeln steckte und plötzlich Männer in schwarzer Kleidung und Hüten auftauchten. Sie fuhren ein schwarzes Auto, das definitiv nicht für die Felder gedacht war. Die Männer sprachen kurz mit seiner Mutter und führten sie dann am Arm zum Auto. Ferdinand sah das alles und wollte zu seiner Mutter eilen und ihr helfen, doch ein anderer Mann stellte sich vor ihn. „Wir müssen mit deiner Mama reden. Keine Angst, sie kommt gleich wieder", wurde ihm gesagt. Seine Mutter kam auch wieder. Aber seit dem Tag war sie anders. Sie hatte ihr Lächeln verloren. Und Wochen später verloren sie letztendlich auch das Land.

Ferdinand lernte Emilia als junger Mann auf dem Markt kennen. Er fuhr in den Sommer- und Herbstmonaten regelmäßig das geerntete Gemüse auf seiner Kutsche zum Markt.

Sie lagerten nicht mehr viel, denn sie wussten, sie brauchten das Geld, um neues Land zu kaufen. Er wusste auch, dass es viel kleiner sein würde als das, was sie hatten. Emilia war ebenfalls aus einer Bauernfamilie gekommen.

Sie kannte sich mit dieser Arbeit aus. Ihre Eltern schickten sie ebenfalls zum Markt, um zu verkaufen. Der Unterschied zwischen den beiden Familien war, dass sie nicht darauf angewiesen waren. Ihr Land und ihr Einkommen waren sicher. Emilia tat das an den Wochenenden, um ihre Schule zu finanzieren. Heute ist sie in ihrer eigenen Familie somit die Einzige, die die Schule besuchte.

Doch als sie Ferdinand kennenlernte und ihn heiratete, nachdem er und seine Mutter ihr Land verloren, musste sie ihr Erspartes mit ihm teilen und konnte ihre Schullaufbahn nicht weiterverfolgen. So kauften sie sich das Haus mit dem Garten, in dem sie heute noch leben. Als Mitgift brachte sie das kleine Land auf einer Anhöhe mit den Apfelbäumen in die Ehe. Außerdem war sie zu diesem Zeitpunkt schon schwanger.

Nach dem Tod von Ferdinands Mutter einigten sie sich darauf, dass Emilia sich um den Garten und dessen Anbau kümmert. Ferdinand übernahm diese Arbeit, als sie schwanger wurde und bemühte sich um einen sicheren Arbeitsplatz, mit dem er auch gutes Geld verdienen konnte. Von Anfang an war klar, dass die Kinder im Haushalt und bei der Arbeit helfen mussten. Das machte beiden schwer zu schaffen. Auch ihren Kindern sollte eine Chance verwehrt bleiben.

„Mama! Mama! Bist du wach?", läuft Marie rufend durch den Hausflur. „Draußen!", ruft ihre Mutter zurück. Marie geht zur Haustür und wirft einen Blick hinaus. Emilia sitzt in ihren Arbeitsklamotten auf der Bank.

Sie war ebenfalls früh aufgestanden und arbeitete schon im Garten, während die Kinder schliefen. „Los, Mama! Wir müssen zum Markt", sagt Marie. Ein kleines Lächeln verziert kurz Emilias Gesicht. „Hast du Erich und Rosa denn auch schon geweckt?", fragt sie. Marie fällt auf, dass sie noch gar nicht nach ihrem kleinen Bruder gesehen hat. „Oh, den Erich habe ich vergessen", sagt sie und rennt wieder ins Haus. „Ich komm gleich nach!", ruft ihr Emilia noch hinterher.

Marie läuft ins Schlafzimmer ihrer Eltern, denn dort in einem kleinen Bett liegt Erich.

Er schläft nicht. Er ist wach und schaut sie an. „Guten Morgen, Erich", sagt sie und nähert sich seinem Bett. Erich antwortet nicht. „Wir gehen jetzt zum Markt, Erich. Mama kauft uns Apfelsaft", sagt sie und legt seine Decke zur Seite.

Nicht lange Zeit später haben sich die Vier frische Kleider angezogen und sich auf den Weg zum Markt gemacht. Wie auch von der Apfelernte gewohnt, läuft Rosa einige Meter voraus. Marie will unbedingt zusammen mit ihr laufen, doch muss die Hand von ihrer Mutter auf der einen Seite halten und die Hand von ihrem kleinen Bruder auf der anderen.

Rosa hüpft von Stand zu Stand, fasst alles an und riecht an allem. Sie erkundet den Markt und seine Produkte, als wäre sie auf einer Expedition. Alles muss unter die Lupe genommen und studiert werden. Am liebsten ist sie am Obststand.

Denn die Früchte dort haben die intensivsten Farben und Gerüche. Manchmal sind auch weitreisende Händler auf dem

Weg zur großen Stadt hier und bieten exotische Waren wie Bananen an.

Das Dorf liegt zu seinem händlerischen Vorteil direkt am Fluss, der im Norden in die freien Städte führt und eine große Brücke zum Tunnel durch die Berge besitzt.

Auch wenn das Dorf an sich unwichtig ist, muss man doch hindurch passieren, wenn man schnell durch das Land möchte.

Tatsächlich ist auch heute wieder ein Händler da, der mit seinem Boot aus Metall über den Fluss gekommen ist und Bananen anbietet. „Mama, guck mal! So viele Bananen", ruft Rosa, als sie eine Bananenhand hochhebt und an dieser riecht. Marie kann ihren Augen nicht glauben. Sie entreißt sich der Hand ihrer Mutter und lässt ihren Bruder stehen. Sie rennt zu ihrer Schwester am Obststand und will die Bananen auch anfassen. Der Verkäufer räuspert sich laut und wirft den Mädchen einen strengen Blick zu.

„Entschuldigen Sie", sagt Rosa und legt die Bananen zurück. Auch Emilia und Erich sind nun am Obststand. „Was kostet denn eine Banane?", fragt sie den Mann mit dem Schnurrbart und dem blauen Kittel. Ohne sie anzuschauen, zeigt er mit einem Finger auf ein Stück Karton, das vor den beiden Bananenhänden liegt. Darauf steht „1 Banane, 20 Schilling".

„20 Schilling? Für nur eine Banane?", fragt Emilia und ist sichtlich geschockt. Der Mann, der leicht genervt ist von Emilias Reaktion, weil er diese vermutlich schon oft zu hören bekam, schaut sie nun an.

„Wehrte Dame, es gibt einen Engpass. Außerdem zahlt man so viel in der Stadt dafür. Ich kann auf dem Land nicht weniger verlangen, wenn es Menschen gibt, die diesen Preis bezahlen. Ich muss das schließlich auch tun", erklärt er sich.

„Mama, bitte!", betteln die Kinder Emilia an. „Nein, das steht außer Frage, Kinder. Wir gehen weiter", sagt sie und nimmt Marie wieder an die Hand. Während sie weiterlaufen und sich umschauen, ist auch der Verrückte auf dem Markt unterwegs. Er ist aber nicht in Kauflaune. Er „spaziert" mit gesenktem Kopf durch die Menschenmenge und versucht sich einige der seltenen, aber schlechten Waren vom Müll zu ergattern. Ihm wird kaum Beachtung geschenkt. Nur, wenn er den Menschen oder den Waren zu nahekommt und potenzielle Käufer abschreckt, wird er verscheucht. „Mama, was sind eigentlich Bananen?", fragt Marie neugierig. Emilia muss wegen des typisch kindlichen Verhaltens kurz lächeln. „Das sind Früchte, die von ganz weit herkommen", erklärt sie. „Und warum sind die so teuer? Ist da Gold drinnen?", fragt sie weiter. „Ja, meine Kleine. Anscheinend sind die aus Gold", antwortet Emilia und sie laufen weiter. Maries Fantasie spielt verrückt bei dem Gedanken an goldenes Obst und sie ist vorerst mit diesen beschäftigt.

Der Aufbau des Marktes folgt einem System. Je nachdem ob man den Nord- oder Südeingang betritt, findet man als erstes die Lebensmittel- oder Bekleidungsstände. Dazwischen gibt es allerlei Waren, die ausgestellt werden.
Nicht alle Händler sind Reisende. Geschäftsleute, die ihre eigenen Läden haben, schließen diese für den Tag, wenn der Markt stattfindet und bauen dort Stände mit ihren Produkten auf. Der Markt zieht Kunden von überall an. Angebote gibt es reichlich. Als sie sich dem Ende der Lebensmittelstände nähern, ist Rosa schon so weit vorausgelaufen, dass Emilia sie schon fast aus den Augen verliert. Aber das ist nicht schlimm. Das macht sie jedes Mal, und jedes Mal weiß Emilia, wo sie sie finden kann. Rosa interessiert sich nicht am meisten für das

Essen oder die Bekleidung. Sie stöbert gerne zwischen den Ständen, dort, wo die Händler alles Mögliche verkaufen. Radios, Ersatzteile, Bücher, Bilder, kleinere Haushaltswaren und andere Kuriositäten.

Dieses Mal hat sie ein Stand mit vielen Büchern angezogen. Auch wenn sie nicht lesen kann, bewundert sie die Bücher. Sie mag es, sich die Bilder anzuschauen und sich die passenden Geschichten dazu auszudenken. Manchmal tut sie auch so, als könnte sie lesen und schaut sich die Texte an. Rosa nimmt sich ein Buch mit einem Bild auf dem Deckel zur Hand. Darauf ist eine große, gefährlich aussehende Maschine mit eisernen Rädern zu sehen. Sie spuckt eine enorme schwarze Wolke aus. Dieses Bild fasziniert Rosa. Es erinnert sie an einen Lastwagen, aber dieser Wagen auf dem Buchdeckel hat viel mehr Räder und ist viel länger. „Na, Fräulein, kennst du dieses Buch?", fragt eine weiche und ältere Frauenstimme. Rosa schrickt kurz auf und wird verlegen. Sie legt das Buch gleich wieder zurück auf den Tisch. „Nein, Entschuldigung. Ich kann nicht so gut lesen", sagt sie und wird rot. Obwohl sie keinerlei Grund dazu hat, schämt sie sich für die Tatsache, dass sie das Lesen nicht beherrscht und fühlt sich gezwungen, sich dafür entschuldigen zu müssen. Wie gerne, würde sie lesen können und all das Wissen aufgreifen, das in diesen Büchern versteckt liegt. „Gehst du nicht zur Schule?", fragt die Dame. Rosa schaut sie nicht an. Ihre Blicke bleiben gesenkt und sie schüttelt den Kopf. „Das ist der >>Mord im Orientexpress<<", antwortet die Frau. „Hast du von dieser Geschichte gehört?", fragt sie erneut. Rosa versteht diese Fragen nicht. Hätte sie den Mumm dazu, würde sie der Frau gerne fragen, wie denn ein Kind, das nicht zur Schule geht, irgendein Buch kennen soll. Aber sie schämt sich zu sehr. Auch wenn sie nichts dafür kann.

Sie fährt verlegen mit den Fingern über die Bücher, die sorgfältig auf dem Tisch verteilt liegen und geht einige Schritte. Gottseidank wird die Verkäuferin von einem Mann abgelenkt, der gerade ein Buch kaufen will und sie lässt Rosa in Ruhe.

Plötzlich aber bleibt sie stehen. Vor ihr liegt ein Buch, auf dem eine seltsame und furchterregende Kreatur zu sehen ist.

„Was ist das?", fragt sie sich und nimmt das Buch vorsichtig in die Hand, als ob diese Kreatur sie mit Leichtigkeit mit einem Bissen töten könnte. Auch wenn Rosa nicht weiß, was das für ein Wesen ist, spürt sie die Gefahr, die von ihr ausgeht.

Dieses Wesen ist groß wie die Bäume drumherum und hat einen Kopf und eine Schnauze, die so breit sind wie die Baumkrone. Die Zähne sind lang und spitz. Es hat eine dunkelbraune Farbe und die Augen sind gelb.

Rosa hat Angst und ihr läuft ein Schauer über den Rücken. Sie legt das Buch wieder zurück und schaut die Verkäuferin an, die gerade einen Verkauf abgewickelt hat. „Was ist das?", fragt sie ängstlich und zugleich interessiert und zeigt mit dem Finger auf das Buch. „Das ist ein Buch über Dinosaurier, mein Fräulein", sagt sie und nickt. „Keine Angst, die sind schon lange tot", fügt sie hinzu und lächelt.

Ein Dinosaurier!

Rosa schnappt sich plötzlich das Buch und rennt los.

„Halt! Stehen bleiben! Eine Diebin!", schreit die Frau hinter ihr her und versucht panisch hinter ihrem Tresen hervorzukommen.

Rosa umklammert das Buch mit beiden Armen an ihrer Brust und rennt so schnell sie kann durch die Menschenmenge.

Auch die ältere Frau hat es nun vor den Tresen geschafft und läuft Rosa hinterher. Natürlich hat sie keine Chance sie einzuholen. Umso lauter sind ihre Rufe, dass sie jemand aufhalten soll. Rosa rennt und schaut nach ihrer Familie und gerade als sie ihre Mutter erkennt, die eine Flasche Apfelsaft kauft, wird sie an der Schulter gepackt und hochgehoben. Ein Mann, an dem sie vorbeilief, hörte die Schreie der Verkäuferin.

Durch den abrupten Stopp lässt Rosa das Buch fallen und tritt und schlägt nun in der Luft gegen den Mann. „Lass mich los!", erwidert sie.

Der Mann hält sie nun mit beiden Händen und schreit sie mit einer lauten tiefen Stimme an, „Hörst du wohl auf damit!" Er brüllt das so laut, dass ihn jeder in einem kleinen Umkreis hören kann.

Auch an Emilia geht das nicht vorbei. Während sie die Glasflasche in ihre Tasche packt, erkennt sie die Situation. „Rosa!", ruft sie und läuft auf den Mann zu. Marie und Erich laufen ihr besorgt hinterher.

„Lassen Sie sie gefälligst los! Das ist meine Tochter!", schreit Emilia den Mann an. Und dann erkennt sie ihn.

Es ist der Verrückte. „Du widerlicher Wicht! Lass sie sofort gehen!", schreit sie und greift nach der Glasflasche in ihrer Tasche. Der Verrückte denkt kurz nach und schaut sich um. Er erkennt den Abscheu in den Blicken der Menschen um ihn herum. Er lässt Rosa auf den Boden.

Sie hebt das Buch vom Boden auf, umklammert es fest und versteckt sich hinter ihrer Mutter. Auch Marie und Erich verstecken sich vor Angst hinter Emilia. Schließlich schafft es auch die Buchverkäuferin an den Ort des Geschehens.

Sie ist völlig außer Atem und murmelt vor sich hin, „Diebin… festhalten…", sie stützt sich auf ihre Knie und atmet einige Male tief durch.

„Sie hat ein Buch gestohlen!", bringt sie keuchend von den Lippen und zeigt mit dem Finger auf Rosa. Emilia ist verwirrt.

So hat sie ihre Kinder doch nicht erzogen. Außerdem kann sie doch gar nicht lesen. Sie dreht sich um. „Rosa? Was sagt diese Frau da?", fragt sie besorgt. „Mama, bitte, ich muss es haben!", sagt sie verzweifelt. „Na, los! Gib schon her!", ruft die Mutter und entreißt ihr das Buch.

Emilia ist außer sich vor Wut. Nie hätte sie gedacht, dass ihre Kinder einmal so etwas tun würden. Sie schämt sich in Grund und Boden.

Als sie einen Blick auf den Buchdeckel wirft, weiß sie nicht, was sie fühlen soll. Ein Dinosaurier. Sie schaut den Verrückten an und wedelt dabei mit dem Buch in der Hand. „Du bist schuld daran! Du hast meinen Kindern von diesem Unsinn erzählt, du Ungläubiger!" Während sie mit dem Buch wedelt, erkennt Marie das Monster auf dem Buch. Sie fragt sich, was das für ein Geschöpf das ist.

„Ist es etwa eins dieser Dinosaurier, von dem der Verrückte erzählt hat? Ist Mama deshalb wütend auf ihn?"

Der Mann erträgt das nicht mehr und will den Markt verlassen. „Was glaubst du, wo du hingehst?", schreit ihm Emilia hinterher. Doch als plötzlich die Buchverkäuferin ihr das Buch aus der Hand nimmt, realisiert Emilia, dass nun alle Blicke der Menschen auf sie gerichtet sind. Und sie sind immer noch voller Verurteilung und Abneigung.

„Entschuldigung, bitte verzeihen Sie uns", sagt sie nun in einem viel ruhigerem Tonfall zur Verkäuferin. Sie schaut Rosa zornig an, die sich an den Beinen ihrer Mutter festhält und auf den Boden schaut. „Ungebildeter Rotzlöffel", sagt die Verkäuferin verabscheuend und spuckt vor Emilias Füßen auf den Boden. Dann geht sie mit dem Buch in der Hand wieder zu ihrem Verkaufsstand. Emilia ist schockiert und überfordert. „Los, Kinder, wir gehen nach Hause", sagt sie und sie drehen wieder um.

Ihre Gedanken sind außer Kontrolle und schießen ihr alle durch den Kopf, während die vier sich auf den Nachhauseweg machen. Wie sollte sie das Ferdinand erzählen? Wie sollte sie damit umgehen, dass ihre Kinder so stark von einem Verrückten beeinflusst wurden, dass sie zu Dieben wurden? Es war definitiv die Schuld des Verrückten. Emilia hatte den Kindern verboten in seine Nähe zu gehen. Sie taten es trotzdem und er verdarb sie alle. Sie hatte nicht wenig Lust, aus Wut die neugekaufte Flasche Apfelsaft auszuleeren, um den Kindern eine Lektion zu erteilen.

Doch erst musste man sich um den Verrückten kümmern. Das war Ferdinands Angelegenheit. Sie würde es ihm sofort sagen, wenn er nach Hause kommt, und er würde sich mit einigen Männern aus dem Dorf zusammenschließen und ihn endgültig hinausschmeißen.

„Mama, was ist passiert?", fragt Marie, als sie den Markt verlassen und das Haus schon in Sichtweite ist. Emilia zieht die Kinder an den Händen vor sich und stellt sie in einer Reihe auf. Sie wedelt mit dem Finger, während sie sich nach vorne beugt, um mit den Kindern auf Augenhöhe zu sein und mit ihnen zu schimpfen. „Das war das erste und das letzte Mal, dass ihr diesem Mann nahegekommen seid. Er ist verrückt! Begreift das! Er ist gefährlich! Ihr habt doch gesehen, was er aus euch macht. Er erzählt euch Märchen von irgendwelchen Fabelwesen und ihr werdet zu Kriminellen! Was denken jetzt die Leute von uns? Ich werde mit eurem Vater reden und er wird sich darum kümmern, dass dieser Widerling keine Möglichkeit mehr hat, hier irgendjemandem etwas anzutun. Habt ihr das verstanden?", fragt sie.

Die drei Geschwister schauen zu Boden und nicken still.

„Stubenarrest! Ihr habt alle drei Stubenarrest!" ruft sie und läuft dann weiter. Die Kinder laufen ihr hinterher.

Einige Schritte weiter schaut Rosa hinüber zu Marie, die mit Tränen in den Augen läuft, ebenso wie Erich. Die beiden hatten doch gar nichts getan. Es war alles Rosas Schuld. Sie hatte das Buch genommen, ohne zu fragen. Und klauen wollte sie es auch nicht. Sie wollte es eigentlich nur Marie zeigen, weil sie so neugierig war und wissen wollte, was Dinosaurier sind. Sie hätte das Buch dann wieder zurückgebracht.

Rosa wusste, dass sie mit ihrer Mutter reden und ihr das erklären musste, doch nicht in diesem Zustand.

Ihre Mutter scheint noch immer sehr wütend zu sein. Wütender, als sie es eigentlich sein sollte. Wieso werden Erich und Marie bestraft?

Sie waren unschuldig und die ganze Zeit über an ihrer Seite. Gibt es etwa mehr, dass ihre Mutter bedrückt?

Sie müsste warten, bis sie sich beruhigt hat oder zumindest der Vater von der Arbeit zurückkommt, um ein Gespräch und eine Entschuldigung zu wagen. Als sie zuhause ankommen, gehen die Kinder in ihr Zimmer. Auch Erich wird in das Zimmer der Mädchen geschickt.

Die Mutter zieht sich ihre Arbeitskleider an und geht in den Garten. Von den Kindern redet keines ein Wort. Sie sitzen still da, nur Rosa liegt auf ihrem Bett und starrt wieder an die Decke. Sie wird geplagt von Schuldgefühlen und der Vorfall spielt sich vor ihrem geistigen Auge immer wieder ab. Sie kann nicht anders, als immer wieder daran zu denken, wie ihre Mutter nach der Glasflasche griff. Hätte sie dem Verrückten wirklich wehgetan?

Es wird Abend, Emilia ist längst wieder im Haus, und Ferdinand scheint sich heute wieder zu verspäten. Die Kinder haben seit dem Frühstück nichts mehr zwischen die Zähne bekommen. Rosa lässt sich nichts anmerken, doch Erich und Marie halten es kaum noch aus, vor allem, da es schon spät ist und Emilia bereits gekocht hat.

Als Erich keine Lust mehr hat zu spielen und schließlich anfängt zu weinen, trauen sie sich aus dem Zimmer hinaus. „Mama?", fragt Marie leise und vorsichtig.

Plötzlich hört sie, wie sich die Haustür öffnet und der Hausschlüssel aufgehängt wird. „Das ist Papa!", denkt sie sich und rennt aus dem Zimmer. Erich wischt sich die Tränen vom Gesicht und rennt ihr hinterher.

Tatsächlich, es ist ihr Vater. Sein Gesicht und seine Kleidung sind mit rostfarbenen Flecken bedeckt. „Papa! Papa!", rufen Marie und Erich und umarmen ihn. Auch er drückt seine Kinder, die er jeden Tag, den er auf der Arbeit verbringt, sehr vermisst. Dann wirft er einen Blick auf Emilia, die am Türrahmen zur Küche steht und ihn mit einem Kuss empfängt. Als Marie das sieht, hat sie immer noch ein unwohles Gefühl.

Auch Rosa läuft nun langsam die Treppen herunter, um ihren Vater zu begrüßen.

Plötzlich aber verzieht sich Emilias Mine, als Ferdinand aus seiner Tasche eine zerdrückte Banane holt und hochhält. „Die lag auf unserem Hof. Wisst ihr wie die da hingekommen ist?", fragt er. Emilias Emotionen kochen wieder hoch. Der Verrückte muss sie den ganzen Weg verfolgt haben. Er weiß, wo sie wohnen. Marie macht einen Schritt zurück und ihre Augen leuchten auf. „Wir sind reich! Wir sind reich!", schreit sie glücklich und springt auf und ab. Auch Erich, der seine Schwester nun wieder lachen sieht, freut sich.

Der Vater ist verwirrt. „Reich?", fragt er, „Was soll das denn jetzt?"

Rosa läuft die restlichen Stufen hinunter und hält Marie an der Schulter fest. „Kommt her", sagt sie und zieht ihre kleinen Geschwister nah an sich.

Emilia erträgt es nicht mehr und platzt heraus, „Das darf doch wohl nicht wahr sein! Ferdinand, dieser Verrückte hat uns verfolgt! Er weiß, wo wir wohnen. Er hat es auf Rosa abgesehen!"

Ferdinand legt die Banane auf die Ablage. Maries Blicke sind komplett auf die zerdrückte Frucht fokussiert. Wo genau das Gold wohl liegt?

„Was ist hier los? Wovon redest du?", fragt Ferdinand seine Frau in einem ersten Ton. „Dieser widerliche verrückte Mann. Er hat heute auf dem Markt deine Tochter angepackt und anscheinend hat er uns bis nach Hause verfolgt!", ruft Emilia und zeigt auf Rosa. Seine Blicke richten sich sofort auf die Kinder. „Was? Geht's dir gut? Was ist passiert?", fragt er Rosa besorgt und hält sie an ihren Schultern. Sie schaut zu Boden.

„Ja, mir geht's gut. Aber so war das nicht", antwortet Rosa beschämt. „Du brauchst dir keine Sorgen machen. Erzähl mir bitte ganz genau was passiert ist", sagt er und streicht ihr mit einer Hand über die Haare.

Dabei geht er in die Hocke, um mit ihr auf Augenhöhe zu sein. „Ich... ich... hab mir ein Buch genommen und wollte es Marie zeigen. Und er hat mich dann festgehalten", erzählt sie und vermeidet noch immer den Blickkontakt zu ihrem Vater.

„Ein Buch?", fragt der Vater nun neugierig.

„Sie hat es gestohlen", sagt Emilia abstoßend. Rosa schaut ihre Mutter für eine Sekunde grimmig an. „Ich habe es nicht gestohlen!", schreit sie so laut, dass Ferdinand fast rückwärts umfällt. Erich fängt wieder das Weinen an. Sogar Emilia ist kurz schockiert. Rosa verliert jegliche Kontrolle über ihre Emotionen und rennt übergeschnappt die Treppe hinauf in ihr

Zimmer. Sie knallt die Tür hinter sich zu. Auch Marie wird aus ihrer Fantasiewelt entrissen. Ferdinand umarmt die beiden Kleinen und setzt sich auf den Boden. „Es wird alles gut", sagt er ruhig und drückt seine Kinder.

Er merkt sofort, dass Emilia sichtlich verletzt ist.

„Wie wäre es, wenn du dich bei Rosa entschuldigst und wir alle in Ruhe darüber reden, was heute passiert ist?", schlägt Ferdinand vor und schaut Emilia an. Sie denkt kurz darüber nach und geht dann ohne Kommentar zurück in die Küche.

„Das Essen ist fertig", sagt sie gerade laut genug, dass man sie verstehen kann.

„Kinder, ihr müsst hungrig sein. Los geht's in die Küche und helft Mama beim Tischdecken. Ich rede mit eurer Schwester", sagt er den beiden und schickt sie in die Küche.

Rosa liegt im Bett auf ihrem Bauch und hat ihr Gesicht im Kissen vergraben. Sie weint hinein und kann gar nicht mehr aufhören. Ferdinand öffnet langsam die Tür des Zimmers und das Flurlicht erleuchtet Rosa im Bett. Er lässt die Tür offen und setzt sich zu Rosa. Nachdem er einmal durchschnauft, legt er ihr seine Hand auf ihre Schulter. Seine Kinder so zu sehen, kann er nicht ertragen.

„Willst du darüber reden?", fragt er sie. Rosa spricht kein Wort, aber schüttelt ihren Kopf. Ferdinand denkt kurz nach.

„Soll ich mich zu dir legen?", fragt er besorgt. Auch jetzt antwortet sie nicht, aber rutscht im Bett zur Seite, um ihrem Vater Platz zu machen.

Er muss kurz lächeln und legt sich dann auf den Rücken zu ihr ins Bett. Er legt seine Hand unter seinen Kopf und Rosa drückt ihren Kopf sofort an seine Brust. Seine Kleidung riecht nach Schweiß und hat einen für Eisenerz typischen knoblauchartigen Geruch. Aber Rosa kennt diesen Geruch, den Geruch von Sicherheit und Geborgenheit. Sie hat nun aufgehört lautstark zu weinen, aber ihr Gesicht ist völlig nass, ebenso wie ihr Kissen. Ferdinand zieht seinen Arm hervor und umarmt seine Tochter. Dabei starrt er an dieselbe Decke, die eigentlich seine ganze Familie beschützen sollte. Er gibt ihr noch einen Moment, um einen klaren Kopf zu bekommen.

„Deine Mama hat Angst", sagt er. Rosa zeigt keine Reaktion.

„Ihr wisst doch alle drei, dass eure Mutter und ich nur das Beste für euch wollen. Eure Mutter liebt euch, genauso wie ich auch", sagt er und streichelt sanft ihren Rücken.

„Aber manchmal ist Mama anders", entgegnet Rosa leise.

Ferdinand weiß, wovon seine Tochter gerade spricht.

„Willst du mir erzählen, was heute auf dem Markt passiert ist?", fragt er Rosa.

„Mama denkt ich bin eine Diebin", murmelt Rosa in die Brust ihres Vaters und zieht sich die Nase hoch.

„Aber, aber", sagt Ferdinand und klopft ihr leicht auf die Schulter. „Ich bin mir sicher du hast eine vernünftige Erklärung dafür", ermuntert er sie.

Es funktioniert. Rosa setzt sich im Bett im Schneidersitz auf und hält ihre Füße. Auch Ferdinand richtet sich auf und lehnt sich an das Kopfteil des Betts. „Was ist passiert?", fragt er sie und hält ihre Hand.

„Wir waren auf dem Markt, um Apfelsaft zu kaufen. Ich bin ohne sie weitergelaufen, weil ich mir Bücher anschauen wollte. Und dann habe ich dieses Buch mit einem Dinosaurier gesehen und wollte es Marie zeigen. Also habe ich es genommen und bin zu ihr gerannt. Die Frau dachte, ich hätte es gestohlen. Es tut mir leid, das war falsch von mir", beichtet sie.

Ferdinand versteht das Missverständnis und erkennt die Unschuld seiner Tochter. „Und was war mit dem

Verrückten?", hakt er nach. Rosa fällt ein Stein vom Herzen, da sie ihrem Vater nun ihren Fehler beichten konnte.

Aber er schreit nicht. Er reagiert nicht wie ihre Mutter.

„Der hat mich festgehalten, weil die Verkäuferin geschrien hat", erklärt sie. „Ich verstehe", sagt er, „du bist keine Diebin", und er drückt die Hand von Rosa. Sie ist froh, dass ihr Vater sie nicht auch anschreit und kann es einen Augenblick nicht glauben. Nachdem sie ihn kurz mit einem fröhlichen Blick anschaut, wirft sie sich wieder in seine Arme. Auch Ferdinand drückt sie. „Ich weiß doch, dass meine Kinder anständig sind", sagt er lächelnd.

Was es aber mit der Banane auf sich hat, versteht er noch immer nicht.

Nach diesem Gespräch gehen beide in die Küche. Der Tisch ist gedeckt und das Essen steht bereit. Erich, Marie und Emilia sitzen bereits.

Emilia hat die Arme verschränkt. „Wir sollten essen", schlägt Ferdinand vor, während er sich setzt und seinen Stuhl zurecht schiebt. In der Mitte des Tisches steht ein Topf mit dampfenden Fleischstücken. Emilia hatte sie in Wasser gekocht. Daneben liegt ein Korb mit Brotscheiben der vergangenen Tage. Zusätzlich gab es noch in Dampf gegarte Erbsen. Jeder konnte sich, so viel er Hunger hatte, etwas auf seinen Teller nehmen. Emilia nimmt sich nichts, doch bereitet die Teller für Erich und Marie zu.

Marie zögert etwas, bevor sie mit dem Essen beginnt. So sehr hatte sie sich auf ein Glas Apfelsaft gefreut, doch sie traut sich nicht danach zu fragen. Zu gereizt ist die Stimmung seit dem heutigen Marktbesuch. Erneut eine Enttäuschung.

Erich, der erst vor Kurzem gelernt hatte Besteck zu benutzen, sticht seine Gabel in ein kleines Stück Fleisch und knabbert daran. Ferdinand füllt seinen Teller ordentlich und verschlingt schon fast das Essen. Kurz macht er eine Pause und schaut Emilia an, die vor ihm sitzt und dann Rosa neben ihm. „Esst was", sagt er in einem ruhigen, aber ernsten Ton. Schließlich nimmt sich Rosa eine Scheibe Brot und etwas Erbsen auf den Teller. Sie stochert darin herum und nimmt einen halbherzigen Bissen vom Brot. Emilia sitzt noch immer mit verschränkten Armen da und schaut Ferdinand an.

Sie weiß, wenn sie Rosa anschauen würde, kämen die Emotionen erneut hoch. Ferdinand ist das bewusst, doch nach einem langen und harten Arbeitstag will er seinen Hunger stillen, bevor er auch mit ihr redet. Deshalb redet keiner. Es bleibt still beim Abendessen der Kunsk-Familie.

Nach dem Essen, das eigentlich für alle Teilnehmer außer Ferdinand und Erich nur aufgezwungen war, schickt der Familienvater die Kinder auf ihr Zimmer. „Kinder, geht hoch. Ich muss mit eurer Mutter reden."

Marie wirft noch einen Blick auf die Banane, die auf der Ablage liegt. Sie ist mittlerweile braun.

Ihre Mutter muss sich getäuscht haben, da ist gar kein Gold drinnen.

Als die Kinder aufstehen und die Küche verlassen, kullert Emilia eine Träne aus dem Auge. „Ist es wieder wegen der Buchsache?", fragt Ferdinand, als sich nur noch er und Emilia am Tisch gegenübersitzen. Sie wischt sich die Träne mit ihrer Handinnenfläche weg und nickt. „Ja", sagt sie leise.

„Ich wollte es doch. Ich wollte sie doch auch in die Schule schicken", sagt sie und weitere Tränen fließen.

Ferdinand seufzt.

Hatte er einen Fehler gemacht?

Hatte er zu viel von Emilia verlangt, als sie diese Familie gründeten?

Sie waren damals jung und voller Hoffnung, eines Tages ein schönes Leben mit ihren Kindern führen zu können. Was hatten sie falsch gemacht, dass gerade sie nicht in der Lage waren, ihren Kindern Bildung zu ermöglichen?

„Du darfst dir nicht die Schuld geben", sagt Ferdinand, ist sich aber völlig bewusst, dass Emilia ihre eigene Karriere und Zukunft für ihn aufgeopfert hatte.

Emilia hatte manchmal solche Ausbrüche, doch nie gab sie offen zu, dass sie die Entscheidung, Ferdinand zu heiraten, wohl für immer bereuen würde. Nicht, weil sie ihn nicht liebte, sondern, weil sie alles verlor. Ferdinand und sie, beide mussten mit diesem Wissen leben und drei Kinder erziehen, ohne ihnen das Leben, das sie selbst nicht haben konnten, ermöglichen zu können.

Das war ihr Geheimnis und ihr innerer Kampf.

„Es läuft doch gut. Wir schaffen es, über die Runden zu kommen. Es steht Essen auf dem Tisch, jeden Tag!", versucht Ferdinand seine Frau zu ermutigen. „Das tut es", sagt sie schwach. „Und mit der vielen Arbeit im Stahlwerk verdiene ich mehr Geld. Wir werden Erich zur Schule schicken können. Vielleicht können wir unsere Ersparnisse steigern und die anderen Ki..", doch Emilia unterbricht ihn, indem sie seine Hand hält. „Das können wir nicht. Nicht die anderen Kinder. Und was erzählen wir ihnen, wenn ihr Bruder zur Schule geht? Was ist, wenn sie fragen, warum er darf und sie nicht?" Emilia verzweifelt.

„Wir lassen uns was einfallen, wenn es so weit ist. Außerdem ist Rosa doch sehr verständnisvoll", antwortet Ferdinand. Natürlich merkt keiner der beiden, dass Rosa nicht auf das Zimmer gegangen ist und sich hinter dem Türrahmen versteckt. Ihr Herz bricht, während sie ihren Eltern zuhört.

Emilia wischt sich erneut die Tränen weg. Diesmal nimmt sie ihr Stofftuch.

„Wie kommst du darauf, dass euch der Verrückte heute verfolgt hat?", fragt Ferdinand nun neugierig. Emilia schnäuzt sich die Nase. „Er muss beobachtet haben, wie Rosa auf dem Markt die Bananen angesehen hat. Ich habe aber keine gekauft, weil sie so teuer waren", erzählt Emilia und Ferdinand hört ihr aufmerksam zu.

Rosa wird hellhörig. Der Verrückte interessierte sich nicht für Rosa, wie ihre Mutter anfangs behauptet hatte. Es war Marie, die unbedingt Bananen wollte. Sie hat ihre Mutter danach gefragt und sie angefleht. Wollte er sich für die Brombeeren bedanken? War er doch ein netter Mensch?

„Findest du das nicht etwas weit hergeholt?", fragt Ferdinand. Emilia schaut ihn ernst an. „Entweder das und die Banane kam von allein auf unseren Hof, oder er hat uns beobachtet und Rosa eine Banane gebracht", antwortet sie. Sie muss recht haben. War er tatsächlich eine Gefahr für seine Familie?

„Du solltest dich mit ein paar Männern aus dem Dorf zusammenschließen und ihn wegschicken", sagt Emilia. Ferdinand zögert zu antworten. „Für die Kinder, Ferdinand", fügt Emilia in einem ernsten Tonfall hinzu und schaut ihm in die Augen.

Rosa springt kurz auf. Dann läuft sie auf Zehenspitzen die Treppe hinauf ins Zimmer. „Marie, wir müssen Papa aufhalten", sagt sie, als sie das Zimmer betritt. Sie ist gerade dabei mit Erich zu spielen. „Warum?", fragt sie, völlig abgelenkt von ihren Puppen. „Mama will, dass er den Verrückten wegschickt. Er wird seine Freunde zusammentrommeln", erzählt sie in Rage.

Plötzlich lässt sich Marie von Rosas Emotionen mitreißen. Der Verrückte war der einzige Mensch, dem sich Marie je genähert hatte. Irgendetwas an ihm zog sie an. Sie wollte sein Freund sein. Auch Rosa sah das.

In ihren Vorstellungen sieht sie, wie der Verrückte wehrlos auf dem Boden sitzt, während ihm die Männer Dinge antun und ihn demütigen, während ihr Papa dabei zuschauen muss. Doch warum würden sie so etwas tun? Er hat doch nur Rosa aufgehalten, weil sie angeblich ein Buch gestohlen hat.

Sie lässt ihre Puppen fallen und steht auf. „Los, komm mit!", sagt Rosa und beide laufen aus dem Zimmer. Erich ist kurz verwirrt, aber er bleibt sitzen und spielt weiter mit den Puppen.

„Papa! Papa!", rufen beide, während sie die Treppe hinunterlaufen. Ferdinand steht an der Haustür. Er dreht sich um. „Du darfst ihn nicht wegschicken! Er hat doch nichts gemacht!", ruft Marie. Ferdinand und Emilia schauen sich kurz an. Sie hätten doch unmöglich wissen können, was er gerade vorhatte.

Ferdinand geht in die Hocke. „Hört zu, dieser Mann weiß, wo wir wohnen und er war hier auf unserem Hof. Wir wissen nicht, was er hier wollte. Er könnte gefährlich sein", versucht er den beiden zu erklären. „Euer Vater will euch nur beschützen", fügt Emilia hinzu. Rosa schaut befremdet. „Er wollte uns doch nur eine Banane bringen, weil wir keine bekommen haben", erklärt sie. „Das ist doch nichts Schlimmes. Marie hat ihm Brombeeren gebracht und er hat uns eine Banane gebracht", sagt sie. Im Prinzip hatte sie recht. Aber zu wissen, dass ein Verrückter sie den ganzen Tag unauffällig beobachten und verfolgen kann, und auch weiß, wo sie wohnen, ist etwas anderes.

„Es tut mir leid, Kinder. Ihr werdet es eines Tages verstehen", sagt Ferdinand und öffnet die Haustür, die er dann hinter sich wieder schließt.

Andere zur Hilfe zu holen, findet er übertrieben. Vom verrückten Mann könnte für ihn doch keine ernsthafte Gefahr ausgehen. Schließlich hat man ihm im Dorf seit seiner Ankunft geholfen und er störte keinen.

Es ist frisch draußen. Ferdinand hofft ihn bald auf den Straßen anzutreffen, um wenigstens mal ein ernsthaftes Wort mit ihm zu sprechen. So würde er sich schon von seiner Familie fernhalten. Gewalt ist hier nicht nötig.

Seine erste Anlaufstelle ist der Hang neben der Brücke. Dort am Fluss saß er oft. Ferdinand läuft die fast menschenleeren Straßen und Wege entlang. Ab und zu begrüßt er mit einem Nicken und Lächeln andere der wenigen Passanten. Und als er an der Brücke ankommt, sitzt da niemand.

Kein Verrückter, kein Anständiger. Vermutlich wird er schon bei irgendjemanden im Stall liegen und schlafen. Ferdinand denkt kurz nach. Er versucht sich daran zu erinnern, wer vom Dorf den Verrückten bei seinen Tieren schlafen lässt.

Leo, der Stuhlmacher, hatte einen großen Stall und ein weiches Herz. Bei ihm sollte Ferdinand mal anklopfen, bevor es zu spät und somit unhöflich wird. Wenn er ihn da nicht findet, kann er ja immer noch in der Kneipe nachfragen. Dort findet man schließlich Antworten auf fast alle Fragen. Der Treffpunkt der Arbeiter, der Trinker, der Spieler und der Weisen.

Ferdinand wirft noch einen Blick auf die Berge am Horizont. Sie sind sehr mächtig und geben einem das Gefühl, dass sie die Beschützer des Dorfes sind. Könnten sie das Dorf auch vor den Unionssoldaten beschützen? Er hat Bange, da er eines Tages die Antwort darauf bekommen wird.

Nach einigen Minuten kommt er schließlich beim Stuhlmacher an. Leo war nicht immer schon wohlhabend. Er hat sich seine Position in der Gesellschaft hart erarbeitet. Seine Stühle sind qualitativ hochwertig und von edler Form. Gefragt sind sie auch weit außerhalb des Dorfes. Seine Mitgliedschaft bei der Union ist für ihn von großem Vorteil. Ferdinand geht zur Haustür und klopft dreimal. Kurze Zeit später öffnet sich die Tür und der Stuhlmacher empfängt ihn mit fragenden Blicken. „Guten Abend, Leo. Tut mir leid für die Störung. Ich suche den Verrückten. Du hast ihn nicht zufällig gesehen?", fragt Ferdinand. Leo schüttelt den Kopf. „Ab und zu schläft er bei den Tieren, aber seit Tagen war er nicht hier", antwortet er. „Danke trotzdem. Ich hör mich mal in der Kneipe um", sagt Ferdinand und will sich gerade verabschieden. „Hat er was angestellt?", fragt Leo neugierig. „Nein, nein, hat er nicht. Die Kinder und die Frau, sie fühlen sich nicht mehr wohl, wenn er da ist", erklärt Ferdinand. „Willst du ihn verscheuchen?", fragt Leo. „So ähnlich", sagt er kurz und hebt seine Hand zum Abschied. Leo, der Stuhlmacher, fragt nicht weiter, denn Ferdinand wird seine Gründe haben. Er verabschiedet ihn.

Schließlich kommt Ferdinand in der Kneipe an. Er öffnet die Tür und beim Betreten kommt ihm ein Schleier von Zigarettenrauch und stickige Luft entgegen. Er schaut sich um. Vereinzelt sitzen Fremde an Tischen und an der Theke. Das müssten Händler sein, die für den Markt angereist sind. Einige Betrunkene diskutieren über Politik und Krieg und schließlich ist da auch der Stammtisch. Wenn er Informationen braucht, bekommt er sie dort.

„Abend, was darf's sein?", fragt ihn der Wirt, als Ferdinand an der Theke vorbei Richtung Stammtisch läuft. „Ein Bier, bitte", antwortet Ferdinand und stellt sich an den Stammtisch. Es wird gerade Schafkopf gespielt. „Guten Abend, die Herren!", ruft Ferdinand. „Ferdl! Setz dich!", ruft Willi, der Kelterer.

Mit ihm hat Ferdinand zwar auch noch ein Hühnchen zu rupfen, doch darum geht es momentan nicht. „Spielst du mit?", wird er gefragt. „Nein, dafür bin ich nicht hier", antwortet Ferdinand. Ein Glas Bier wird vor ihm auf den Tisch gestellt. „Ich suche den Verrückten. Hat den einer gesehen?", fragt er, nachdem er Schluck nimmt. „Was willst du mit dem?", fragt Willi.

„Ich muss mit ihm reden. Schläft er bei einem von euch bei den Tieren?", fragt er nach. Sie verneinen seine Frage. Es ist unglaublich. Keiner scheint ihn seit Tagen gesehen zu haben. Ist er verschwunden? Hat ihn denn heute keiner auf dem Markt gesehen?

„Der tut doch keinem was", kommentiert einer am Stammtisch. Ferdinand denkt nach. Keiner hat einen Grund ihn zu verstecken. Wieso sollten sie also lügen? Ist er tatsächlich verschwunden?

Willi fängt das Lachen an und schüttelt den Kopf. Hat Ferdinand etwas verpasst? Er schaut ihn irritiert an.

„Weißt du, Ferdl, deinen Verrückten kann ich dir nicht liefern, aber heute kam ein Obstbauer aus dem Norden bei mir an. Er brachte einen Wagen voll Äpfel und wollte Wein.

Der hat mir erzählt, dass bei denen im Dorf auch ein Verrückter aufgetaucht ist. Vielleicht kannst du ja auch mit dem reden, wenn du willst", spaßt er und die Runde lacht lauthals.

Noch ein Verrückter?

Ferdinand bekommt ein mulmiges Gefühl in der Magengegend. Er trinkt sein Bier aus und verabschiedet sich vom Stammtisch.

Währenddessen zuhause... „Kinder, helft mir beim Geschirr", sagt Emilia und die drei gehen wieder in die Küche. Wie beim

Apfelpflücken oder im Garten, hat auch hier jeder seine feste
Arbeit. Marie bringt Emilia das dreckige Besteck und die
Teller. Emilia spült sie und Rosa trocknet sie. Zusammen
räumen sie das Geschirr dann wieder ein. Erich ist noch im
Zimmer und spielt mit den Puppen.

Emilia ist nachdenklich. Sie hatte das Vertrauen ihrer Kinder
durch ihren Wutausbruch verloren. Das tat weder ihr noch
den Kindern gut.

„Wieso wollt ihr den Verrückten beschützen?", fragt sie
schließlich, während sie spült. Rosa ignoriert ihre Mutter.
Emilia schaut kurz hinüber zu Marie, die ihr den nächsten
Teller reicht. Sie schaut ihre Mutter nicht an.

„Habt ihr schon oft mit ihm gesprochen?", fragt Emilia, die
ihre Kinder nur zu gut kennt. Sie bekommt noch immer keine
Antwort. Sie nimmt Marie den Teller ab und legt ihn in die
Spüle. „Setz dich", befiehlt sie Marie und nimmt sich selbst
auch einen Stuhl. Emilia lehnt ihre Ellbogen auf ihre Knie und
so sind sie auf Augenhöhe. „Marie, sag mir die Wahrheit",
sagt Emilia. Doch sie schaut nur zur Seite. Emilia seufzt. Jetzt
ihre Kinder wieder anzuschreien, würde nicht helfen. Sie muss
die Sache behutsam angehen, um die Wahrheit zu erfahren.
Rosa steht am Waschbeckenrand und trocknet immer noch
denselben Teller, an dem mittlerweile kein Tropfen Flüssigkeit
mehr hängt.

Erzählt ihre Schwester ihr doch nicht alles?

Vertraut sie ihr als große Schwester doch nicht?

Emilia wirft einen Blick auf Rosa und erwartet wenigstens von
ihr eine Antwort. Doch auch sie kennt die Antwort nicht.
Emilia dreht sich wieder zu Marie. „Wie oft hast du ihn
getroffen, Marie?", fragt sie erneut. Sie hebt langsam ihre
kleine Hand und zeigt drei Finger. „Um Gottes Willen, deshalb
kommt er also hierher", sagt Emilia. Ihr geht ein Licht auf,

doch trotzdem wird ihr für einen Sekundenbruchteil Schwarz vor Augen. Was verheimlicht sie vor ihr?

Emilia lehnt sich an die Stuhllehne, beugt sich dann aber wieder vor. Sie hält beide Hände an ihr Kinn. Die Fassungslosigkeit steht ihr ins Gesicht geschrieben. Rosa trocknet den Teller auch nicht mehr ab. Sie hält ihn nur noch in der Hand. Sollte sie ihre Schwester trotzdem in Schutz nehmen? Auch wenn sie ihr anscheinend nicht vertraut?

„Marie, wieso hast du das getan?", fragt Emilia. „Was haben euer Vater und ich euch denn erklärt? Das ist ein erwachsener, verrückter Mann. Weißt du denn nicht wie gefährlich das sein kann? Er hätte mit dir alles anstellen können! Wie hätten wir das erfahren?", sie ist empört.

„Er war ihr Freund", sagt Rosa still. Nun schauen beide sie an. „Was?", fragt Emilia. „Er war ihr Freund. Er ist nicht vor ihr weggerannt. Er hat sie nicht ausgelacht wie die anderen", sagt Rosa und hält noch immer den Teller fest in der Hand. „Du wusstest davon?", fragt die Mutter.

„Nein, sie weiß gar nichts. Ich habe es niemandem erzählt", sagt Marie nun endlich, als ihr Geheimnis gelüftet ist und beschützt ihre große Schwester, noch bevor diese die Gelegenheit hat, für sich selbst zu antworten.

Emilia ist erneut völlig überfordert mit der Situation. Doch dieses Mal bleibt sie ruhig. „Geht in euer Zimmer. Wir reden darüber, wenn euer Vater zurückkommt", sagt sie.

„Werden sie ihm wehtun?", fragt Marie besorgt und schaut auf ihre Füße, die vom Stuhl baumeln. „Ins Zimmer!", ruft Emilia und die beiden tun, wie ihnen gesagt wird.

Einige Stunden später kommt Ferdinand wieder nach Hause. Emilia sitzt im Wohnzimmer und strickt an Kindersocken. Ferdinand zieht sich seine Jacke aus und hängt sie auf. Die

Banane liegt nicht mehr auf der Ablage neben der Tür. Emilia muss sie weggeworfen haben. Als er das Wohnzimmer betritt, legt Emilia das Strickzeug zur Seite. „Hast du ihn gefunden?", will sie von ihm wissen. „Nein", sagt er, „er ist wie vom Erdboden verschluckt. Ich war beim Stuhlmacher, der ihn ab und zu im Stall schlafen lässt, und in der Kneipe. Keiner hat ihn gesehen", und setzt sich ebenfalls auf das Sofa. „Aber ich habe gehört, dass im Norden noch ein Verrückter aufgetaucht sein soll", erzählt er ihr. Emilia nickt ihm ironisch interessiert zu, während sie zuhört. „Was ist?", fragt er.

„Marie, sie hat uns angelogen", sagt Emilia.

„Wie meinst du das?", fragt Ferdinand nervös. „Sie hat ihn noch ganze drei Male getroffen. Das war nicht das erste Mal, als sie davon erzählt hat", erklärt Emilia. „Dreimal?", fragt Ferdinand schockiert.

Emilia nickt, beiden fehlen die Worte.

Ferdinand schießen viele Gedanken durch den Kopf. Kurz steigt auch seine Wut. Er will seine Tochter bestrafen. Doch viel mehr möchte er den Verrückten bestrafen.

Er will wieder hinausgehen und weiter nach dem Verrückten suchen. Er will ihn ausfindig machen und ihm eine Abreibung verpassen. Aber wieso hat seine Tochter das getan?

Wieso würde sie den Kontakt zu einem Verrückten aufsuchen, wenn er und Emilia ihnen doch schon immer gesagt haben, dass sie sich von Fremden fernhalten sollen?

Hat sie eine Erklärung dafür?

Würde das ihr Verhalten rechtfertigen?

Er ist kurz vorm Verzweifeln.

„Wenn sie uns das verheimlicht hat, weil sie Angst vor uns hat, dann sollten wir ihr nicht weiter Angst machen", schlägt Ferdinand vor und denkt nun laut nach. Emilia seufzt.

„Und was stellst du dir vor, was wir machen sollen? Sollen wir ihr sagen, dass sie das gut gemacht hat?", fragt sie rhetorisch. Ferdinand setzt sich aufrecht auf. „Hör mir zu, wenn sie uns noch mehr verheimlichen sollte, würde sie uns das alles niemals erzählen, wenn wir sie jetzt anschreien und im Zimmer einsperren. Wir können das vernünftig klären", erklärt er. Emilia versteht ihn, doch hat Zweifel.

Marie sollte dennoch wissen, dass das, was sie getan hat, falsch war. „Wir müssen jetzt konsequent sein, Ferdinand", sagt sie. Auch sie hat Recht. „Dann reden wir mit ihr. Wir machen ihr deutlich, dass ihr Fehlverhalten Konsequenzen haben wird, aber wir zeigen auch Verständnis. Anscheinend ist da mehr, als wir dachten", antwortet Ferdinand und die beiden einigen sich auf diese Lösung.

Doch dieses Gespräch wird heute nicht mehr stattfinden. Nachdem Ferdinand Stunden damit verbracht hat, den Verrückten zu suchen, ist es spät geworden. Außerdem muss er am nächsten Morgen wieder arbeiten. Die Kinder schlafen vermutlich auch schon.

Ferdinand geht sich nach einem langen Tag waschen und Emilia zieht sich ihre Kleidung für die Nacht an. Wie vermutet liegt auch Erich schon in seinem Bett im Schlafzimmer der Eltern und schläft.

Emilia wirft noch leise einen Blick in das Zimmer der Mädchen. Sie liegen ebenfalls zugedeckt in ihren Betten. Emilia schließt die Tür leise und geht ins Bett.

Marie zuckt kurz zusammen. Sie scheint einen Traum zu haben. Was sie wohl gerade sieht? Was sie wohl noch für sich behält?

Marie ist zusammen mit ihren Geschwistern und ihrer Mutter auf dem Markt. Sie hält mit einer Hand die Hand ihres Bruders und mit der anderen die Hand ihrer Mutter. Es ist kalt und regnerisch. Rosa läuft wie immer alleine voraus. Sie sind fröhlich, auch wenn sie zwischen den Schirmen auf dem Markt immer wieder einige Tropfen Regen abbekommen. Dafür haben sie aber ihre Hüte auf. Marie bemerkt plötzlich, dass sie an einem Stand mit verschiedenen Apfelsäften stehen. „Rosa! Rosa! Guck hier! Es gibt Apfelsaft!", ruft sie, aber Rosa hört sie nicht und hüpft lachend weiter. „Rosa, warte!", ruft Marie noch lauter und ihre Stimme erstickt im eigenen Echo.

Dann reißt sie sich los und rennt los, um Rosa zu erreichen. Rosa dreht sich um und winkt ihr lächelnd zu, während sie langsam verschwindet. „Rosa!", ruft Marie erneut lauter und rennt so schnell sie kann. Auf einmal hört sie einen ganz lauten Krach und alles bebt. Waren fallen von den Tischen und den Ablagen und Marie fällt stolpernd zu Boden.

Als sie sich umsieht, ist sie plötzlich ganz alleine auf dem Markt. Kein Mensch ist mehr da. „Mama! Rosa! Erich!", ruft sie verzweifelt. Doch eine Antwort ist vergebens.

Marie steht gerade wieder auf, als die Erde plötzlich erneut bebt. Sie hört ein lautes Geräusch. Ein Schrei, der nach Wut, Hunger und Tod klingt. Als sie sich umdreht, sieht sie es. Dieses riesige Ungeheuer kommt auf sie zu. Es ist bräunlich mit stechend gelben Augen, hat einen großen Schädel und scharfe Zähne wie tausend Messer.

Marie ist wie erstarrt. Als der Dino einen weiteren Schritt auf sie zugeht, realisiert sie die Gefahr. Sie will losrennen, doch bewegt sich nicht. Sie bleibt auf der Stelle stehen. Ihre Gefühle und Emotionen überkommen sie. „Mama! Hilfe!", kreischt sie, doch es ist niemand da, der ihr helfen könnte. Der Dinosaurier steht nun unmittelbar hinter ihr. Sie weiß, dass sie gleich

aufgefressen wird. Sie spürt den heißen Atem des Monsters an
ihrem Nacken und plötzlich greift sie jemand an der Schulter.

Marie schreit auf und versinkt sofort in Tränen. Auch Rosa
wacht erschreckt auf. Sie rennt sofort zum Bett ihrer
Schwester und hält sie fest. „Es ist alles gut. Du hast nur
geträumt", sagt sie und drückt ihre Schwester, die sich im
Bett aufsetzt. Marie weint und will von ihrem Traum erzählen,
doch bekommt kein Wort raus. „Alles gut", sagt Rosa erneut
mit ruhiger Stimme. Dann schreit Marie plötzlich: „Ein
Dinosaurier!"
Rosa läuft ein Schauer über den Rücken, aber sie lässt sich
nichts anmerken. Das war genau das gleiche, was der
Verrückte geschrien hat, als sie Marie dabei erwischt hat, wie
sie mit ihm redete. Sie streichelt ihr den Rücken.
„Alles wird gut. Es war nur ein Traum", sagt sie. Marie weint
noch. Sie sitzen beide noch da, bis sich Marie ein wenig
beruhigt hat. „Kann ich in dein Bett?", fragt Marie verängstigt.
„Natürlich, komm", antwortet Rosa und sie legen sich
gemeinsam in ihr Bett.
Marie klammert sich im Bett an Rosa und irgendwann schläft
sie ein. Doch Rosa ist hellwach.
Sie muss an den Verrückten denken, wie er plötzlich das
gleiche geschrien hat. Haben beide etwa auch dasselbe
gesehen?
Das wird eine lange Nacht.

Kapitel 2 – Die Gewissheit

Es sind nun mehrere Wochen seit dem Vorfall mit dem
Verrückten auf dem Markt vergangen. Ferdinand suchte ihn
noch einige Mal, doch fand ihn nicht. Es scheint, als hätte er
Ferdinand diese unangenehme Arbeit abgenommen, indem
er von selbst gegangen ist. Seit langem ist er bei Familie Kunsk
auch kein Gesprächsthema mehr. Das erinnert einen an die
Tage, als er zum ersten Mal im Dorf auftauchte.
Er wurde zum Gesprächsthema schlechthin. Jede Diskussion,
jeder Streit und jede ungeklärte Frage basierten auf seiner
Existenz. Doch sie war nicht wichtig genug, um ihr
Verschwinden weiter zu hinterfragen. Im Grunde genommen
war die Existenz des Verrückten sogar völlig unbedeutsam.
Nur noch die Kinder der Familie Kunsk, vor allem Rosa,
dachten hin und wieder an ihn. In unregelmäßigen Abständen
erlebte sie den schockierenden Gefühlszustand, als Marie in
der Nacht des Verschwindens den Alptraum hatte und
aufschrie. *Ein Dinosaurier!*
Marie hingegen traute sich fast nicht an ihn zu denken. Ihre
Eltern führten am Tag nach dem Ereignis ein ernsthaftes
Gespräch mit ihr, und es zeigte Wirkung.

Dennoch leben sie das Leben fast genauso weiter wie vorher.
Ferdinand kommt jetzt noch später nach Hause als sonst.
Manchmal übernimmt er sogar eine zweite Schicht und bleibt
tagelang fern von zuhause. Er verdient mehr Geld, doch durch
die hohe Nachfrage an Stahl, wringt das Werk seine Arbeiter
und Kapazitäten bis auf den letzten Tropfen aus. Trotzdem
kommt die viele Arbeit gelegen. Es wird immer
wahrscheinlicher, dass sie genug Geld haben würden, um
Erich zur Schule zu schicken.

Außerdem nutzte die Familie diese Gelegenheit, um den Kindern zu den Feiertagen Geschenke zu kaufen.

Ferdinand kaufte im Nachbardorf, wo er arbeitete, in einem Spielzeugladen einen großen Eimer Holzbausteine. Sie sind bunt und in verschiedenen Größen.

Erich und Marie verbringen viel Zeit gemeinsam verschiedene Objekte und Gebäude zu bauen. Und jedes Mal, wenn sie ein Bauwerk fertigstellen, rufen sie ihre Eltern oder Rosa, die ihre Zeit lieber alleine mit ihren eigenen Geschenken verbringt, um sie ihnen zu zeigen.

Rosas Geschenk war nicht unkompliziert. Es sorgte zu Beginn für etwas Unruhe zwischen Ferdinand und Emilia, aber diese legte sich wieder.

Rosa bekam ein Buch über Dinosaurier. Sie „liest" es jeden Tag. Die Wörter darin sind sehr kompliziert, da es kein Kinderbuch ist. Es ist ein wissenschaftliches Buch und in Fachsprache geschrieben. Sogar Emilia hat Schwierigkeiten das Buch zu lesen und zu verstehen.

Ferdinand war sich erst nicht sicher, da das Buch zudem sehr dick ist. Doch beim Überfliegen der Seiten, entdeckte er viele realistische Bilder von Dinosauriern und entschied sich schließlich dafür.

Für Rosa war das eine großartige Geste.

Marie will auch ständig durch das Buch stöbern, wenn sie nicht gerade dabei ist, extravagante Bauwerke zu erstellen.

Emilia hatte auch ein Geschenk für Rosa. Vermutlich das schönste von allen. Bis heute hatte sie nicht den Mut dazu, das zu tun, doch nach reichlicher Überlegung und einer Absprache mit Ferdinand, hatte sie sich dazu überwunden, Rosa das Lesen beizubringen.

Normalerweise stand so etwas in der Gesellschaft völlig außer Frage. Niemand traute sich die Autorität der Schule und Lehrer zu hinterfragen, indem er seine Kinder ohne deren Hilfe unterrichtete.

Sollte das herauskommen, könnte die Familie in Schwierigkeiten geraten. Wie vieles andere auch, unterstand die Bildung im Lande der Union.

Aber somit schenkt Emilia ihr etwas, das Rosas Welt komplett verändern und auf den Kopf stellen würde.

Wie seit vielen Jahren, liest sie ihren Kindern regelmäßig abends Märchen vor. Am nächsten Tag lesen sie und Rosa dann gemeinsam dieselben Märchen in einem langsamen Tempo erneut. Sie haben zusammen bereits mehrere Geschichten gelesen.

Da Emilia nur die Regelschule besuchte, wusste sie sich nicht besser zu helfen. Deswegen lernte Rosa durch Nachsprechen. Einige kurze Wörter kennt sie schon und erkennt sie auch in anderen Märchen oder im Alltag.

Marie war anfangs auch dabei. Das Dinosaurierbuch faszinierte sie und sie schaute sich jedes Mal die Bilder von den Tieren an. Sie fanden ein neues Zuhause in ihrer Vorstellung. Auch sie sollte gemeinsam mit Rosa das Lesen lernen, doch schnell verlor sie das Interesse. Der einzige Satz, den sie sich merken konnte, war: „Es war einmal." Immer wenn sie einen Text in irgendeiner Form sieht, auch wenn es nur ein Wort auf einem Plakat oder einem Gebäude ist, zeigt sie darauf und liest: „Es war einmal."

Rosa ist ambitionierter. Sie wird es lernen.

Es ist nur eine Frage der Zeit.

Emilia arbeitet nicht mehr so oft im Garten. Die Jahreszeit dafür ist vorbei. Stattdessen wird nun Holz gehackt, das sie im Sommer beim Förster bestellten. Er lieferte es im späten Herbst in mehreren Wagenladungen mit dem Pferd. Es muss nur noch kleingehackt werden, damit die Holzstücke in den Ofen passen und das Haus der Familie beheizt und somit vor der Kälte geschützt werden kann.

Diese Arbeit war für Rosa auf Dauer zu hart. Sie schafft es nach kurzer Zeit nicht mehr, die Axt über ihren Kopf zu heben und schwungvoll und gezielt auf die Holzstücke zu treffen. Ihre Mutter übernimmt diesen Teil. Rosa und Marie sind dafür zuständig, das gehackte Holz im Schuppen zu lagern oder eimerweise ins Haus zu tragen. Definitiv eine harte Arbeit, aber sie finden sich damit ab.

Es beklagt sich keiner der kleinen Arbeiterinnen.

Das Einzige, was sich verändert hat, ist, dass Rosa nun immer ein Buch dabeihat. Wenn sie sich zu einer Pause hinsetzt, verschwindet sie in ihrer Fantasiewelt.

Auch heute ist die Arbeit für Rosa getan und sie sitzt mit ihrem Märchenbuch auf ihrem Bett. Sie liest dieselben Geschichten immer wieder. Sie muss diese Wörter und ihre verschiedenen Schreibweisen auswendig lernen. So wäre sie eines Tages in der Lage dazu, jedes Buch zu lesen und zu verstehen.

Ein Traum wird wahr.

Beim Abendessen fragt sie, ob sie früher aufstehen dürfe, damit sie lesen könne. Normalerweise stand man erst auf, wenn alle fertig waren. Da das Lesen Rosa aber förmlich aufblühen lässt und glücklich macht, darf sie manchmal früher aufstehen.

Die Routine beim Abendessen wäre aber auch ohne das frühe Aufstehen von Rosa nicht mehr möglich. Als die Arbeit beim Stahlwerk anfing, sich zu häufen, wartete Ferdinands Familie noch auf ihn bis zum Abendessen. Da das mittlerweile aber fast jeden Tag so ist, gibt es diese Tradition bei Familie Kunsk nicht mehr.

Während sie liest und die einzelnen Buchstaben und Wörter der Geschichte studiert, betritt Marie das Zimmer.

„Rosa, kannst du mir was vorlesen?", fragt sie. Sie ist sehr stolz auf ihre große Schwester. Sie betrachtet Rosa nun mit ganzen neuen Augen. In diesen neuen Augen ist sie nun viel mehr wie eine zweite Mutter für Marie.

Nie hätte sie gedacht, dass ihr auch Rosa eines Tages Märchen vorlesen könnte. Das Lesen war die Zauberkunst der Mutter. Nur sie schaffte es, auf Seiten mit Bildern und komplizierten Zeichen eine wundervolle Geschichte zu sehen. Rosa kann das jetzt auch, obwohl es bei ihr immer die gleiche Geschichte ist.

Rosa schrickt leicht auf, als ihre kleine Schwester sie aus der Welt der Zauberei reißt. „Ja, setz dich", sagt sie selbstbewusst. Marie setzt sich zu Rosa aufs Bett und beide schauen in das Märchenbuch.

Und dann fängt Rosa langsam an zu lesen. Das fasziniert Marie. Sie hört ihrer großen Schwester zu, doch lässt sich immer wieder von diesem Zauber ablenken, denn Rosa kann auf diesen Seiten wunderbare Geschichten sehen.

So schweift ihre Aufmerksamkeit hin und wieder ab.

Auch Rosa ist stolz auf sich. Sie genießt diesen Moment mit ihrer kleinen Schwester. Doch sie will mehr und schneller lernen. Verglichen mit den hochnäsigen Kindern, die täglich mit dem Auto zur Schule gefahren werden, fehlt es ihr an nichts.

Am nächsten Morgen ist Emilia wie üblich früh wach. Sie steht im Hof und hackt das restliche Holz. Die letzte Nacht hat sie alleine im Bett verbracht und konnte deshalb nicht sehr gut schlafen. Nicht, weil sie ohne Ferdinand Angst hätte, es beunruhigt sie zu wissen, dass er auch in der Nacht schuften muss. Er ist sicherlich müde. Zum Glück aber, kennt das Pferd den Weg nach Hause und würde ihn nicht im Stich lassen, wie weit der Weg auch sein mag.

An ihrer Seite ist heute auch Rosa. Emilia hat ihr versprochen, dass sie, sobald sie mit dem Holz fertig sind, mit ihrem Buch an den Fluss darf, um dort das Lesen zu üben. Es ist kalt, aber ein sonniger Tag steht bevor.

Diese zwei bei der Arbeit zu beobachten, könnte einen hypnotisieren. Es läuft alles sehr fließend und einstudiert. Emilia holt weit aus und mit einem schwungvollen Hieb zerschlägt sie das Holz in zwei Hälften. Die eiserne Kette, die sie um das Holz gebunden hat, hält es zusammen. Dann dreht sie das Holz einmal und holt wieder zu einem Schlag aus. Aus zwei Hälften werden vier Teile. Sie löst die Kette und wirft die vier gleichgroßen Holzteile Richtung Schuppen. Dort steht Rosa und stapelt sie an der Wand.

Dann befestigt sie die Kette am nächsten Stück Holz. Der Ablauf ist immer der gleiche, ohne Pausen und ohne Fehler.

Kette, Schwung, Hieb, Stapeln.

Kette, Schwung, Hieb, Stapeln.

Doch dann hören beide die Hufen eines Pferdes. Aus dem Nebel heraus erscheint das Pferd der Familie Kunsk. Am Pferd ist der hölzerne Wagen befestigt, auf dem Ferdinand sitzt. Dreckig, verschwitzt und müde. Er lächelt. „Guten Morgen, fleißige Damen", begrüßt er die beiden, als er auf dem Hof steht. „Du siehst sehr müde aus. Wie war die Arbeit?", fragt

Emilia und legt endlich eine Pause ein. Ihre Arme sind es ihr sehr dankbar. Rosa stapelt das Holz noch weiter.

„Es gab wie immer viel zu tun. Aber hier ja auch, wie ich sehe", antwortet er und blickt auf seine Tochter. Auch Emilia schaut sie an, während Rosa sich bückt und die Holzstücke sammelt.

„Sie will unbedingt weiterlesen. Ich habe ihr gesagt, nach dem Holz darf sie an den Fluss. Viel haben wir nicht mehr vor uns", antwortet Emilia stolz.

„Bis dahin sollte sich der Nebel lichten", kommentiert Ferdinand. „Willst du etwas essen? Soll ich dir was kochen?", fragt ihn Emilia. „Ich werde mich erstmal waschen und hinlegen. Essen können wir dann später gemeinsam", antwortet er und gibt ihr einen Kuss auf die Stirn.

„Rosa! Hilf deinem Papa den Pferdewagen zu lösen! Und wo bleibt eigentlich meine Umarmung?", ruft er. „Ich komme!", antwortet Rosa und läuft freudig auf ihren Vater zu.

Emilia, die sich kurz hingesetzt hat, beobachtet die beiden. Momente wie diese sind ihr so wichtig. Auch wenn es ihnen noch an vielem fehlt, ist sie sehr glücklich. Das ist ihre Familie.

Mittlerweile ist es Mittag geworden und Rosa ist auf dem Weg zum Fluss. Sie ist dick angezogen, auch wenn die Sonne scheint, hat es draußen keine zehn Grad. Unter ihrem Arm trägt sie zwei Bücher. Das Märchenbuch, aus dem sie täglich dieselben Geschichten liest und das Dinosaurierbuch, aus dem sie noch nicht lesen kann.

Nicht nur ihre Schwester sieht sie mittlerweile als eine zweite Mutter. Auch sie selbst fühlt sich, seitdem sie mit dem Lesen begonnen hat, wie eine erwachsene Frau. Sie kann nicht nur lesen und so Zeit vertreiben, sie liest auch ihren Geschwistern vor und kann dadurch auch eine wichtige Aufgabe ihrer Mutter übernehmen und sie weiter entlasten.

Bald kommt Rosa auch schon am Fluss an. Genau dort, wo sie Marie und den Verrückten vor zwei Monaten sah. Der Boden ist feucht und kalt, doch der Blick auf den Fluss, die leeren Maisfelder und die Berge ergeben ein wunderschönes Panorama. Die Sonne scheint über den Gipfeln der Berge und wird vom Wasser reflektiert, der Nebel längst verzogen.

Rosa setzt sich hin und nimmt ihr Märchenbuch zur Hand. Das Dinosaurierbuch liegt neben ihr auf dem Boden.

Und sie fängt an zu lesen. Sie hat zusammen mit ihrer Mutter schon die ersten drei Geschichten gelesen und übt schon die vierte und letzte. Sie will ihre Mutter damit überraschen. Noch bevor ihre Mutter ihr diese Geschichte vorliest, will sie die Geschichte ihrer Mutter vorlesen.

Sie ist noch auf der ersten Seite, als sie hinter sich andere Kinder auf den Straßen hört.

Die Schulkinder müssen wohl Mittagspause haben. Vor dem Kiosk hat sich ein kleines Publikum gebildet. Die Kinder stehen an, um die beliebten „Fröschli" zu kaufen. Eine fast nur aus Zucker bestehende, grüne Süßigkeit, die fest an den Zähnen klebt.

Rosa legt ihr Buch zur Seite und dreht sich um. Sie beobachtet die Kinder, wie sie Münzen aus ihren Jacken- und Hosentaschen holen und für die Süßigkeit bezahlen. Die ersten Kinder, die ihre „Fröschli" bekommen haben, lösen sich von der Schlange und unterhalten sich. Rosa hört ihnen aufmerksam zu. „In Mathematik habe ich die Dezimalbrüche so schnell gerechnet, dass Herr Werner, mir Zusatzaufgaben gegeben hat", gibt einer der Schüler an. „Im Lesen bekam ich eine sehr gute Note. Das Diktat war aber schwierig", sagt ein anderes Kind.

Dezimalbrüche und Diktate, davon hatte Rosa vorher noch nie gehört. In ihren Augen wirken diese Kinder mit klebrigen Mündern voller „Fröschli" wie kleine Wissenschaftler.

Und es gibt Lesenoten?

Daran könnte sie doch eigentlich auch schon teilnehmen. Schließlich lernt sie das Lesen und übt jeden Tag.

Wie gerne würde sie sich mit den anderen Kindern im Lesen vergleichen. Wie gerne wüsste sie, ob sie auch so klug sein könnte wie diese Kinder.

Rosa taucht kurz in ihre Fantasie ab und sieht sich selbst an einer Schulbank sitzen, wie sie gerade aus dem Dinosaurierbuch vorliest. Das Buch war in einer sehr schwierigen Sprache geschrieben. Fast keines der Wörter darin kommt in den Märchenbüchern vor. Rosa müsste den Klassenkameraden und sogar dem Lehrer erklären, was diese bedeuten. Sie würden sie alle bestaunen und beneiden.

Und was für Augen sie erst machen müssten, wenn sie erfuhren, dass Rosa sogar ihrer kleinen Schwester Geschichten vorliest?

Das macht bestimmt keines dieser Kinder.

Es dauert jedoch nicht lange, bis Rosa realisiert, dass das vermutlich niemals passieren würde. Ihre Familie konnte sich die Schule nicht für alle drei Kinder leisten.

Nach wenigen Minuten verschwinden die Schulkinder auch schon wieder. Sie rennen wieder zurück Richtung Schule. Ein Wunder, dass sie nicht in den Mittagspausen auch noch zum Kiosk gefahren werden und stattdessen laufen müssen.

Was hatten sie denn, was Rosa nicht hatte?

Rosa sitzt auf dem Boden mit den Blicken wieder auf die Berge gerichtet. Für einen Augenblick hat sie die Lust am Lesen verloren. Sie stellt sich viele Fragen, deren Antworten sie nicht kennt, oder nicht kennen möchte. Und immer wieder blickt sie auf die Berge.

„Wovor schützt ihr uns?", fragt sie sich.

Irgendwann nimmt sie wieder ihr Märchenbuch zur Hand und liest.

Rosa kann sich nicht lange auf das Lesen konzentrieren.

Zu sehr klagt sie ihre Neugier auf die Schule und die Sachen, die dort unterrichtet werden. Früher war sie schon mal zur Schule gegangen. Es war am Abend und niemand war dort. Sie wollte durch die Fenster blicken und versuchen etwas zu erkennen, doch das war ihr nicht möglich.

Vielleicht könnte sie sich heute während des Unterrichts erneut heranschleichen und einen Blick durch ein Fenster werfen?

Sie steht auf und packt sich ihre Bücher unter die Arme und läuft los. Den Weg zur Schule kennt sie. Sie liegt nicht weit vom Marktplatz, nur etwas außerhalb.

Am Kiosk bleibt sie kurz stehen und betrachtet all die Süßigkeiten, die in buntes Papier und in Folie gewickelt sind.

„Junge Dame, was darf's denn sein?", fragt der nette alte Kioskbetreiber, der hinter dem Tresen sitzt. Er erkennt ihre Blicke, und dass sie auf das Regal voller Süßigkeiten schaut. „Etwas Süßes?", hakt er nach. „Nein, nichts. Danke sehr", antwortet sie, lächelt kurz und macht sich weiter auf den Weg. „Der Unterrichtet hat schon wieder begonnen!", ruft ihr der Kioskbesitzer hinterher.

Rosa bleibt stehen und hält inne. Hat er etwa sie gemeint? Sie schaut auf ihre Bücher unter ihrem Arm. Denkt er, sie würde auch zur Schule gehen?

Sie dreht sich um. „Oh, danke!", ruft sie zurück und rennt glücklich los in Richtung Schule.

Sie läuft voller Glück und Neugier über den Marktplatz. Er steht fast leer. Die Stände sind fast alle abgebaut oder verlassen. Nur der Stand der alten Dame, die das Dinosaurierbuch hatte, scheint noch geöffnet zu sein. Als Rosa an dem Stand ankommt, bleibt sie stehen und schaut sich die Bücher erneut an. Dort liegen so viele Bücher, die sie alle eines Tages noch lesen muss.

Plötzlich hört sie die Stimme der alten Dame. „Wie kann ich der jungen Dame helfen?", fragt sie nett. Als Rosa zu ihr aufblickt, erkennt die Frau, wer vor ihr steht. Ihr Gesichtsausdruck verändert sich sofort. „Du Diebin", sagt sie verabscheuend. Doch dieses Mal ist Rosa voller Selbstvertrauen. Sie hat Bücher und kann fast lesen.

„Du alter Dino", antwortet sie und hält den Blickkontakt selbstbewusst. Die Frau ist fassungslos schockiert.

„Wie bitte?", fragt sie völlig verwundert. Rosa streckt ihr die Zunge raus und rennt wieder los. Sie darf schließlich nicht zu spät zum Unterricht sein.

Noch glücklicher als vorher rennt sie durch die Straßen und Gassen. Und dann steht es vor ihr. Ein riesiges Haus, gebaut aus Stein und mit hohen Fenstern. Eine große Treppe führt zum Haupteingang. Über dem Eingang steht ein Wort eingemeißelt. Rosa gibt sich größte Mühe, doch erkennt nur das Wort „schule" am Ende. Was davor steht, stand noch in keines ihrer Geschichten.

Sie ist beeindruckt vom Gebäude, auch wenn sie schon einmal hier war. Das ist also der Ort, wo sie unbedingt sein will. Der Ort, der ihr alles beibringen könnte. Der Ort, der zu teuer ist für ihre Familie.

Sie analysiert das Schulhaus von außen. Könnte sie ohne Weiteres hineinlaufen? Wäre die Tür offen und würde man sie bestrafen, sollte sie erwischt werden?

Oder sollte sie lieber erstmal einen Blick durch eines der Fenster im unteren Stockwerk werfen?

Wenn sie unvorsichtig ist, könnte man sie aber auch dabei erwischen. Rosa denkt kurz nach. Zunächst beschließt sie, aus sicherer Entfernung in eines der Fenster hineinzuspähen.

Sollte sie keiner bemerken, könnte sie versuchen die Schule zu betreten. Schließlich dachte auch der Kioskbesitzer, sie sei eine Schülerin. Vielleicht würde sie gar nicht auffallen und könnte sich also auch einfach in eine Klasse setzen.

Dann wäre sie tatsächlich für einen Tag eine Schülerin.

Sie atmet tief durch und nimmt all ihren Mut zusammen.

Dann läuft sie los und begibt sich langsam zur Seite des Gebäudes. Rosa bleibt auf dem gepflasterten Weg, der direkt an der Schule vorbeiführt. Beim Vorbeilaufen dreht sie ihren Kopf zur Seite und schaut ins Fenster. Darin leuchtet eine große Lampe, die von der Decke hängt.

Doch sie läuft nicht einfach weiter, wie sie es geplant hatte. Ihre Neugier hält sie davon ab und sie bleibt stehen. Sie läuft nun langsam direkt auf das Fenster zu.

Was die Schüler in diesem Raum wohl gerade lernen?

Als sie direkt an der Wand steht, muss sie sich auf ihre Zehenspitzen stellen und sich an der Fensterbank festhalten, um einen besseren Blick zu ergattern.

Doch sie sieht keine Kinder in diesem Zimmer. Es sieht auch nicht so aus, wie sie sich ein Klassenzimmer vorstellen würde. Sie kann keine Schulbänke erkennen.

Stattdessen sieht sie zwei Männer. Einer der beiden, vermutlich der Schuldirektor, trägt einen dunkelbraunen Anzug mit weißem Hemd und einer Krawatte. Der andere Mann trägt eine Art Uniform. Auch sie ist in einer bräunlichen Farbe. Außerdem ist der Anzug dieses Mannes geschmückt mit Medaillen und verzierten Schulterpolstern.

Dazu trägt er einen glänzenden Hut unter seinem Arm und große Lederstiefel. Er scheint sehr höflich zu sein, da er die Mütze in einem Gebäude abnimmt. Der Schuldirektor sitzt in einem ledernen Sessel, während der andere Mann im Stehen etwas zu erklären scheint.

Was ist das denn für eine Schule?

So hatte sich das Rosa auf keinen Fall vorgestellt. Wo sind all die Kinder?

Mitten im Raum steht eine Metallstange, an der eine Art Leinentuch befestigt ist. Es sieht aus wie ein Gemälde. Darauf sind viele bunte Kritzeleien. Striche, die mal gerade sind, mal kurvenreich und manchmal im Zickzack. Was soll das darstellen? Ist das etwa Kunst?

Der Hintergrund ist meistens grün, etwas blau ist auch zu sehen. Auf dem grünen Bereich stehen Worte, die Rosa nicht lesen kann.

Es sind auch einige große und kleine Pfeile zu sehen, die aus anderen Linien entstammen.

Und dann erkennt sie auch viele rote Punkte, die eigentlich keine Punkte sind. Das Tuch hängt nicht direkt vor dem Fenster, weshalb sich Rosa Mühe geben muss, sie zu erkennen. Sie sehen aus wie kleine Kreuze. Sie sind auf dem grünen und auf dem blauen Hintergrund zu sehen. Was sollen die darstellen?

Während der Mann in der Uniform spricht, dreht er sich auf einmal Richtung Fenster. Er und Rosa schauen sich für einen Moment direkt in die Augen. Rosa erschrickt. Sie muss sofort hier weg. Sie wurde erwischt!

Die Männer eilen zum Fenster und Rosa rennt auf dem gepflasterten Weg zurück in die andere Richtung. Sie hört eine tiefe Männerstimme. „Bleib sofort stehen!", doch Rosa

denkt nicht daran. Sie versteckt sich in einer Gasse zwischen zwei Häusern und geht in die Hocke.
Was hat sie da gesehen? War das wirklich etwas Schulisches?

Während sie in der kalten und dreckigen Gasse sitzt, wartet sie auf den Mann in den Stiefeln und, dass er sie erwischt, doch es passiert nichts. Es laufen gelegentlich Menschen vorbei, doch keiner scheint panisch ein Kind zu suchen, dass sich versteckt hat. Rosas anfängliche Panik lässt bald nach, als sie realisiert, dass sie bloß am falschen Fenster stand. Diese Männer waren zwar in der Schule, doch sie waren mit einer Art Planung oder Gespräch beschäftigt.
Rosa denkt an die Geschichten ihrer Mutter, als sie ihr von der Schule erzählte.

Als Rosa noch jünger war und es für Ferdinand und Emilia sogar noch Hoffnung gab, Rosa und Baby-Marie zur Schule zu schicken (Erich war noch nicht geboren), erzählte ihr Emilia all die Sachen, die sie in der Schule lernen würde.
So erfuhr Rosa, wie ein Klassenzimmer aufgebaut war. Ein großer Raum und alle Schüler hatten eine eigene Bank mit kleinem Tisch. Die Tischplatte konnte man anheben und Hefte und Schreibsachen darin verstauen. Ganz vorne im Raum würde der Lehrer stehen, der alles wusste. Es gab keine Frage, die der Lehrer nicht beantworten konnte. Lehrer mussten die klügsten Menschen der Welt sein, und sie teilten dieses Wissen mit jedem Kind, das in diesem Raum saß.
Diese Vorstellung regte Rosas Lust und Willen an, eines Tages zur Schule zu gehen und all dieses Wissen zu ergattern. Sie wäre eine verdammt fleißige Schülerin gewesen.

Ob sie wohl zurück zur Schule gehen könnte, um einmal so einen klugen Menschen zu sehen und ihm zuzuhören?

Sie dürfte aber auf keinen Fall wieder an diesem Fenster vorbeilaufen. Wenn diese Männer sie erneut erwischen würden, wäre sie in Schwierigkeiten. Sie müssten jetzt wissen, dass Rosa keine Schülerin ist.

Sie steht auf und langsam streckt sie ihren Kopf aus der Gasse und schaut sich um. Es sind immer noch keine Männer in schwarzen Stiefeln unterwegs, die sie suchen und ihr etwas antun wollen.

Sie geht raus auf den gepflasterten Weg und richtet ihre Jacke. Der Staub auf ihrer Kleidung von den Wänden wird so gut es geht abgeklopft und Rosa macht sich wieder auf den Weg.

Dann steht sie wieder vor diesem imposanten Gebäude. Diesmal sind ihre Schritte und Blicke selbstbewusster. Ihre Neugier verkneift sie sich. Sie muss nun so tun, als wüsste sie ganz genau, wo sie hingeht. Als würde sie das jeden Tag machen. Ohne stehenzubleiben, läuft sie auf die Treppen zu und fast zögert sie, die erste Stufe zu erklimmen, weil sie eine männliche Stimme erwartet, die sie aufhält.

Aber sie läuft die erste Stufe hoch, dann die zweite, die dritte. Als sie oben ankommt, drückt sie gegen die Eingangstür, die ein schrecklich lautes Quietschen von sich gibt.

Kurz schreckt sie auf. Dann aber ist sie angekommen.

Sie ist in der Schule. Bevor die Tür hinter ihr wieder zufällt, steht sie in der Aula und blickt sich um.

Ohne die Sonnenstrahlen von draußen ist es etwas dunkel.

Die Decken sind so hoch. Viel höher als bei ihnen zuhause.

Es liegt ein eigenartiger Geruch in der Luft.

Rosa schließt die Augen und atmet tief durch ihre Nase ein.

Dann fällt die Tür hinter ihr zu und Rosa weiß, dass jemand bei diesem Lärm nachschauen muss, wer gerade gekommen ist. Sie sieht neben der Treppe, die zum ersten Stockwerk führt, einen Tisch mit einer Vase darauf und versteckt sich darunter. Nun hat sie von dort aus einen direkten Blick auf die Tür, die zu dem Zimmer führt, wo vorhin die beiden Männer gewesen sein müssen.

Wenn sich diese Tür nicht bald öffnet, sollte sie sich frei bewegen können. Sie wartet und zählt innerlich langsam bis zehn.

Eins, zwei, drei, vier, fünf, sechs, sieben, acht, neun, zehn...
Nichts geschieht. Die Luft ist rein.

Sie krabbelt unter dem Tisch hervor und steht auf. Erneut richtet sie ihre Jacke und begibt sich gleich zur Treppe. Die Klassenzimmer befinden sich bestimmt im oberen Stockwerk. Dort sollten keine uniformierten Männer sein.

Die Treppen sind aus Holz und knarren bei jedem zweiten Schritt. Mit einer Hand hält sie sich am Treppengeländer fest. Mit der anderen ihre Bücher unter ihrem Arm.

Dann kommt sie oben an. Links und rechts vor ihr sind jeweils drei Zimmer, deren Türen geschlossen sind.

Sollte sie einfach eine Tür öffnen und hineinlaufen? Würde man sie fragen, wer sie ist? Würde man sie rauswerfen? Oder würde man sie einfach als Schülerin akzeptieren und sich setzen lassen?

Ihr Herz rast. Ihr Selbstbewusstsein reicht nur bis zu einem gewissen Punkt. Rosa ist an ihre Grenzen gestoßen.

Sollte sie doch wieder umdrehen und gehen?

Das kann sie nicht tun. Sie ist ihrem Traum so nahe. Sie muss es einfach versuchen. Wenn es funktioniert, wäre sie endlich eine Schülerin und würde so viel lernen. Sie hätte unbegrenzten Zugang zu all dem Wissen. Sie atmet tief durch und gibt sich einen Ruck.

Rosa entscheidet sich für die erste Tür auf der linken Seite. Sie läuft direkt auf sie zu und drückt die Türklinke hinunter. Doch die Tür öffnet sich nicht. Jemand hat sie verschlossen.

Ist die Schule schon vorbei?

Sie lässt sich von ihren Gedanken nicht ablenken. Wenn sie jetzt noch einmal zweifelt, könnte sie nicht noch einmal den Mut aufbringen, weiterzumachen. So läuft sie also direkt zur nächsten Tür daneben. Erneut greift sie nach der Türklinke und drückt sie hinunter. Sie zieht die Tür zu sich.

Und diese Tür lässt sich öffnen.

Ein helles Licht durch die Fenster im Klassenzimmer erleuchtet Rosas Gesicht. Für eine kurze Zeit ist sie geblendet. Sie geht mutig einen Schritt ins Klassenzimmer und bleibt stehen. Rosa steht da, wie ein junges Rehkitz, dass gerade beim Waldspaziergang von Jägern erwischt wurde.

An jeder Bank im Klassenzimmer sitzt ein Kind und ganz vorne im Raum steht ein Mann. Sie alle schauen Rosa an und keiner redet oder tut etwas anderes.

„Wer bist du denn?", fragt der Mann verwundert.

Rosa wird nervös und fängt an zu stottern. „Ich bin eine Schülerin. Ich habe Bücher", antwortet sie mit einer zittrigen Stimme. Plötzlich bricht im Klassenzimmer lautes Gelächter los. Die Schüler lachen Rosa aus. Rosa bereut ihre Entscheidungen sofort. Der Mann greift nach einem langen Stock und schlägt es schwungvoll und fest auf eine Tischplatte. Dieser Schlag erzeugt einen ohrenbetäubenden Lärm. „Ruhe!", schreit er und es wird schlagartig still im Raum.

Rosa ist nun völlig verängstigt. Von ihrem Selbstbewusstsein vor einigen Momenten ist keine Spur übrig. Nicht nur das, sie scheint total verschwunden zu sein und Rosa wieder in die Rolle eines Kleinkindes versetzt zu haben.

„Wie ist dein Name?", fragt sie der Mann, mit dem Stock in der Hand. Er schaut sie grimmig an. Ist das etwa einer der klügsten Menschen im Dorf? Ist das der Mann, der all sein Wissen mit den Kindern teilt und ihnen so viel beibringt? Wieso macht er ihr dann so viel Angst?

Noch nie fühlte Rosa sich so unter Druck gesetzt, wie in diesem Augenblick. Es ist vorbei. Sie weiß es. Mit diesem Schlag auf den Tisch zerplatzten all ihre Träume und Vorstellungen von der Schule.

„Ich... Ich weiß es nicht", sagt sie und dreht sich um. Sie reißt die Tür auf und rennt hinaus.

Sie weint. Sie weint so sehr, dass ihre Sicht vollkommen verschwommen ist. Sie muss hier so schnell wie möglich raus. Das hier ist kein Ort für sie. Kein Ort für Marie oder Erich. Hier sollte überhaupt kein Kind sein.

Sie rennt die knarrenden Holztreppen hinab, die sie vorhin noch vorsichtig hochgestiegen ist. Plötzlich übersieht sie die letzte Stufe und stolpert.

Voller Wucht schlägt sie mit den Knien auf dem steinernen Boden auf. Doch es bleibt keine Zeit, sich um die Schmerzen zu kümmern. Sie wischt sich schnell die Tränen mit ihrem Jackenärmel ab, steht dann auf, nimmt sich ihre Bücher und rennt weiter zum Haupteingang.

Auch diese Tür reißt sie auf und rennt hinaus ins Freie.

Nun verliert sie jegliche Kontrolle über ihre Emotionen und weint noch viel lauter. „Papa!", schreit sie, als sie erneut über den Marktplatz rennt. Sogar die alte grimmige Buchverkäuferin, an der sie vorbeirennt, hat für einen kurzen Moment ein schlechtes Gewissen, als sie Rosa in diesem Zustand sieht.

Irgendwann hat sie es geschafft.

Ferdinand ist mittlerweile wach und er will gerade Holz holen, als Rosa am Haus ankommt.

Als sie ihren Vater sieht, bleibt sie stehen. Sie schaut ihn mit ihren angeschwollenen und tränengetränkten Augen an.

Er lässt die Holzeimer reflexartig fallen und läuft auf sie zu.

Fast fühlt Ferdinand selbst physischen Schmerz bei diesem Anblick. Er lässt sich auf dem harten Boden auf die Knie fallen und Rosa rennt ihm in die Arme.

Ferdinand drückt sie so fest er kann. Mit seiner Umarmung und seiner Kraft lässt er sie wissen, dass niemand diese Mauer des Schutzes durchbrechen kann und sie nun in Sicherheit ist.

Auch sie drückt ihn so fest sie kann. Sie vergräbt sich buchstäblich in den sicheren Armen ihres Vaters.

„Was ist passiert?", fragt Ferdinand sie besorgt. Er kann es sich selbst nicht erklären, aber sein erster Gedanke ist der Verrückte. War er etwa zurückgekommen und hat seiner geliebten Tochter etwas angetan?

Rosa bricht erneut in Tränen aus. „Ich bin dumm. Ich bin so dumm. Ich werde niemals klug sein", schluchzt sie. Ferdinand ist fast beruhigt, weil sie nicht den Verrückten erwähnt hat. Er streicht ihr über die Haare. „Lass uns reingehen. Du schwitzt ja", sagt er und sie gehen zusammen ins Haus.

Emilia, die durch den Durchgang zur Küche hört, wie die beiden das Haus betreten, dreht sich um. Sie lässt ihr Werkzeug liegen und geht zu den beiden. „Was ist passiert?", fragt sie besorgt. Auch Marie folgt ihr. Ferdinand zieht Rosa die Jacke aus und sie setzt sich im Wohnzimmer auf das Sofa. Ferdinand geht vor ihr in die Hocke.

„Ich war in der Schule. Sie haben mich alle ausgelacht",
erzählt Rosa, während sie den Nasenschleim hochzieht.
Ferdinand und Emilia schauen sich beide fragend an.
Ihnen ist schon irgendwie bewusst, warum sie das getan
hatte, aber trotzdem müssen sie fragen, um sicher zu gehen.
„Warum warst du in der Schule?", fragt Ferdinand und legt
eine Hand auf ihr Bein.
„Ich wollte wissen, wie es ist. Ich dachte das merkt keiner",
antwortet Rosa. Noch bevor einer der Eltern darauf reagieren
kann, wird Rosa laut. „Aber ich bin dumm! Ich bin einfach
dumm!", heult sie und fängt wieder das Weinen an. Sie
nimmt sich ein Kissen, umarmt es und drückt ihr Gesicht
dagegen.
Während Ferdinand in Mitleid und Sorge versinkt, kocht
Emilia das Blut hoch. So wie in diesem Moment, hatte sie sich
noch nie gefühlt. Nicht einmal, als Rosa auf dem Markt das
Buch genommen hatte und sie dann den Verrückten sah.
Ihr wird fast schon schwindelig, weil ihr Blutdruck plötzlich ins
unermessliche steigt.
Ihre Instinkte sagen ihr, dass sie ihre Tochter beschützen
muss. Dieses Mal war sie unschuldig. Sie hatte doch
niemandem was getan.
Sie wirft einen kurzen Blick auf die Uhr. Doch sie verliert nicht
die Fassung. Sie würde sich persönlich um diese
Angelegenheit kümmern, aber nicht mehr heute. Erst haben
Rosa und der Seelenfrieden im Haus die Priorität. Die Schule
und die Kinder rennen nicht davon.
Ferdinand würde gerne wissen, wie Rosa auf den Gedanken
gekommen ist, dass sie sich ohne Weiteres in die Schule
schleichen könnte. Doch wenn er das fragen würde, würde
die Situation nur noch mehr eskalieren.

Emilia setzt sich zu ihrer Tochter auf das Sofa. „Du bist eines der klügsten Mädchen, das ich kenne. Vielleicht sogar das klügste hier im Dorf. Egal, wer etwas sagt und wer diese Person ist, du darfst nicht darauf hören. Diese Menschen kennen dich nicht. Sie wissen nicht mit wem sie reden. Du bist sehr stark. Lass dich niemals verunsichern", sagt ihr Emilia und sie sagt die Wahrheit. Marie steigt auch auf das Sofa und umarmt ihre große Schwester. Auch sie will für sie da sein. Erich, der oben ein Schläfchen hielt, ist nun durch die Geräuschkulisse geweckt und läuft besorgt, aber vorsichtig die Treppen herunter.

Rosa antwortet nicht. Sie schluchzt und umarmt weiter das Kissen.

„Deine Mutter hat Recht, Rosa. Niemals darfst du dich selbst kleinmachen, nur weil andere etwas haben, was wir nicht haben. Wenn du zur Schule gehen würdest, wärst du die Beste von allen", fügt Ferdinand hinzu. „Das tue ich aber nicht", antwortet Rosa. „Ich gehe nicht zur Schule."

Ein zerplatzter Traum, der in diesem Moment in ihren Augen sogar zur Fußmatte des Dorfes wurde.

Nach einigen Tagen, es dauert nur noch wenige Wochen bis zum Frühlingserwachen, sind Marie und Rosa gemeinsam im Dorf unterwegs. Sie haben ihre Arbeit für den Tag und den Moment erledigt und wollten ein wenig an die frische Luft. Emilia ihrer ältesten Tochter jeweils zwei Schilling mit, sollten sie sich irgendwo eine Kleinigkeit kaufen wollen.

Sie waren schließlich sehr fleißig und mussten für ihre Hilfe im Haushalt auch entlohnt werden.

Letzte Woche bekam Rosa von ihrem Vater ein weiteres Märchenbuch geschenkt. Denn ihre Überraschung hatte funktioniert. Erst las sie ihrer Muttereigenständig die Seiten vor, bevor sie die vermeintlich neue Geschichte gemeinsam üben wollten, und später am Abend dann auch ihrem Vater. Beide waren freudig überrascht und mächtig stolz auf ihre Tochter. Sie konnte nun lesen. Geschichten, die sie kannte, las sie flüssig und betonte die Wörter passend. Neue Geschichten konnte sie zwar auch lesen, aber etwas weniger flüssig. Doch da ihre Eltern wissen, dass nur das wiederholte Üben zu weiterem Erfolgen führt, bekam sie als Geschenk das neue Märchenbuch.

Rosa hat ihr neues Buch heute aber nicht dabei. Auch wenn sie ihrer kleinen Schwester regelmäßig Geschichten vorliest, sind sie heute zum Spielen und Erkunden unterwegs. Außerdem möchte sie nicht mehr von Fremden für eine Schülerin gehalten werden. Es war schwer genug für sie über den Vorfall in der Schule hinwegzukommen. Vergessen hat sie ihn nicht, wird sie vermutlich auch nie. Aber lesen möchte sie nur noch zuhause in den sicheren vier Wänden ihres Heims und dem Dach über dem Kopf, das sie beschützt.

Die beiden Schwestern laufen den Fluss entlang.
Dabei bewundern sie wie immer die schöne Landschaft, die von hohen Bergen geprägt ist. Sie freuen sich auch auf den Sommer. Wenn die Maisfelder voll mit Pflanzen sind und sie dann am höchsten stehen.
Auf jeden Fall würden sie auch diesen Sommer wieder durch die Felder rennen und sich verstecken.
„Erinnerst du dich an den Verrückten?", fragt Rosa ihre kleine Schwester, als sie sich der Brücke nähern, an der die beiden saßen und das anscheinend nicht zum ersten Mal. Marie bewegt den Kopf bejahend. „Wolltest du seine Freundin

sein?", fragt sie weiter. „Ich war seine Freundin, und er mein Freund. Er hat mir eine Banane gebracht", antwortet Marie und grinst stolz. Stolz, dass sie es alleine geschafft hatte mit jemandem eine Freundschaft zu schließen, trotz ihres vermeintlich komischen Aussehens, das sie zum Außenseiter machte.

„Vermisst du ihn?", will Rosa wissen. „Wieso fragst du das?", fragt Marie zurück. Rosa denkt nach. Sie interessiert sich nicht wirklich für den Verrückten, aber das Gefühl, das er und seine kleine Schwester etwas Unheimliches gemeinsam hatten, hat sie nie verlassen. Sie denkt nun an die Nacht zurück, als Marie schreiend aufwachte und dieselben Worte schrie wie der Verrückte. Außerdem macht sie sich einfach Sorgen um das Wohlergehen ihrer Schwester.

„Ich bin nur neugierig. Und ich muss doch sichergehen, dass es meiner kleinen Schwester gut geht", antwortet Rosa und legt ihren Arm um Maries Schulter, während sie nun langsamer am Fluss entlanglaufen.

Würde man die beiden nicht kennen und wären sie etwas älter, könnte dieser Anblick den Anschein erregen, dass die beiden schon vierzig Jahre Kumpel wären.

„Manchmal schon", antwortet Marie.

„Weißt du, kleine Schwester? Eines Tages werde ich dir die Geschichten von Dinosauriern vorlesen. Dann können wir erfahren, wo und ob der Verrückte wirklich welche gesehen hat", erklärt ihr Rosa. „Aber du hattest doch gesagt, dass die nicht mehr leben", antwortet Marie.

Da hatte sie allerdings Recht. Das war Rosas erste Antwort auf Maries Frage, was Dinosaurier seien. Anscheinend lag sie aber falsch, denn der Verrückte hatte ja vielleicht welche gesehen.

„Du hast Recht. Eines Tages werden wir aber mehr erfahren", antwortet Rosa und die beiden schlendern weiter.

Dann erblicken sie den Kiosk. „Kaufst du mir ein Bonbon?",
fragt Marie ihre große Schwester, die das Geld von der
Mutter eingesteckt hatte. Sie zeigt dabei auf den kleinen
Laden.

Dort war der Verkäufer, der Rosa für eine Schülerin hielt. Rosa
will diesen Mann eigentlich vermeiden. Sie hasst mittlerweile
den Gedanken, dass sie eine Schülerin sein könnte. Den
Gedanken, dass sie auch ein Teil dieser fiesen Gruppe sein
könnte, die von diesem Menschen mit dem Stock gequält
wird. Wie würde sie reagieren, sollte der Kioskverkäufer sie
wieder wie eine Schülerin behandeln?

Rosa beugt sich ein Stück hinunter zu Marie. „Willst du dir
selbst ein Bonbon kaufen? Kannst du das?", fragt sie sie
herausfordernd. Maries Augen leuchten auf. „Ja! Ja, das kann
ich", antwortet sie aufgeregt.

Rosa steckt ihre Hand in ihre Tasche und holt eine Münze
heraus. Die gibt sie dann ihrer Schwester. „Na, dann lauf los.
Ich schaue dir von hier zu", sagt sie ihr und Marie schnappt
sich das Geld. Sobald sie es hat, rennt sie zum Kiosk.

Auch in diesem Moment, während Rosa ihre kleine Schwester
von sicherer Entfernung aus beobachtet, wirkt sie wie eine
zweite Mutter für sie. Sie ist stolz auf Marie und lässt ihre
Blicke für keine Sekunde von ihr weichen. Dabei steht sie am
Flussufer und lächelt.

Einen Augenblick später rennt Marie mit einem Grinsen im
Gesicht und drei Bonbons in der Hand zurück.

„Das hast du echt gut gemacht", komplimentiert ihr Rosa.

Nach dem kleinen Nascheinkauf laufen die beiden wieder
nach Hause. Sie sagten ihrer Mutter, dass sie nicht lange
draußen bleiben würden.

Als sie an ihrem Haus ankommen, steht vor dem Hof ein Mann, der eine Uniform und schwarze Stiefel trägt.

Er scheint jemanden zu suchen und hält einen Brief in der Hand.

Rosa bleibt plötzlich stehen. Das ist doch der Mann aus der Schule. Hatte er herausgefunden, wo Rosa lebt und wollte sie nun bestrafen?

Ihr Herz rast wie verrückt. Sie hatte ihn schon längst aus ihrer Erinnerung verdrängt. Sie packt Marie an der Hand und sie laufen schnell zurück. Die beiden verstecken sich hinter einem Haus. „Was ist los?", fragt Marie verwirrt.

„Hör zu, Marie. Dieser Mann hat mich erwischt, als ich in die Schule einbrechen wollte. Ich glaube, er sucht mich", antwortet sie im Flüsterton. „Er sucht dich?", fragt Marie neugierig. „Ja, er sucht mich. In seiner Hand hat er ein Schreiben. Wir müssen es in die Hände bekommen, bevor es Mama und Papa sehen. Du musst zu ihm gehen und ihm den Brief abnehmen", erklärt ihr Rosa. „Ich verstehe nicht", antwortet Marie und wird nervös.

Rosa hält ihre kleine Schwester an beiden Schultern. „Tu, was ich dir sage. Lauf nach Hause, und wenn er dich fragt, wo Papa ist, sag, er ist nicht daheim und nimm das Schreiben", befiehlt ihr Rosa. „Ich habe Angst", sagt Marie und versteht nicht, was gerade passiert. „Bitte, Marie. Tu das!", sagt Rosa und fleht Marie fast schon an.

Marie überlegt kurz. Dann dreht sie sich um und läuft Richtung Haus. Der Mann in der Uniform hört ihre Schritte und dreht sich um. Er sagt kein Wort und schaut sie grimmig an. Maries Angst wird nun immer stärker. Am liebsten würde sie einfach an ihm vorbei ins Haus rennen. Doch sie bleibt mutig für ihre Schwester. Als sie in seinem Schatten steht und ihr Bestes gibt, den Mann zu ignorieren, greift sie nach dem kleinen Holztor, das zum Hof führt.

Plötzlich fühlt sie eine große Hand auf ihrer Schulter und sie schreit auf.

Rosa beobachtet alles von der Ecke.

„Ist dein Vater Ferdinand Kunsk?", fragt der Mann mit einer tiefen mächtigen Stimme. Marie schaut ihn verängstigt an und nickt langsam. „Das hier ist für ihn", sagt er und überreicht Marie das Schreiben. Sie rührt sich nicht vom Fleck. Der Mann dreht sich um und läuft die Straße hinunter. Als er um die Ecke gegangen ist, springt Rosa hervor und rennt zu Marie. Diese ist überwältigt von der Situation und fängt fast an zu weinen.

„Das hast du sehr gut gemacht. Wirklich, ich bin sehr stolz auf dich", sagt Rosa und umarmt Marie. Sie steht mit Tränen in den Augen vor ihr und reicht ihr den Brief. Rosa greift ihn und steckt ihn ein, dann packt sie Marie an der Hand und sie laufen beide wieder auf die Straße, dorthin, wo sich Rosa eben noch versteckt hatte.

„Ich will zu Mama und Papa", wimmert Marie. „Wir gehen gleich heim. Ich will nur den Brief lesen", antwortet Rosa und packt ihn wieder aus.

Sie öffnet den Brief und liest.

Doch in diesem Brief steht nichts über Rosa. Die Schule wird nicht erwähnt.

Rosa versteht nicht jedes Wort in diesem Schreiben, aber sie versteht genug, dass ihr plötzlich wieder sehr kalt wird.

Sie wollen ihr ihren Vater wegnehmen. Er soll in einer Woche an einem bestimmten Ort sein. Aber wieso?

Den Grund kann sie nicht verstehen. Der Brief ist voll mit langen Wörtern, die sie nicht kennt. Trotzdem fühlt sie einen stechenden Schmerz in ihrer Brust.

Sie kann es sich nicht erklären, doch sie weiß, dass sie ihren Vater eine sehr lange Zeit nicht wieder sehen würde, sollte er das erfahren.

Auch wenn sie diese Wörter nicht alle versteht, kann sie nicht aufhören diese anzustarren.

Dieser Mann kann doch nicht einfach ihren Vater mitnehmen.

Was würden sie denn ohne ihren Vater machen?

„Rosa, was steht da?", wimmert Marie. Rosa kann ihre Schwester zwar hören, aber nicht darauf reagieren. Dieser Brief, diese Tatsache, dass ihr Vater die Familie verlassen soll, lenkt sie von der Realität ab.

„Rosa?", fragt Marie und zieht an ihrem Ärmel.

Rosa entreißt sich dieser Gedanken und muss kurz überlegen, was gerade passiert. Sie schaut Marie an, die noch immer verängstigt ist und auf eine Antwort wartet.

„Wir müssen diesen Brief verstecken", sagt Rosa.

„Was steht in dem Brief?", fragt Marie erneut.

Fast sagt sie ihrer Schwester die Wahrheit, doch sie realisiert schnell, dass da ein Fehler sein muss.

Oder doch nicht?

Vielleicht müsste er nicht gehen, wenn er sagen würde, er hat den Brief nicht bekommen.

Vielleicht könnte Marie ja sagen, dass sie den Mann angelogen hat und er gar nicht ihr Vater ist. Dann würde der Mann in der Uniform denken, ihr Vater hätte den Brief nie bekommen.

Keiner darf von diesem Brief erfahren, absolut keiner. Dann muss ihr Vater auch nicht weg.

„Da steht, dass ich in die Schule eingebrochen bin. Ich soll bestraft werden", erklärt sie Marie und lügt sie an.

„Bestraft?", fragt Marie.

Wieso stellt Marie denn so viele Fragen?

Rosa fällt es schwer, sich unter Druck eine Lüge einfallen zu lassen. Vor allem, da ihre Gedanken voll und ganz bei ihrem Vater sind, der sie verlassen soll.

„Ich soll die Schule putzen", antwortet sie und hofft, dass Marie ihr das glaubt.

„Du darfst in die Schule?", fragt Marie nun hellhörig.

Verdammt, Marie! Jetzt ist nicht der richtige Zeitpunkt für deine Neugier.

Rosa ist gerade dabei zu verzweifeln. Sie muss ihre Schwester zum Schweigen bringen, bevor ihre Lügen aufliegen.

„Marie!", ruft sie plötzlich. Marie erschrickt und zuckt zusammen. „Hör auf so viele Fragen zu stellen. Diesen Brief gibt es nicht, verstanden? Wir dürfen niemals darüber reden", erklärt sie ihr.

Maries Augen füllen sich wieder mit Tränen.

„Marie, bitte weine nicht. Das war nicht so gemeint. Aber du musst dich jetzt zusammenreißen", erklärt sie ihrer kleinen Schwester. Rosa hält den Brief hoch. „Dieses Schreiben gibt es nicht. Du hast es nie gesehen, verstanden?", fragt sie.

Marie zieht sich die Nase hoch. „Verstanden", antwortet sie traurig. Rosa faltet den Brief zusammen und steckt ihn ein.

„Lass uns nach Hause gehen. Und wir dürfen uns nichts anmerken lassen", erklärt Rosa. Marie nickt.

Morgens sind die Kinder und Emilia früh wach. Sie wollen noch vor dem Frühstück zum Markt aufbrechen. Ferdinand war wie erwartet wieder im Morgengrauen von der Arbeit

gekommen. Während er schläft, würden die vier einkaufen und das Essen vorbereiten. Dann wäre es pünktlich fertig.
Rosa hatte keine ruhige Nacht.
Ständig wurde sie von Alpträumen geweckt, wenn sie es mal geschafft hatte, einzuschlafen. Es ging ihr nicht aus dem Kopf, warum dieser Mann in der Uniform ihr den Vater wegnehmen wollen würde.
Trotzdem ist sie nicht müde. Wach ist sie aber auch nicht wirklich. Sie befindet sich in einem seltsamen Zustand, in dem sie einfach bei ihrem Vater sein möchte.
Am liebsten würde sie ihn so fest umarmen, dass er, selbst wenn er wollte, nicht mehr weggehen könnte.
Den Brief hatte sie unter ihrer Matratze versteckt.

Sie machen sich auf den Weg zum Markt. Rosa läuft den anderen wie immer voraus.
Dieses Mal darf auch Marie mit ihrer großen Schwester vorausgehen. Wie abgemacht, reden sie nicht über den gestrigen Vorfall. Eigentlich reden sie gar nicht miteinander.
Es herrscht eine drückende Stimmung.
Emilia und Erich laufen etwas langsamer Hand in Hand dahinter.

Nach einer guten Stunde hat Emilia alle Erledigungen gemacht. Ihr entgeht aber nicht, dass die beiden Mädchen heute relativ ruhig sind und sich nicht austoben wie es für sie üblich ist. Als Rosa und Marie am Ende des Marktes ankommen, warten sie auf die anderen zwei. „Hast du gut geschlafen?", fragt Rosa ihre kleine Schwester, während sie vor und zurück läuft und den Staub auf dem Boden tritt. Es macht den Anschein, als ob sie selbst gefragt werden möchte. Sie hätte gerne jemanden, dem sie von ihrem eigenartigen

Bauchgefühl erzählen könnte. Marie kann es nicht sein. Sie kann ihrer kleinen Schwester nicht das Gefühl geben, dass etwas nicht stimmt.

Sollte sie es ihrer Mutter erzählen?

Was ist, wenn sie den Brief liest und darin Schlimmeres steht als befürchtet?

Diese Last erdrückt sie fast. Es kommt ihr nicht in den Sinn, dass ihre Eltern davon wissen müssen.

Zu groß ist die Angst, ihren Vater danach nicht mehr sehen zu können.

Zu groß ist die falsche Hoffnung, dass er nicht gehen muss, wenn er den Brief nicht bekommt.

„Gut und du?", antwortet Marie, die an einem Metallgeländer hin und her schwingt. Rosa war so in ihren Gedanken vertieft, dass sie vergessen hat, ihrer Schwester eine Frage gestellt zu haben. Sie schaut sie kurz an. „Ja, ich auch", antwortet sie und ist nur körperlich anwesend,

Während sie auf ihre Mutter und ihren Bruder warten, wird Rosa plötzlich von jemandem angesprochen.

„Bist du nicht das Mädchen, das vor zwei Wochen in unserer Schule war?", fragt sie ein Junge, der in ihrem Alter zu sein scheint. Rosa wendet sofort ihre Blicke von ihm ab. „Nein, das bin ich nicht", sagt sie und dreht sich um. Der Junge bleibt hartnäckig. Er greift sie an der Schulter.

„Doch, du bist es. Du bist einfach in unser Klassenzimmer gelaufen und hattest ein Buch über Dinosaurier dabei", sagt er und klingt dabei so aufgeregt, als ob er mit einer berühmten Persönlichkeit sprechen würde. „Lass mich los!", ruft Rosa und schlägt seine Hand von ihrer Schulter.

Marie beobachtet besorgt die Situation.

Der Junge lacht. „Dachtest du, du kannst einfach in die Schule gehen und dich mitten im Unterricht ins Klassenzimmer setzen? Weißt du nicht wie Schule funktioniert?", fragt er und verspottet sie auf offener Straße. Rosa versucht ruhig zu bleiben und Stärke zu zeigen. Sie nimmt all ihren Mut zusammen. „Ich kann bestimmt besser lesen als du", antwortet sie und schaut ihn wieder an. „Besser lesen als ich?", fragt der Junge und lacht hämisch.

Plötzlich richtet sich nun auch Marie hinter Rosa auf. „Ja, meine Schwester liest mir jeden Tag Geschichten vor!", kommentiert sie selbstbewusst und mutig.

„Das ich nicht lache! Könnt ihr euch die Schule denn überhaupt leisten?", fragt er rhetorisch.

Emilia, die mittlerweile auch am Ende des Marktes ankommt, sieht was gerade passiert. Sofort weiß sie, was sie zu tun hat. Sie lässt Erichs Hand los. „Nimm die Tüte und bleib hier stehen", befiehlt sie ihm. „Marie! Rosa!", ruft sie, während sie energisch auf die Situation losgeht. Marie zuckt leicht auf. „Mama?", fragt sie verwunderlich. Auch sie erhält einen Befehl. „Geh zu deine, Bruder", sagt Emilia. Marie tut, was ihr gesagt wird. Sie hält Erichs Hand und gemeinsam machen sie einen Schritt zurück. Auch Rosa ist verwundert, als sie die beiden sieht und macht Platz für ihre Mutter, die mit mächtigen Schritten auf den Jungen zuläuft.

Was hat sie nur vor?

Während dem Laufen hebt Emilia ihre rechte Hand über ihren Kopf und als sie kurz vor dem Jungen ist, holt sie zu einer gewaltigen Ohrfeige aus.

Noch bevor der Junge verstehen kann, was gerade passiert, bekommt er Emilias volle Wut zu spüren.

Wie aus einer Pistole geschossen, knallt es, als ihre Handfläche mitten auf dem Gesicht des Jungen landet.

Der Knall der Ohrfeige ist so laut, dass er jedes Geräusch und jedes Gespräch auf dem belebten Markt verschluckt.

Für einen kurzen Augenblick scheint alles stillzustehen.

Der Junge schreit auf und geht sofort zu Boden. Im gleichen Moment fängt er an, wie ein neugeborenes Baby zu weinen.

Als er nach oben schaut, sieht er Emilia über sich stehen, die wie ein Bulle heißen Dampf aus ihren Nasenlöchern ausatmet, während sie ihn mit ihren Blicken auffrisst.

Er stolpert einige Male, als er panisch versucht aufzustehen. Doch als er es dann endlich schafft, rennt er um sein Leben, ohne sich einmal umzudrehen.

Die Kinder stehen alle drei mit offenem Mund da und wissen nicht, was gerade passiert ist. Sie können es nicht verarbeiten. So etwas hatten sie noch nie von ihrer Mutter gesehen und sie hätten es niemals erwartet.

Einige Marktbesucher sind ebenfalls stehengeblieben und betrachten die Situation mit schockierten Gesichtern. Doch diese laufen bald auch wieder weiter. Vermutlich hat der Junge etwas geklaut oder hat auf irgendeiner Art diese Ohrfeige verdient. Wieder andere schütteln mit dem Kopf, als sie weiterlaufen. Es gibt auch Passanten, die das alles komplett ignorieren.

Emilia schaut dem Jungen noch kurz hinterher. Als ihr Adrenalinspiegel sich langsam wieder senkt, dreht sie sich zu ihren schockierten und verängstigten Kindern, die aber dennoch irgendwie stolz auf ihre Mutter sind. „Kommt her", sagt sie und die Kinder lassen sich das nicht zweimal sagen.

„Gehen wir nach Hause", sagt Emilia. Und ohne weitere Kommentare, machen sie sich auf den Nachhauseweg.

Als sie in ihrem Hof ankommen und Emilia die Tür öffnet, dreht sie sich zu ihren Kindern. „Kinder, was ich getan habe war nicht in Ordnung. Nehmt euch kein Beispiel daran", sagt sie in einem fast schon gelassenen Tonfall aber dennoch ernst.
Hätten die Schwestern nicht etwas zu verheimlichen, würden sie vielleicht anders reagieren. Doch die Ohrfeige auf dem Markt war etwas, das aus irgendeinem Grund von allem die Spannung genommen hat. Fast könnte man meinen, dass sie einfach nötig war, um Ruhe zu bewahren.
Die Kinder nicken. Nur Erich scheint etwas ängstlich. Doch er sieht, dass seine großen Schwestern deshalb nicht verunsichert sind. Das beruhigt ihn ein wenig.

Im Haus angekommen, waschen sie sich die Hände und es wird Zeit, das Essen vorzubereiten. „Erich, willst du Papa wecken?", fragt Emilia lächelnd. „Ja!", ruft er und klettert aufgeregt die Treppen hinauf.
Während Emilia und die Mädchen sich an die Arbeit machen, merkt die Mutter, dass die beiden immer noch ungewöhnlich ruhig sind.
„Ihr wisst, warum ich das getan habe, oder?", fragt sie die beiden Schwestern, um eine Bestätigung für ihre Tat zu erhalten. Sie fühlt sich schuldig, doch vergisst dabei, dass die beiden sich schon vor der Ohrfeige seltsam verhielten.
„Er war gemein", antwortet Marie.
„Ja, das war er. Aber merkt euch bitte, dass ich falsch reagiert habe. Ich hätte das nicht tun sollen. Gewalt ist keine Lösung",

erklärt sie den beiden. „Ja, das wissen wir", antworten beide fast gleichzeitig.

„Ich hab euch lieb", sagt sie mit einem Lächeln und umarmt die beiden, bevor sie sich wieder ans Werk macht.

Ist es auch gemein, den Brief vor ihren Eltern zu verstecken? Rosa verfällt in Gedanken.

Später beim Essen bemerkt Emilia, dass auch Ferdinand nicht ganz bei der Sache ist. Er stochert mit seiner Gabel im Kartoffelbrei herum, und isst kaum etwas. Es scheint etwas auf der Arbeit vorgefallen zu sein. Etwas, das ihn sehr verunsichert.

„Geht's dir gut?", fragt ihn Emilia. Ferdinand schweigt. Seine Blicke sind auf seinen Teller gerichtet und die Blicke der anderen auf ihn.

Wie sollte er es ihnen nur sagen?

Es war so weit. Die Ruhe und der Frieden in der Familie sollten ein Ende finden. Ferdinand trägt eine schwere Last mit sich, doch es ist besser, wenn seine Familie es so früh wie möglich erfährt. Niemals hätte er gedacht, dass er so ein Gespräch tatsächlich mal führen müsste. Das Unausweichliche scheint nun langsam einzutreten.

Er kämpft innerlich damit, die richtigen Worte zu finden.

„Papa hat geweint", sagt Erich plötzlich und am Tisch wird es still. Keiner isst mehr. Sie schauen ihn alle verwundert an.

„Was?", fragt Emilia schockiert. „Was ist passiert?", will sie wissen und ist besorgt.

Ferdinand blickt auf seinen Teller und atmet einmal tief durch.

„Auf der Arbeit haben einige Kollegen und Kumpel erzählt, dass sie Besuch von einem General bekommen haben", sagt er. Emilia gerät in Schockstarre und lässt ihren Löffel auf den Teller fallen.

„Was ist ein General, Papa?", fragt Marie besorgt, nachdem sie die Reaktion ihrer Mutter sieht.

„Ein General ist ein sehr mächtiger Mann beim Militär", antwortet der Vater und schaut noch immer auf seinen Teller.

„Und was ist das Militär?", fragt Marie neugierig. Sie versteht nicht, was der Vater zu sagen versucht. Wie denn auch? Die Kinder sind völlig unschuldig und haben von der Welt außerhalb des Dorfes nicht die geringste Ahnung.

„Sind wir im Krieg?", fragt Emilia unter Schock.

Diese Frage beantwortet alle Fragen, die Marie durch den Kopf schwirren, doch Tausend neue kommen auf. Diesen Begriff hatten sie alle schon einmal gehört. Und sie wussten, was das heißt.

Vor diesem Tag wurden die Kinder schon lange gewarnt. Ihnen wurde gesagt, dass es eines Tages so weit kommen könnte.

Plötzlich denkt Rosa wieder an den Mann mit den Stiefeln, der einen Brief für ihren Vater hatte und alles ergibt einen Sinn. „Papa, bitte geh nicht weg", sagt sie und bricht dabei in Tränen aus. Deswegen war der Mann also da. Deswegen hatte sie ein Bauchgefühl, dass wenn ihr Vater geht, er eine sehr lange Zeit nicht zurückkommen würde. Ihre Welt bricht zusammen.

Als Marie das sieht, kann sie nicht anders und auch sie verliert den Kampf gegen ihre aufgewühlten Emotionen.

Emilia lehnt sich im Stuhl nach vorne. „Ferdinand, bitte sag mir nicht, dass du einberufen wurdest", sagt sie. „Sag mir nicht, dass wir im Krieg sind. Sag mir nicht, dass es so weit gekommen ist!", schreit sie schon fast.

Ferdinand wird von allen Seiten überrannt.
Doch dann schlägt er mit beiden Handflächen fest auf den
Tisch. Plötzlich wird es ruhig.
„Nein, der Krieg ist noch nicht ausgebrochen. Aber es könnte
bald so weit sein. Macht euch keine Sorgen. Nicht jeder Mann
wird zum Militär gerufen. Das Stahlwerk arbeitet auf
Hochtouren und einige Arbeiter werden noch dringend
benötigt. Ich habe noch keinen Brief bekommen", versucht
Ferdinand die Situation zu erklären und zu beruhigen.

„Papa, wir wollen keinen Krieg", sagt Marie unter Tränen.
Rosa steht nun viel mehr unter Druck als vorher. Noch nie
hatte sie sich so schuldig gefühlt, wie in diesem Augenblick.
Doch ihr Plan scheint aufzugehen. Ihr Vater muss arbeiten. Er
darf nicht weg und er wird nicht in den Krieg gehen. Sie
brauchen ihn in der Fabrik.

„Ferdinand, was machen wir jetzt?", fragt Emilia in Panik.
Ferdinand versucht einen klaren Kopf zu bewahren. „Wir
werden nicht in Panik geraten. Noch gibt es keinen Krieg. Das
ist nur eine Vorsichtsmaßnahme. Zur Sicherheit können wir
unser Erspartes nutzen und uns Vorräte anlegen, sollte es
wirklich ernst werden. Ich werde morgen wieder zur Arbeit
gehen. Du kannst mit den Kindern wieder auf den Markt und
Fleisch in Büchsen kaufen. Kein frisches Fleisch. Brot ist auch
nicht gut. Ein oder zwei Säcke Mehl zum Selbstbacken wäre
nicht schlecht. Das sollte reichen", erklärt er.
„Ja, das ist eine gute Idee", antwortet Emilia, doch ihre
Anspannung und die innere Panik sind ihr noch anzusehen.
„Aber wie bringen wir das Mehl nach Hause?", fragt sie
panisch. „Ich gehe morgen zu Fuß zur Arbeit. Ihr könnt das

Pferd und den Wagen nehmen", antwortet Ferdinand in einem ruhigen Ton.

„Das Pferd… Ja, das Pferd. Das ist gut", sagt Emilia und starrt dabei ins Leere.

„Wird uns was passieren?", fragt Marie und schaut ihn dabei mit ihren riesigen Augen an. Ferdinand steht auf und läuft zu ihrer Tischseite. Dort geht er in die Hocke und küsst Marie auf die Stirn. Er legt seine Hände auf ihre Beine.

„Uns wird nichts passieren. Habt keine Angst. Das stehen wir gemeinsam durch", erklärt er seiner Familie.

So beginnt die ungewisse Zukunft mit der Gewissheit, dass der Krieg vor ihrer Haustüre steht. Eine neue Realität.

Am nächsten Tag ist Ferdinand wieder auf Arbeit. Währenddessen war Emilia mit den Kindern erneut auf dem Markt. Sie hatten wie am Tag zuvor abgemacht, das Pferd genommen, um Vorräte für den Notfall zu besorgen.

Es hatte alles geklappt, sogar die zwei Säcke Mehl konnten mühelos auf den Wagen geladen werden. Der Müller und sein Geselle halfen ihnen dabei.

Jetzt waren sie wieder zuhause und waren dabei die Sachen in die Scheune zu bringen. Jeder packt mit an und zu viert schaffen sie es, alles sicher zu verstauen.

„Rosa, denkst du, du kannst auf deine Geschwister aufpassen?", fragt Emilia, als sie fertig sind mit der Arbeit.

„Das kann ich machen. Aber wieso?", antwortet sie. „Ich will deinen Vater nicht laufen lassen. Ich werde in der Früh mit dem Pferd zum Nachbardorf aufbrechen und ihn vom Stahlwerk abholen", erklärt sie ihr.

Eine einfache Aufgabe für Rosa. Und da ihre Mutter sowieso gehen würde, wenn alle am Schlafen sind, wäre es umso leichter. Rosa müsste dafür nichts besonderes tun.

„Darf ich mitkommen?", fragt sie ihre Mutter. Emilia schaut sie irritiert an. „Du sollst doch auf deine Geschwister aufpassen", sagt sie.

„Sie würden doch sowieso schlafen. Und dann wärst du nicht alleine unterwegs. Zu zweit wäre es sicherer", erklärt sie ihrer Mutter.

Emilia überkommt ein Gefühl des Stolzes, als sie diese Wörter hört und ihre Tochter anschaut. Auf sie kann sie sich verlassen, auch in schwierigen Zeiten.

„Weißt du, aus dir wird eines Tages bestimmt eine großartige Mutter", sagt sie ihr mit einem Lächeln.

Rosa kann sich ihres auch nicht verkneifen. „Wir werden sehr früh aufbrechen. Ich werde dich wecken", sagt Emilia und sie gehen zurück in das Haus.

Später am Tag, es ist schon am späten Nachmittag, herrscht Stille im Haus.

Jeder tut sein Bestes, an etwas anderes zu denken, so zu tun, als stünde der Krieg nicht direkt bevor. Doch je weniger sie darüber sprechen, desto klarer ist es, dass es kein Entkommen mehr gibt.

Emilia versucht sich abzulenken. Sie sitzt im Wohnzimmer und strickt. Sie hat mit einer Babyjacke angefangen. Für welches Baby sie diese Jacke strickt weiß sie nicht. Sie ist nicht schwanger und hat sich auch keine Gedanken gemacht, bevor sie damit angefangen hat. Weit kommt sie aber sowieso nicht damit, denn schon in der vierten Reihe macht sie einen Fehler.

Sie löst die letzten Maschen, die sie gestrickt hat. Dann fängt sie wieder an. Nach einigen Reihen, bemerkt sie erneut einen

Fehler. Emilia strickt kein außergewöhnliches Muster. Das ist etwas, das sie schon oft gemacht hat. Sie kann sich trotzdem nicht konzentrieren. Kurze Zeit später legt sie das Strickzeug zur Seite. Ihr fehlt es einfach an Konzentration.

Was die Kinder wohl machen?

Vielleicht kann sie etwas Zeit mit ihnen verbringen und sich ablenken. Das täte ihnen sicherlich auch gut.

Emilia geht die Treppen hinauf in das Zimmer der Mädchen. Als sie die Tür öffnet, sieht sie, dass Rosa auf dem Bett liegt. Ihre Bücher sind neben ihr auf der Matratze. Anscheinend hatte sie auch versucht sich abzulenken, doch war genauso wie ihre Mutter daran gescheitert.

Sie scheint wohl nicht einmal bemerkt zu haben, dass Emilia das Zimmer betreten hat, denn sie zeigt keine Reaktion.

Marie hingegen, die wie in letzter Zeit schon oft zusammen mit ihrem Bruder mit den Bauklötzen Gebäude und verschiedene Formen baut, ist wieder bei der Arbeit.

Ihr und Erich scheint die Ablenkung gut zu gelingen. Sie dreht sich kurz zu Emilia. „Willst du mitspielen, Mama?", fragt sie und dreht sich dann wieder zu ihren Klötzen um.

Fast kommen Emilia wieder die Tränen. Nicht nur hatten sie Recht, als sie und Ferdinand befürchteten, die letztjährige Apfelernte könnte die letzte gewesen sein, jetzt stand sie auch noch vor ihren Kindern und fragt sich, wie lange sie noch so unschuldig miteinander spielen könnten.

Wann wäre es so weit? Wann müssten sie fliehen?

„Nein, mein Spatz. Spielt ihr nur weiter", antwortet sie Marie. Sie und Erich sind abgelenkt. Das reicht ihr. Dann setzt sie sich zu Rosa aufs Bett.

„Woran denkst du?", fragt Emilia.

Rosa starrt an die Decke, während sie auf dem Rücken liegt. Sie schweigt einen Moment, bevor sie ihrer Mutter antwortet. „Diese Decke… beschützt sie uns nur vor der Kälte oder beschützt sie uns auch, wenn wir wirklich Schutz brauchen?", fragt sie ihre Mutter zurück.

Emilia hat einen Kloß im Hals, als sie das hört. Doch sie reißt sich zusammen, um nicht zu weinen. Sie legt sich nun zu Rosa ins Bett. Gemeinsam starren sie diese Decke an.

„Bis heute hat uns diese Decke geschützt. Ihr seid alle drei hier geboren und aufgewachsen. Wieso sollte die Decke jetzt aufhören, uns zu beschützen?", antwortet die Mutter.

Dabei fragt sie sich wieder, wann es losgehen würde. Ihr ist bewusst, dass es keine bloße Vorsichtsmaßnahme ist, dass Männer zum Militärdienst gerufen werden. Der Krieg steht tatsächlich kurz bevor. Ferdinand hatte das nur so gesagt, um die Kinder und die Situation am Tisch zu beruhigen.

Die Union wird angreifen. Von außerhalb und auch im eigenen Land werden sie einmarschieren.

Rosa antwortet nicht auf die Frage ihrer Mutter. Sie denkt einfach nach. Sie versucht sich vorzustellen, wie es wäre, wenn der Krieg ausbrechen würde. Aber es ist schwer, sich einen Krieg vorzustellen, wenn man selbst nie einen erlebt hat. Man hört, dass es etwas Schreckliches und Grausames ist. Das glaubt man auch, aber welchen Schrecken hat ein Mensch schon erlebt, mit dem er den Krieg vergleichen könnte, wenn er in Frieden lebt?

„Hast du Angst?", fragt sie ihre Mutter. Emilia hatte schon viele Kriegsgeschichten von ihren Großeltern gehört. Sie sah die Tränen und die Furcht in ihren Augen, als ihr diese Geschichten erzählt wurden. Trotz dessen hat sie keine Angst vor dem Krieg. Ihre einzige Sorge ist um die Menschen, die sie liebt. Die Menschen, die zu ihr gehören. Es sind die Menschen, die aus ihr das machen, was sie ist. Menschen, die diese Familie ausmachen.

Sie denkt einen Moment nach.

„Nein… nein, das habe ich nicht", antwortet sie und sie meint es wirklich ehrlich. Rosa ist verwundert. Sie denkt an die Reaktion ihrer Mutter am Tisch. „Wirklich?", hakt sie nach.

„Solange wir aufeinander aufpassen und uns und unsere Familie nicht aus den Augen verlieren, kann uns keiner etwas antun", sagt sie und schaut Rosa an. Rosa schaut weiter an die Decke.

„Denk nicht zu viel über schlechte Dinge nach. Was morgen passieren wird, weiß keiner. Vielleicht passiert auch gar nichts und alles bleibt beim Alten. Solange wir nicht wissen, was passieren wird, sollten wir nicht zu sehr darüber nachdenken, was passieren könnte", erklärt ihr Emilia. Und mit diesen Worten hofft sie auch sich selbst beruhigen zu können.

In schwierigen Situationen kann ein kurzer Moment der Stille und Besinnung für Klarheit sorgen.

Es ist mitten in der Nacht. Rosa kann nur sehr schwer einschlafen, weil sie nervös ist. Sie fragt sich, wie es sein wird, im Dunkeln mit ihrer Mutter zusammen auf dem Pferdewagen ihren Vater von der Arbeit abzuholen. Dann denkt sie aber auch an den Krieg, der bevorstehen könnte. Und am meisten quält sie der Brief. Ist es ein Fehler, ihn für sich zu behalten? Es sind viele Gedanken, die sie bedrängen. Gedanken, die ein Kind in ihrem Alter nicht haben sollte. Auch blickte sie immer wieder hinüber zu Marie.

Was würde sie machen, wenn der Krieg ausbricht?

Würde sie verstehen, was passiert?

Immer wieder denkt sie an die Nacht zurück, in der Marie in ihrem Schlaf Dinosaurier sah und plötzlich aufschrie wie der Verrückte. Dabei bekommt sie eine Gänsehaut.

Doch irgendwann schafft sie es auch, einzuschlafen.

Es ist aber kein tiefer Schlaf, denn nach wenigen Minuten, so kommt es ihr vor, bemerkt Rosa das Licht, das durch den offenen Türspalt auf ihr Gesicht scheint, als ihre Mutter das Zimmer betritt, um sie zu wecken.

„Hast du gut geschlafen?", fragt Emilia, als sie kurz vor dem Morgengrauen auf dem Pferdewagen sitzen. „Es geht so", antwortet Rosa. „Ich auch", sagt Emilia und sie fahren mit lautem Gequietsche los. Zusammen mit dem Rhythmus der Hufen klingt das fast hypnotisierend.
In dieser Nacht scheint der Vollmond, der ihnen auf den Feldwegen den Weg erleuchtet. Ohne ihn wären sie später losgefahren. In den Dörfern gibt es Straßenlaternen, die die staubigen Wege in dunkles Orange färben. Außerhalb nicht.
Als sie das Dorf verlassen, bewegen sie sich parallel zum Fluss. Einige Fischer sind auch schon unterwegs, um einen guten Fang zu machen. Zusätzlich haben sie Gaslaternen bei sich.
Das Dorf floriert im Handel und im Wachstum. Es liegt an einem strategisch wichtigen Punkt und bietet somit ein großes Ziel, sollte es zu einem Angriff kommen.

Die Brücke, an der in kurzer Zeit schon so viel geschehen ist, haben die beiden schon längst passiert. Das Dorf, in dem Ferdinand arbeitet und wo sich das Stahlwerk befindet, liegt auf derselben Flussseite. Vor sich haben die beiden noch eine Reise von ungefähr einer Stunde.
Emilia ist vertieft in ihre Gedanken, doch achtet stets auf die Wege, die vor ihnen liegen. Sie ist immer sehr vorsichtig, wenn sie mit dem Pferd unterwegs ist.
„Bereust du manchmal geheiratet zu haben?", fragt Rosa ihre Mutter aus dem Nichts. Diese Frage trifft Emilia wie ein Blitz. Sie ist kurz sprachlos. „Was? Wieso fragst du das?", fragt sie

völlig irritiert und schaut Rosa an, die neben ihr sitzt und auf den Fluss blickt, der den Mond reflektiert. „Ich frage mich, ob du dir manchmal denkst, dass dein Leben ohne uns besser sein könnte", sagt Rosa fast emotionslos. Emilia ist fassungslos. „Wie kommst du denn auf sowas? Du weißt doch, dass ihr mir alles bedeutet. Wie könnte ich denn ohne euch?", versucht Emilia zu erklären.

Rosa schweigt einen Moment, bevor sie darauf antwortet. „Ich habe euch gehört", sagt sie. „Was meinst du?", fragt Emilia, die jetzt noch verwirrter ist als zuvor.

„Ich habe gehört wie du und Papa nach dem Essen geredet habt, als ich auf dem Markt das Buch genommen hatte", erzählt Rosa und ihr wird bewusst, wie schroff sie das gerade zugegeben hat.

Sie schaut in das bestürzte Gesicht ihrer Mutter, die gerade Schwierigkeiten hat, die richtigen Worte zu finden.

„Es tut mir leid", sagt Rosa.

„Nein, das muss dir nicht leidtun", antwortet Emilia. „Wenn du das gehört hast, hast du auch eine Erklärung verdient."

Rosa blickt etwas neugierig.

Doch mittlerweile ist Rosa in den Augen ihrer Mutter schon viel reifer und fast schon eine junge Frau. Sie traut es ihr zu, dass sie offen und ehrlich mit ihr sein kann.

„Ich habe sehr jung geheiratet. Für euren Vater habe ich deshalb viel aufgegeben, und manchmal denke ich darüber nach, ob ich vorher nicht noch länger darüber hätte nachdenken sollen", erzählt Emilia.

Jetzt ist Rosa verwirrt. Hatte sie also recht? Bereut es ihre Mutter, sie zur Welt gebracht zu haben?

„Wieso hast du nicht länger darüber nachgedacht?", fragt Rosa irritiert. Denn das scheint die Ursache des Problems zu sein. Wieso hat sie so etwas Simples dann nicht einfach getan und sich stattdessen auf so eine ernste Bindung und Rolle als Mutter eingelassen?

„Ich war schwanger", antwortet Emilia nun genauso schroff wie Rosa zuvor auch.

Es stimmt also. Ihre Mutter wollte gar nicht heiraten. Sie tat es nur wegen ihr.

„Du hast nur wegen mir geheiratet?", fragt Rosa und fühlt sich schuldig. Sie hat das Gefühl, das Leben ihrer Mutter ruiniert zu haben.

„Nein, nicht wegen dir. Mit dir wurde ich nach der Hochzeit schwanger", antwortet ihre Mutter und schaut währenddessen stets nach vorne auf den Weg.

Wie ist das möglich? Jetzt ist Rosa total verwirrt. „Ich verstehe nicht", sagt sie und gibt zu, dass sie den Faden verloren hat.

Emilia schaut hinüber zu Rosa und sie haben kurz Blickkontakt, bevor sie sich wieder auf den Weg konzentriert.

„Du hättest eigentlich noch einen großen Bruder haben sollen", beichtet Emilia und lüftet ihr Geheimnis.

Jetzt ist Rosa lückenlos zerstreut.

„Wieso hätte ich einen großen Bruder haben sollen? Wieso habe ich keinen?", fragt sie ihre Mutter.

Auch wenn Emilia davon überzeugt ist, dass ihre Tochter die Wahrheit verkraften kann, ist das jetzt ein sehr schwieriger Teil des Gesprächs. Über dieses Thema spricht sie mit niemandem. Mit Ferdinand spricht sie, seitdem es vorgefallen ist, auch kaum noch darüber. Es ist etwas, wofür man die richtigen Worte braucht, aber sie nicht zu finden sind.

„Er hat es nicht überlebt", sagt Emilia und öffnet ihrer ältesten Tochter in diesem intimen Moment ihr Herz unter Tränen.

Rosa steht unter Schock. Nie hätte sie erwartet, dass ihre Mutter seit Jahren solch eine Last mit sich tragen würde. Und auch nicht, dass sie das ihr so offen gestehen würde.

Sie rutscht näher zu ihrer Mutter und umarmt sie.

Sie weiß nicht besser auf dieses Geständnis zu reagieren.

„Es tut mir leid", sagt sie.

Emilia weint.

Unter Tränen erzählt sie ihr, was passiert ist. Ihr erstes Kind war eine Totgeburt. Leider war so etwas nicht selten.

Weshalb es Emilia auch eine Menge Mut und Kraft gekostet hat, sich auf drei weitere Schwangerschaften einzulassen.

Auch wenn die dritte nicht geplant war. Vielleicht ist das der Grund, warum sie und Ferdinand unbedingt wollen, dass Erich, koste es was es wolle, auf die Schule geht. Die beiden wollen die ungewollte Schwangerschaft so wieder gutmachen.

Aber gerade wegen der Totgeburt ihres ersten Kindes, liegt ihr Rosa besonders am Herzen. Es hat sie eine Menge Überwindung gekostet.

Doch jedes Mal, wenn Emilia Rosa sieht, ist sie stolz auf sie.

Rosa ist eine wahre Kämpferin.

Rosa umarmt ihre Mutter fest, während sie das erzählt und hört ihr einfach nur zu.

Und auch das macht aus Emilia eine verdammt stolze Mutter.

Irgendwann fangen die Vögel an zu zwitschern und es wird heller. Die beiden können schon die rauchenden Schornsteine des Stahlwerkes im Dorf vor ihnen erkennen. Es liegt ein unangenehmer Duft in der Luft, der Rosa an ihren Vater erinnert.

„Sind wir da?", fragt sie ihre Mutter. „Ja, das ist das Dorf", antwortet Emilia, als sie immer näherkommen.

Das gesamte Dorf hier wurde um das Stahlwerk herum errichtet. Als man vor einigen Jahrzehnten das Erz in den Bergen fand, lockte man so die Arbeiter hierher. Es wurden auch Schienen gelegt und Straßen gebaut. Davor war die gesamte Fläche des Dorfes ein Tal mit Wäldern.
Davon ist heute fast nichts mehr übrig.

Als sie im Dorf sind, fühlt sich Rosa so, als wäre sie in einem fremden Land. Alles sieht anders aus, und obwohl es in ihrem Dorf einen Markt gibt, der regelmäßig viele Besucher und Händler anlockt, scheint es hier viel lauter und dreckiger zu sein. Männer mit freiem Oberkörper, die eine Schürze tragen, schlagen abwechselnd mit großen Hämmern auf rot glühende Stäbe, die kleine Explosionen erzeugen.
„Was ist das?", fragt Rosa erstaunt ihre Mutter und kann ihre Blicke davon nicht abwenden.
„Das ist Stahl. Man erhitzt es, bis es glüht, damit es weich wird. Dann schlägt man es zu bestimmten Formen zurecht", erklärt Emilia.
Rosa sieht so etwas zum ersten Mal. All die Eindrücke überfordern sie. In jeder Straße passiert zur gleichen Zeit so viel, dass sie kaum alles mitverfolgen kann.
Ein Wunder, dass das Pferd nicht erschrickt. Scheinbar ist es diesen Lärm schon gewohnt, weil ihr Vater jeden Tag mit diesem hierher kommt.
Es gibt aber auch Männer, die gerade nicht arbeiten. Sie rauchen Zigaretten und stehen einfach am Straßenrand. Einer von ihnen hat ein Auge auf Emilia und Rosa sgeworfen.
„Haben sich die hübschen Damen verirrt?", ruft er und macht Rosa Angst.
„Keine Sorge", sagt Emilia ihrer Tochter. Sie kennt solche Männer und Sprüche. Sie sind meistens harmlos. Deshalb

ignoriert sie ihn. Doch es bleibt nicht nur bei diesem einen Mann. Immer wieder hören sie Rufe oder Pfiffe in ihre Richtung. „Ich fühle mich hier nicht wohl, Mama", sagt Rosa. „Lass dich gar nicht darauf ein. Setz dich aufrecht und halte dein Kinn hoch", erklärt ihr Emilia. Rosa räuspert sich und kopiert die Körperhaltung ihrer Mutter. Sie hat Recht. Sie darf keine Schwäche zeigen.

Als sie weiter langsam durch die Straßen fahren, bemerkt Rosa bald ein bekanntes Gesicht.

Es ist der Verrückte, der auf dem Boden sitzt und an ein Gebäude lehnt. Er scheint nicht ganz bei sich zu sein. Er schaut durch die Gegend und umschließt seine Beine mit den Armen. Plötzlich treffen sich ihre Blicke und die Augen des Verrückten werden schlagartig glasig und riesengroß.

Er steht auf und rennt auf den Pferdewagen zu. Emilia sieht ihn zunächst nicht, doch Rosa verfällt in Panik.

„Mama!", ruft Rosa und zieht an ihrem Ärmel. Dann erblickt auch Emilia den alten Bekannten Sie gibt dem Pferd ein Kommando, das dadurch schneller wird. Doch auch der Verrückte wird schneller. Er läuft neben dem Wagen her. „Die Dinosaurier! Die Dinosaurier! Sie sind da! Ich habe sie gesehen!", schreit er die beiden an und ist völlig außer sich. Rosa klettert schnell auf die andere Seite ihrer Mutter.

„Verschwinde! Los, verschwinde, habe ich gesagt!", schreit Emilia zurück. Rosas Herz schlägt wie verrückt.

Doch der Verrückte gibt nicht nach. Er schreit andauernd dasselbe. Schnell bemerken andere Männer auf der Straße, was vor sich geht und ziehen den Verrückten weg vom Pferdewagen.

„Geht's dir gut?", fragt Emilia ihre Tochter, die noch unter Schock steht. Rosa nickt. „Ja, mir geht's gut", antwortet sie. Emilia atmet einmal tief durch. Dann denkt sie nach.

„War das nicht… der Verrückte?", fragt sie, als die Lage sich wieder beruhigt. „Ja, das war er", antwortet Rosa und ist noch immer nicht bei klarem Verstand.

„Wieso hat er das gesagt?", fragt Rosa ihre Mutter. Sie atmet schwer. „Er ist verrückt!", ruft ihre Mutter.

Doch Rosa kann diese Antwort mittlerweile nicht mehr hinnehmen. Sie hat das Gefühl, dass mehr dahinterstecken muss. Zu sagen, dass er verrückt ist, scheint ihr eine gut gelegene Ausrede für alles zu sein, was dieser Mann tut und sagt. Aber wieso spricht er von Dinosauriern?

Wieso sagt er, dass sie da sind?

Das alles ergibt keinen Sinn, doch Rosa glaubt nicht, dass dieser Mann Unsinn redet. „Ich dachte, der ist schon längst verschwunden. Hier hat er sich also verkrochen", sagt Emilia herablassend. „Lass uns deinen Vater finden und von hier verschwinden", sagt sie. Nichts lieber als das. Rosa fühlt sich hier überhaupt nicht wohl. All der Lärm und die Blicke der verschwitzten und dreckigen Männer machen ihr Angst. Ein Gefühl der Bedrücktheit macht sich in ihr breit.

Als sie am Stahlwerk ankommen, lässt dieses Gefühl nicht nach, denn dort stehen Soldaten in Uniform. Um ihre Schultern hängen Gewehre. Andere scheinen das Gelände zu patrouillieren. Seit wann muss das Stahlwerk so stark beschützt werden? Und vor wem wird es beschützt?

Zudem stehen vor der Fabrik große Lastwagen des Militärs. Der Anblick lässt einen denken, dass in diesem Dorf der Krieg schon längst ausgebrochen ist. Emilia empfindet extreme Unsicherheit und Gefahr.

Die Anwesenheit dieser Soldaten kann kein gutes Zeichen sein. Vermutlich bewachen sie das Stahlwerk, weil hier etwas von großer Bedeutung hergestellt wird. Etwas, das zweifellos wichtig für das Militär ist. Der Krieg ist unaufhaltsam.

Sie sollten schnellstmöglich Ferdinand finden und nach Hause gehen. Emilia stellt den Pferdewagen am Straßenrand ab.

„Mama, was sind das für Menschen?", fragt Rosa verunsichert. „Das sind Soldaten", antwortet Emilia und sucht mit ihren Blicken Ferdinand. Um Kontakt zu den Soldaten zu vermeiden, bleiben die beiden auf dem Wagen sitzen und warten aus sicherer Entfernung. Schließlich wissen sie nicht, wo Ferdinand steckt. Rosa bemerkt die Waffen, die die Soldaten tragen.

„Und was machen die hier?", fragt sie.

„Sie beschützen wohl das Stahlwerk", antwortet Emilia. Die Situation ist beklemmend.

Dann, am Eingang zum Stahlwerk, wo die Gleise direkt zur Fabrik führen, sehen sie ihn. Er schaufelt zusammen mit anderen Männern Erz an einem riesigen Haufen in Karren, die dann in die Fabrik gefahren werden.

Ihn scheint die Anwesenheit der Soldaten nicht zu beeindrucken.

Der Anblick ihres Vaters erleichtert Rosa ein wenig. Sie fahren aber nicht näher heran. Auf das Betriebsgelände wollen sie nicht mit dem Pferd. Vermutlich dürfen sie es sowieso nicht betreten. Die Soldaten würden sie daran hindern. „Sollen wir ihn rufen?", fragt Emilia. Rosa nickt freudig. Emilia stellt sich auf den Wagen. „Ferdi!", ruft sie und winkt. Ferdinand blickt sofort hoch und sieht die beiden. Er steckt die Schaufel in den Haufen, wischt sich mit einem Tuch, das in seiner hinteren Tasche steckt, das Gesicht und läuft lächelnd auf die beiden zu.

„Was macht ihr denn hier?", fragt er und ist freudig überrascht. Rosa grinst, doch ist etwas eingeschüchtert von den Soldaten. „Wir wollten dich nicht laufen lassen", antwortet sie. „Das hättet ihr doch nicht tun müssen. Seid ihr ganz alleine bis hierher gefahren? Hattet ihr keine Angst?", fragt Ferdinand. „Nein, wir sind doch zu zweit. Wir können aufeinander aufpassen", antwortet Rosa stolz und dreht sich zu ihrer Mutter, die noch skeptisch ist vom Anblick des Militärs und der Waffen.

„Was machen diese Soldaten hier?", fragt Emilia schließlich leise, sodass es die Soldaten nicht hören können.

„Das erzähle ich später. Lasst mich noch schnell abstempeln", sagt Ferdinand und geht zurück in die Fabrik.

Die Skepsis von Emilia steigt, als sie auf Ferdinand warten. Er hätte die Situation kleinreden können, was er aber nicht getan hat. Anscheinend gibt es wirklich Neuigkeiten. Irgendwann kommt er wieder aus der Fabrik hervor. Er springt auf den Wagen und Emilia überreicht ihm die Zügel. Als sie sich vom Stahlwerk entfernt haben, fragt Emilia erneut: „Was machen denn die Soldaten hier?"

„Sie bewachen die Fabrik. All die Überstunden und Mehrarbeit, die neuerdings dort geleistet werden, sind notwendig, weil wir mehr produzieren", erklärt Ferdinand, während sie durch das Dorf fahren.

Die Schläge mit den Hämmern auf Metall und die Explosionen erstaunen Rosa immer noch. Sie zuckt zwar bei jedem Knall zusammen, doch ist fasziniert von dieser schweren Arbeit. Irgendwie erinnern sie die Männer hier an den Lehrer in der Schule, der sie angeschrien hat.

„Und was produziert ihr, das beschützt werden muss?", fragt Emilia neugierig, doch scheint die Antwort darauf schon zu wissen. „Kriegswaffen", antwortet Ferdinand und bestätigt ihre Befürchtung.

Ferdinand sagt das zwar mit einer Selbstverständlichkeit, doch er musste sich das noch vor Wochen alles selbst erklären lassen.

Ferdinand hatte zuvor noch nie ein Rotorblatt eines Kampfflugzeuges gesehen, riesige Ketten für Panzer und Stahlrohre die länger waren als zwei Mann.

In diesen Wochen, seit die Produktion dieser Teile anlief, hatte Ferdinand sehr viel über das Militär gelernt. Sein Wissen über die aktuellen Technologien und den Fortschritt des Militärs war quasi nicht vorhanden. Von seinen Kollegen erfuhr er, dass es tatsächlich Kampfflugzeuge gibt. Aber nicht nur eins oder zwei, nein, man stellte sie sogar in Serie her. Ferdinand hatte nun einen weiteren Grund sich zu freuen, dass er nicht wie andere seiner Kollegen einberufen wurde. Nicht nur hätte er es nicht verkraften können, seine Familie in Kriegszeiten alleine lassen zu müssen, ihm wurde auch bewusst, dass er beim Militär völlig aufgeschmissen wäre. Er kannte ja nicht einmal die Waffen und Fahrzeuge, die man einsetzen würde.

„Es ist wohl nur noch eine Frage der Zeit, nicht wahr?", fragt Emilia und realisiert die Ungewissheit ihrer Zukunft.

Ferdinand legt einen Arm um sie. Er hält die Zügel einhändig.

„Ja, der Krieg steht vor der Tür. Wir sollten mit allem rechnen, aber nicht verzweifeln. Noch sind wir in Sicherheit", antwortet Ferdinand. „Wenigstens wurdest du nicht einberufen", kommentiert Emilia und denkt dabei an eine mögliche Flucht in eine sichere Region. Das könnte eine Lösung sein, sollte es so weit kommen.

Rosa, die den Kommentar ihrer Mutter hört, grübelt wieder. Hatte sie das richtige getan? Würde ihr Plan aufgehen und sie hätte ihren Vater vor dem Krieg geschützt?
Sie verlassen das Dorf und sind auf dem Heimweg.

Kapitel 3 – Die Tragödie (Teil I)

Einige Tage später, es ist morgens, beschließt Emilia, ihren Garten aufzuräumen. Sie sammelt verrottete Bohnen- und Tomatenstangen, die sie für die kommende Saison nicht mehr benutzen kann. Auch Gestrüpp und alles Unbrauchbare legt sie in der Mitte des Grundstücks zu einem Haufen. Die Kinder helfen ihr dabei.

Daraus wird ein großes Feuer gemacht und die Asche gesammelt. Die ist dann gut gegen einen Schneckenbefall, wenn man sie im Frühling um die Sprösslinge herum verteilt. Kommende Woche will Emilia bereits die Saatkartoffeln stecken.

Wahrscheinlich wird es nicht zu einer nächsten Saison kommen, zumindest nicht zu einer gewöhnlichen, doch es ist Arbeit, die erledigt werden muss, und es ist besser als nichts zu tun und die Tage zu zählen.

Marie und Rosa streiten sich darum, wer das Feuer entzünden darf. Man kann sich das nicht erklären, aber irgendwie steckt in jedem Menschen ein kleiner Feuerteufel.

Schließlich hat Emilia die Idee, dass Rosa das Feuer von einer Seite anzünden darf und Marie von der anderen. Erich hätte gerne auch gedurft, aber er ist noch zu jung.

Kaum stecken die beiden das brennende Stück Papier in die Öffnungen des Haufens, durch das das Feuer mit Luft gefüttert werden soll, steigt riesiger weißer Rauch auf und beide machen mehrere Schritte zurück.

Es dauert nicht lange, bis der gesammelte Gartenmüll lichterloh brennt.

In sicherer Entfernung setzen sich die drei Kinder und Emilia auf Hocker und beobachten das Feuer.

Es scheint so, als würde das Feuer tanzen. Die Lichter fackeln in verschiedene Richtungen und ziehen den Zuschauer in seinen Bann. Das Knistern ist ein Bonus.

Nach einer Weile steht Emilia auf. „Das Feuer darf nicht ausgehen. Wir haben noch mehr Müll zum Drauflegen", sagt sie und packt sich eine Mistgabel.

Auch Rosa steht auf und nimmt sich ihr Werkzeug in die Hand. Vorsichtig heben sie Laub und Zweige auf und legen sie auf den Haufen, der dadurch größer werden sollte, aber durch das Brennen umso schneller kleiner wird.

Marie und Erich sitzen auf ihren Hockern und schauen zu. Den Geruch von Feuer und Ruß, der an ihrer Kleidung und ihren Haaren haftet, werden sie so schnell nicht wieder loswerden.

Nach einer Weile ist vom einst riesigen Feuer nur noch ein kleiner Haufen übrig. „Geht ins Haus und wascht euren Bruder. Danach könnt ihr euch selbst waschen. Euer Vater sollte demnächst heimkommen", sagt Emilia den Kindern.

Sie reden nicht viel. Als ihre Mutter den Vater erwähnt, hat Rosa ein bedrückendes Gefühl in der Magengrube.

Die Sonne steht schon fast im Süden. So spät kam ihr Vater noch nie von der Arbeit, egal ob er eine oder zwei Schichten arbeitete.

Emilia fühlte sich ähnlich. Sie machte sich Sorgen um ihren Ehemann, der, so wie sie hofft, schon auf dem Heimweg sein sollte. Sie redet sich ein, dass es auf der Arbeit oder auf dem Heimweg einen kleinen Vorfall gegeben haben muss, der ihn aufgehalten hat. Eine innere Stimme, die Emilia versucht zu ignorieren, spricht aber dagegen.

Sie ist im Unrecht. Sie spürt es.

Sie setzt sich erneut auf ihren Hocker und beobachtet das geschwächte Feuer, das nach mehr Futter bettelt, während es an Kraft verliert.

Die Kinder tun, wie ihnen gesagt wurde, und gehen ins Haus. Vor einigen Jahren legte sich die Familie einen elektrischen Boiler zu. Die Zeiten, in denen man noch das Wasser zum Waschen in einem großen Tank aufkochen musste, sind vorbei.

Den Boiler hatten sie schon eingeschaltet, bevor sie in den Garten hinausgingen. Er brauchte immer eine halbe Stunde, um das Wasser zu erhitzen.

Rosa zieht ihren kleinen Bruder aus und er setzt sich in die Badewanne. Er war schon immer als Erster an der Reihe, weil er sich selbst noch nicht waschen konnte. Dann war Marie dran, die schon selbstständig war und zum Schluss Rosa. Diese Reihenfolge des Waschens hat sich irgendwann so ergeben. Es war keine feste Regel, doch jeder kannte sie.

Rosa krempelt ihre Ärmel zurück und bindet sich die Haare zu einem einfachen Dutt.

Sie hat langes, strohblondes Haar.

Sie füllt die Badewanne mit warmem Wasser und gießt es über ihren Bruder, der mit den Händen auf die Wasseroberfläche schlägt.

Nach dem ersten Durchgang lässt sie das Wasser ablaufen und schäumt ihrem Bruder die Haare ein. Nachdem sie ihm erneut warmes Wasser über den Kopf gießt, ist der Körper dran. Da kann Erich schon selbst mit anpacken.

Nach nicht allzu langer Zeit, Emilia hatte es den Kindern verboten im Wasser zu spielen, um zu sparen, wo sie können, ist Erich sauber und hat tatsächlich den Rußgeruch verloren.

Er steht auf und Rosa wickelt ihn in ein großes Handtuch.

„So, ab mit dir. Geh dich anziehen", sagt sie ihm.

Er tappt glücklich barfüßig aus dem Badezimmer.
„Marie! Du bist dran!", ruft er dabei.

Dann betritt Marie mit einem Handtuch das Badezimmer.
„Brauchst du Hilfe?", fragt Rosa, die noch in Schlappen im Bad
steht. „Nein", antwortet die kleine Marie und grinst.
„Na, gut. Ruf mich, wenn was ist", sagt Rosa und lässt ihre
kleine Schwester alleine.

Auch sie ist irgendwann fertig und rennt barfüßig, in ein
Handtuch gewickelt aus dem Badezimmer.
Rosa geht ins Bad und schaltet den Boiler erneut ein. Er hat
nur ein Wasservolumen für zwei Personen. Der nächste
Durchgang ist für Rosa und ihre Mutter, die noch immer
draußen im Garten sitzt.
Während Rosa auf den Boiler wartet, geht sie in ihren
Schlappen hinaus zu ihrer Mutter. Sie setzt sich neben sie auf
einen Hocker.
„Ist dein Bruder sauber?", fragt Emilia, die ihre Blicke vom
schwachen Feuer und der Glut nicht abwendet. „Ja, ist er und
Marie auch", antwortet sie. „Gut", kommentiert Emilia leise.
Rosa merkt, dass ihre Mutter ein ähnliches Gefühl hat wie sie.
„Machst du dir Sorgen?", fragt sie ihre Mutter.
Emilia zögert kurz zu antworten. „Ja, er sollte schon längst
daheim sein", antwortet Emilia.
„Vielleicht wurde er aufgehalten", schlägt Rosa vor, doch das
zu glauben, fällt selbst ihr schwer. Beide wissen, dass etwas
Ungutes vor sich geht.
„Nach dem Waschen sollten wir unsere Sachen packen", sagt
Emilia und beide schauen sich an. Sie wussten, dass dieser Tag
kommen würde. Nun war er da.
Sie mussten fliehen.

„Ich habe Angst", sagt Rosa, während sie in die Augen ihrer Mutter schaut. „Ich auch, mein Schatz", antwortet Emilia und sie umarmen sich am Feuer, das bald erlischt.

Rosa geht zurück ins Haus. Sie schaut nach ihren Geschwistern, doch diese sind beide frisch gekleidet. Beide haben ihre Socken und Kleidung richtig angezogen. Rosa ist stolz.

Dann geht sie selbst ins Badezimmer und schließt die Tür hinter sich. Das Wasser ist fertig. Der Boiler hat sich von selbst ausgeschaltet. Das macht er so, wenn das Wasser darin eine bestimmte Temperatur erreicht hat.

Sie zieht sich ihre Kleidung aus und löst ihren Dutt. Dann schaut sie in den Spiegel, der vor ihr an der Wand hängt. Im letzten halben Jahr war sie nicht nur um ein Jahr älter geworden, ihr Körper hatte sich auch verändert. Sie inspiziert ihn vorsichtig. Sie ist gewachsen, mindestens um einen Kopf. Sie war schon so groß wie ihre Mutter.

Ihre langen Haare bedecken ihre Brust. Sie hebt die Haare an beiden Seiten an und wirft sie über ihre Schultern. Sie betrachtet sich.

Ihre Brüste waren größer geworden. Ihr fällt auf, dass die rechte etwas größer ist als die linke.

Sieht das nur so aus? Ist das normal? Hatte das ihre Mutter auch?

Das irritierte sie ein wenig, doch bis auf diese Tatsache war sie relativ zufrieden mit sich selbst. Sie hatte einen flachen Bauch und lange Beine.

Nicht nur dadurch, dass sie auf ihre kleinen Geschwister aufpasste und sehr klug und verantwortungsbewusst war, erinnerte sie in ihrem Alter schon an eine junge Frau. Sie sah auch schon aus wie eine.

Ob sie auch so jung heiraten würde wie ihre Mutter?
Sie steigt in die Badewanne und wäscht sich.

Nachdem sich Rosa nach dem Waschen auch frische Kleidung
anzieht, wirft sie noch einen Blick aus dem Fenster. Ihre
Mutter sitzt noch immer alleine am Feuer.
Sie geht zu ihr. „Ist Papa immer noch nicht da?", fragt sie.
Emilia steht auf. Sie schüttelt den Kopf und als sie langsam auf
Rosa zugeht, bricht sie plötzlich in Tränen aus. Sie fällt Rosa in
die Arme.
Auch Rosa kann ihre Gefühle nicht verstecken. Sie weint
ebenfalls. Ihr wird bewusst, dass sie ihr ihren Vater trotzdem
weggenommen haben, obwohl er den Brief nie bekam. Ihr
Plan war nicht aufgegangen. Sie hatte ihn umsonst versteckt.
Sie gibt sich die volle Schuld.
Hätte sie ihrem Vater den Brief gegeben, hätten sie sich
wenigstens noch verabschieden können. Diese Ungewissheit,
wo er ist und wie es ihm geht, war allein ihre Schuld.
Wie hätte sie das in ihrem kindlichen Denken nur wissen
können? Nun war er weg.

Nachdem auch Emilia sich gewaschen hat, warten sie noch
weitere Stunden auf Ferdinand. Sie wollten es nicht
wahrhaben. Doch von ihm gibt es keine Spur. Rosa und Emilia
packen gemeinsam zwei Taschen mit Kleidung und Nahrung.
Sie wissen nicht, was sie unterwegs brauchen werden. So eine
Situation hatten beide noch nie erlebt. Sie wissen noch nicht
einmal, wo sie hingehen und wann sie aufbrechen sollten.
Alles, was irgendwie sinnvoll erscheint, wird eingepackt.
Emilia verstaut mehrere Decken, Jacken, Streichhölzer, Brot,
Käse und mehr in den Taschen.

Emilia trommelt ihre Familie um den Küchentisch zusammen. Nun muss sie stark sein. Sie muss ihren Kindern erklären, was passiert und was getan werden muss.

„Kinder, hört mir zu. Was ich sagen werde, fällt mir nicht leicht. Wir werden schon bald einen großen Ausflug machen und das Haus verlassen", erklärt sie und pausiert sich selbst für einen Moment, um sich die Nase hochzuziehen.

„Wo ist Papa?", fragt Marie traurig. Gerade, als Emilia antworten will, legt Rosa eine Hand um ihre kleine Schwester. „Vielleicht kommt er ja doch morgen wieder. Sollen wir nicht noch warten?", entgegnet sie ihrer Mutter. „Rosa", antwortet Emilia mit tränengefüllten Augen. Sie ist in einer Zwickmühle. Sollte der Krieg tatsächlich ausgebrochen sein, zählt jede Stunde. Doch wann ist der richtige Zeitpunkt die Hoffnung zu verlieren? Wäre es wirklich realistisch noch einige Tage auf Ferdinand zu warten? Sie darf nicht so schnell aufgeben.

„Wir warten noch bis morgen ab. Dann rede ich mit den Nachbarn und erkundige mich nach Neuigkeiten", entscheidet Emilia. Rosa ist erleichtert, auch wenn sie immer noch dieses komische Gefühl beschleicht.

„Wo ist Papa?", fragt Marie erneut. Emilia kniet sich vor ihrer Tochter auf den Boden und streicht ihr durch das Haar. „Er geht seinen Pflichten nach, mein Schatz. Ich bin mir sicher es geht ihm gut", antwortet Emilia und wird emotional. Doch Marie ist verwirrt. Sie schaut ihre große Schwester an. „Papa wird lange arbeiten", sagt ihr Rosa und legt erneut eine Hand auf ihre Schulter.

Der Morgen danach. Emilia hat letzte Nacht im Bett kein Auge zubekommen. Nach einigen Stunden im Bett hielt sie es nicht mehr aus und ging ins Wohnzimmer. Dort saß sie sich auf einen Sessel und deckte sich zu. Sie hatte die Hoffnung nicht verloren, dass Ferdinand auf wundersame Weise mitten in der Nacht auftauchen würde und alles wieder gut wäre.

Rosas Nacht war nicht besser gewesen. Auch sie lag schlaflos im Bett mit den Blicken an die Decke gerichtet und die Gedanken an ihren Vater. Rosa war schuld daran, dass sie sich nicht von ihm verabschieden konnten. Das plagte sie, nun viel mehr als sonst. Irgendwann wurden ihre Gefühle so stark, dass sie diese nicht mehr kontrollieren konnte. Sie weinte minutenlang pausenlos in ihr Kissen und schlug gegen ihre Matratze. Dann, in einem ruhigen Moment, entschloss sie diesen Gefühlen ein Ende zu setzen. Sie stand auf und ging in das Schlafzimmer ihrer Eltern. Sie würde alleine nicht mehr zurechtkommen mit diesen Gedanken. Doch als sie die Tür öffnete und das leere Bett vorfand, war sie darüber verwundert. Wo war ihre Mutter? Leise und vorsichtig ging sie die Treppen runter. Ihr fiel auf, dass im Wohnzimmer eine Kerze brannte. Und dort sah sie ihre Mutter auf dem Sessel neben dem Tisch mit der Kerze, die fast schon ausgebrannt war. Rosa pustete sie aus, nahm sich eine Decke und legte sich auf das Sofa vor ihrer Mutter. Dort schliefen sie beide.

Emilia öffnet ihre Augen und als sie jemanden auf dem Sofa vor sich liegen sieht, springt sie auf. „Ferdi!?", ruft sie und berührt sie Gestalt unter der Decke, die ihr den Rücken zugedreht hat. Doch schnell erkennt sie Rosa, die dadurch geweckt wird. Sie ist enttäuscht. Trotzdem läuft sie rasch die Treppen hoch, um einen Blick in ihr Schlafzimmer zu werfen. Vielleicht kam er nachts doch nach Hause und wollte sie nicht unnötig wecken. Doch auch ein Blick ins Zimmer genügt, um ihre Hoffnungen zu zerschlagen. Schwach läuft sie die Treppen hinunter. Rosa ist mittlerweile auch wach und sitzt auf dem Sofa.

„Wieso hast du nicht in deinem Bett geschlafen?", fragt Emilia. Rosa reibt sich die Augen. „Ich konnte nicht. Ich hatte Alpträume", antwortet sie ihr. „Und du?", fragt sie ihre Mutter. Emilia setzt sich auf den Sessel. Ihre Blicke scheinen erschöpft. „Ich musste an euren Vater denken", antwortet sie. Rosa schaut sie an. „Wieso hat er sich nicht verabschiedet?", fragt Emilia und schaut ins Leere.

Rosa spürt einen Stich im Herzen als sie das hört. Sollte sie ihr Geheimnis beichten?

Ihre Augen werden glasig und sie spürt einen Kloß im Hals. Nun richtet Emilia ihre Blicke auf Rosa. Sie schaut sie eine Weile an. „Er wird nicht kommen", sagt sie dann und ihr kommen die Tränen.

Rosa denkt kurz nach und steht dann auf. Sie will gerade die Treppen hinaufsteigen, da hält sie ihre Mutter auf. „Wohin gehst du?", fragt sie Rosa. Sie dreht sich um. „Wir sollten die beiden wecken, wenn wir bald aufbrechen wollen", antwortet Rosa. In diesem Moment wird Emilia ihre Pflicht als Mutter bewusst. Sie muss sich nun selbst um ihre Kinder kümmern. „Halt!", sagt sie, nachdem sie sich die Tränen weggewischt hat und aufgestanden ist. „Wir wissen nicht einmal wohin", erklärt sie. Emilia hatte Recht. Wie handelt man in so einer Situation? Man kann doch nicht einfach ziellos irgendwo hinlaufen. „Lass die beiden noch schlafen und bereite etwas zu Essen vor. Ich höre mich mal in der Nachbarschaft um", schlägt Emilia vor.

Während sich Emilia eine Jacke überzieht und das Haus verlässt, wird sie pausenlos von Gedanken geplagt, die ihre keinen Moment für Ruhe und Klarheit gönnen. Gerade hat sie sogar Zweifel, ob er der Krieg tatsächlich ausbrechen wird, obwohl alles dafürspricht. Kurz zögert sie den Hof zu verlassen. Sie gibt sich einen Ruck. Sie klopft dreimal an der hölzernen Tür der Steinhardts. Es dauert einen Moment, bis ihr geöffnet wird. Emilia hatte vor dem Verlassen des Hauses nicht einmal auf die Uhr geschaut. Es war zwar schon hell, doch wie früh genau es ist, weiß sie nicht. Die Tür öffnet sich langsam mit einem Quietschen. „Guten Morgen, Magdalena.", begrüßt sie Emilia. Die Nachbarin schaut sie irritiert an. „Emilia, guten Morgen. Ist etwas passiert?", fragt sie. Emilia zögert kurz und versucht die passenden Worte zu finden. „Das klingt jetzt vielleicht etwas seltsam, aber Ferdinand…", doch mehr schafft sie nicht auszusprechen, bevor sie die Angst, Ungewissheit und Traurigkeit überkommen. Emilia bricht zusammen und weint. Ihre Nachbarin reagiert sofort. Sie packt sie an den Armen und begleitet sie ins Haus. „Komm rein, setz dich. Ich hol dir ein Glas Wasser", sagt sie. Emilia hat ihre Gefühle nicht mehr unter Kontrolle.

Im Wohnzimmer sitzt ein älterer Mann. Das ist der Schwiegervater der Nachbarin. Er redet kaum. Seit einigen Jahren sieht man ihn auch nicht mehr auf den Straßen. Magdalena kümmert sich um ihn. Das ist ihre Pflicht als Ehefrau seines Sohnes. Vor allem, seitdem er vor einigen Tagen vom Militär einberufen wurde, und seitdem nicht mehr zuhause war.

Der alte Mann reagiert nicht auf Emilia. Er sitzt in einer dicken Decke eingehüllt auf dem Sofa und starrt aus dem Fenster. Magdalena kommt mit einem Glas Wasser zurück und überreicht ihn Emilia. Dann setzt sie sich zu ihr. „Was ist denn los?", fragt sie erneut. Emilia braucht einen Moment, um sich wieder zu sammeln. Sie trinkt etwas vom Wasser. Sie räuspert sich. „Ferdinand kam nicht zurück von der Arbeit. Wir haben Angst", erklärt sie ihrer Nachbarin und kämpft immer noch gegen ihre Gefühle. Magdalena ist besorgt. Sie streicht mit der Hand über Emilias Rücken. „Wie lange ist er denn schon weg?", fragt sie. „Spätestens gestern Morgen hätte er kommen müssen", antwortet Emilia. In der Tat ist das sehr merkwürdig, doch die Zeichen sprechen dafür, dass auch Ferdinand dasselbe Schicksal erleiden müsste, wie ihr eigener Ehemann. „Denkst du das Militär hat ihn geholt?", fragt Magdalena. Emilia nickt, während sie sich die Augen mit einem Tuch abtrocknet. „Aber wir bekamen keinen Brief", versucht sie ihrer Nachbarin und ihrer Logik zu widersetzen. Die Nachbarin denkt nach. „Sollen wir zum Postamt gehen und von dort aus in der Stahlfabrik anrufen?", schlägt sie Emilia vor. Eine brillante Idee. Daran hatte Emilia noch gar nicht gedacht. Dort gibt es ein Telefon. Emilia stellt das Glas Wasser ab und steht auf. „Das machen wir. Ich gehe noch schnell nach Hause und sage den Kindern Bescheid", sagt sie und verlässt rasch das Haus. Währenddessen macht sich Magdalena kurzerhand fertig und zieht sich eine Jacke an.

Auf dem Weg zum Postamt fällt beiden auf, dass einige Menschen auf Pferde- und Ochsenkutschen das Dorf in Richtung Süden verlassen. Sie denken zunächst es seien Händler. Es kehrt für einen kurzen Moment Ruhe in Emilias Gedankenwelt ein. „Sag mal, Magdalena. Was hat Frank eigentlich gesagt, als er seinen Brief erhalten hat? Was stand darin?", fragt sie. „Zur Sicherheit des Landes", antwortet ihr Magdalena. Emilia schaut sie kurz an. Sie erkennt die immense Trauer auch in ihren Blicken und in ihrer Stimme, wenn sie davon spricht. „Sind wir im Krieg?", fragt Emilia. Nun muss auch Magdalena mit ihren Gefühlen kämpfen. „Werdet ihr fliehen?", hakt sie nach. Magdalena schüttelt den Kopf.

„Ich habe Frank versprochen, dass wir auf ihn warten werden", antwortet sie.

Hat Emilia das richtig verstanden? Trotz anstehenden Krieges wollen sie ihr Haus nicht verlassen?

Doch dann fällt es ihr ein. „Ist es wegen deinem Schwiegervater?", fragt Emilia. Magdalena nickt. Ihre Pflichten waren ihre größte Last. „Frank hat mir versprochen, dass er bald zurückkommen würde und, dass wir auf ihn warten sollen", sagt sie. Es geht wohl jeder anders mit dieser Situation um. Emilia zweifelt daran, ob sich auch nur irgendjemand aus dem Dorf das volle Ausmaß eines Krieges vorstellen kann. Doch das ist jetzt nicht ihr Problem. Ihr Problem ist, dass sie nicht weiß, wo ihr Mann ist und wie es ihm geht. Ob er wohl ans Telefon gehen würde?

Einige Minuten später kommen die zwei Frauen beim Postamt an. Emilia läuft gezielt zum Schalter. „Ich muss ein Telefonat tätigen", sagt sie der Beamtin. „Nummer?", wird Emilia gefragt. „Das Stahlwerk", antwortet sie und greift zum Hörer, nachdem die Beamtin die Nummer gewählt hat.

Es klingelt, Emilias Herz rast. „Komm schon, Ferdi", sagt sie leise, aber angespannt vor sich hin. Dann hört sie ein Klickgeräusch und Stille. Was ist passiert? Emilia wird panisch. „Wählen Sie dieselbe Nummer nochmal!", befiehlt sie der Beamtin fast. Diese reagiert erst perplex, doch sie tut, wie ihr gesagt wird. Emilia hält erneut den Hörer and ihr Ohr. Es klingelt, fünfmal, zehnmal, zwölfmal, und dann wieder ein Klick. „Noch einmal!", ruft Emilia. „Hören Sie, werte Dame. Wie oft wollen Sie es denn noch versuchen?", fragt die Beamtin. „Einmal noch! Los, bitte!", antwortet Emilia.

Es klingelt. Emilia wartet ungeduldig, doch dann plötzlich hebt jemand ab. „Hallo?", fragt Emilia. „Mein Mann! Ferdinand

Kunsk, ist er dort? Kann ich mit ihm sprechen?", schreit sie
schon fast ins Telefon.

Ihr wird gesagt, dass sie warten soll. Kurze Zeit später hört sie
wieder die Stimme am Telefon. „Ferdinand?", fragt sie
panisch. Doch die Stimme sagt ihr, dass dort kein Ferdinand
Kunsk arbeitet. Dann legt sie auf. Emilia erleidet einen
Nervenzusammenbruch. „Er arbeitet nicht dort? Natürlich tut
er das! Er ist mein Mann! Wo ist er? Wo ist mein Mann?",
schreit Emilia in den Hörer, an dessen anderem Ende gar
keiner mehr dran ist. Magdalena nimmt Emilia den Hörer ab
und reicht ihn der Beamtin. Emilia ist völlig außer sich und hat
jegliche Kontrolle verloren. Sie vergräbt sich in die Brust ihrer
Nachbarin und weint sich die Seele aus. Während sie ihre
Nachbarin tröstet, fallen Magdalena die Blicke der anderen im
Laden auf. „Wast gibt es da zu glotzen?", fragt sie laut und die
Blicke wenden sich von ihnen ab. Nur die Beamtin schaut sie
noch an. Magdalena lässt Emilia kurz los und greift in ihre
Handtasche. Sie holt eine Handvoll Münzen hervor und legt
sie auf die Theke. In diesem Moment bemerkt sie die aktuelle
Ausgabe der Tageszeitung in einem Ständer. „Union überfällt
den Norden", liest Magdalena und ihre Augen werden dabei
immer größer. Sie dreht sich zur Beamtin. „Hat der Krieg
begonnen?", sie nickt schweigend. „Heute sind die ersten
Bomben gefallen", sagt die Beamtin. Emilia hört diese Worte
und hebt ihren Blick. „Was?", fragt sie und zieht sich die Nase
hoch. Und so werden ihre schlimmsten Befürchtungen wahr
und plötzlich wird es ihr unheimlich kalt.

Emilia schnappt sich ebenfalls eine Ausgabe der Zeitung. Auch
sie kramt gerade in ihrer Handtasche, doch die Beamtin hält
sie ab. „Das ist genug", sagt sie und sammelt die Münzen auf
der Theke ein. Emilia und Magdalena verabschieden sich von
ihr. Dann verlassen die beiden das Postamt.

Vor der Tür setzen sie sich auf eine Parkbank und lesen die Zeitung. „Hier steht, dass jederzeit mit weiteren Angriffen der Union zu rechnen sei. Man solle sich auch vor innere Unruhen durch deren Mitglieder in Acht nehmen", kommentiert Emilia das Gelesene. Beide Frauen sind besorgt. „Wieso führt man Krieg gegen ein Land, das man bereits kontrolliert?", fragt sich Magdalena laut „Was ist es, das sie wollen?"
Emilia hört die Worte, die Magdalena spricht, doch ihre eigenen Gedanken sind lauter. „Ferdi, bist du wohl auf?", denkt sie laut.
„Sollen wir auch im Stahlwerk nachschauen?", fragt Magdalena. Doch das will Emilia nicht. Zu groß ist die Gefahr, dass die Kämpfe sich ausgebreitet haben und sie im Norden nicht sicher sind. Sie schüttelt den Kopf. „Wieso hat der Mann am Telefon gesagt, dass Ferdinand dort nicht arbeitet?", fragt Emilia leise. Auch Magdalena kennt keine Antwort darauf. Vermutlich aber, wollte der Mann Emilia einfach nur loswerden. Sie werden stark beschäftigt sein. „Was hast du jetzt vor?", fragt Magdalena. Doch Emilia ist nicht in der Lage klar zu denken. „Willst du mit den Kindern zusammen die Nacht heute bei uns verbringen?", fragt Magdalena. „Ich weiß es nicht. Ich will jetzt zu meinen Kindern", antwortet sie. Magdalena kann den Schmerz ihrer Nachbarin gut verstehen. Sie leidet selbst darunter. Der einzige Unterschied ist, dass sie Gewissheit darüber hat, dass ihr Mann in den Krieg ziehen muss. Doch ist dieses Wissen von Vorteil?

Als Emilia zuhause ankommt, sitzen die Kinder im Wohnzimmer. Marie und Erich spielen miteinander und Rosa sitzt auf dem Sessel, auf dem Emilia die Nacht verbracht hat. Emilia wirft einen Blick in die Küche. Der Tisch ist gedeckt.

Rosa hatte das Frühstück bereits zubereitet. „Mama", sagt Rosa und steht auf. Sie weiß nicht, wie sie reagieren soll. Ihre Mutter sieht nicht glücklich aus. „Weißt du mehr?", fragt Rosa. Emilia muss nachdenken. Denn sie spürt, dass es an der Zeit ist, eine Entscheidung zu treffen. „Wir sollten frühstücken", antwortet sie und zieht sich ihre Jacke aus. „Wo warst du?", will Rosa beim Essen wissen. „Ich war bei den Steinhardts", antwortet Emilia knapp. „Und?" hakt Rosa nach. „Wir sind zum Postamt und haben beim Stahlwerk angerufen, doch euer Vater war nicht da", erklärt sie ihrer Tochter, doch scheint mental abwesend zu sein. „Wo ist Papa?", fragt Marie, während sie sich mit der Gabel etwas vom Rührei nimmt. Emilia schaut ihre Kinder an.
Dann fasst sie einen Entschluss. „Wir warten bis morgen früh. Wenn euer Vater dann immer noch nicht daheim ist, machen wir uns auf den Weg", sagt sie. „Aber wohin?", fragt Rosa. „Das ist erstmal nicht wichtig. Ich werde mich heute noch einmal umhören, aber wir wissen in den Norden geht es nicht. Der Süden ist frei. Das reicht uns", erklärt Emilia.
„Frei? Sind wir also im Krieg?", fragt Rosa. „Das sind wir", antwortet Emilia. Eine unheimliche Stille breitet sich am Tisch aus.
Jetzt ist es also endgültig so weit. Sie würden alles hinter sich lassen und fliehen.

Später am Tag sind sie zu viert in der Küche. Emilia kocht für ihre Kinder. Sie braucht eine Ablenkung von ihren Gedanken, die von Zeit zu Zeit absurder werden. Immerzu denkt sie an ihren Ehemann. Immer wieder stellt sie sich vor, wie Ferdinand auf der Arbeit von Soldaten weggeführt und in eine Baracke gebracht wird. Wie es ihm wohl geht?
Hatte er gewusst, dass sie ihn mitnehmen würden?

Wieso hat er sich dann nicht verabschiedet?
Wieso hat er seine Kinder nicht ein letztes Mal umarmt oder
ihr einen Kuss gegeben?
War ihm der Abschied zu schwergefallen?

„Wieso hat sich Papa nicht verabschiedet?", fragt Marie und
vermisst ihren Vater schon sehr. Wie sollten sie es auf ihrer
Reise nur ohne ihn schaffen?
Als Rosa diese Frage hört, spürt sie einen Stich in ihrem Herz.
Sie blickt zu Boden und versucht ihre Tränen und einen
Gefühlsausbruch zu unterdrücken.
„Es kam unerwartet. Das wusste keiner von uns", antwortet
Emilia.
Das ist zu viel für Rosa. Sie verlässt die Küche und geht hinaus
auf den Hof. Sie setzt sich auf eine Bank und weint.

Was wäre passiert, hätte sie diesen Brief nicht versteckt?
Wieso hatte sie nicht an die Konsequenzen ihrer Entscheidung
gedacht? Würde ihr Vater sie hassen, wenn er das erfahren
würde? Rosa kommt sich dumm vor.
Es scheint, das alles, was sie selbstständig macht, einfach
falsch ist. Sie kann nichts richtig machen. „Verzeih mir Papa",
sagt sie und schaut zum Tor, als ob ihr Vater jeden Moment
davor stehen und sie in den Arm nehmen würde. Und immer
wieder fragt sie sich, ob sie es ihrer Familie beichten würde.
Doch aus berechtigter Angst, dass man ihr nicht verzeihen
könnte, selbst wenn man wollte, traut sie sich doch nicht
mehr. Sie hatte versagt. Es war ihre Schuld.

„Erich, hol bitte deine Schwester", sagt Emilia. Während
Marie die Teller und das Besteck auf dem Tisch verteilt, bringt

Emilia den Topf zum Tisch. Es gibt gekochte Kartoffeln und Linseneintopf.

Rosa kommt gemeinsam mit Erich zurück ins Haus.

Sie setzen sich wortlos an den Tisch und essen in Stille.

Ferdinands Sitzplatz ist frei. Er ist nicht gedeckt.

Nachdem sie das Geschirr abgespült und getrocknet haben, verbringen die vier ihren Abend zusammen. Das hatte niemand ausgesprochen. Man fühlte es instinktiv, dass sie jetzt beisammenbleiben sollten. Marie holte ihre Bauklötze und Erichs Puppen. Sie sitzen auf dem Boden vor dem Sofa und spielen miteinander. Rosa holt ihre Bücher, diesmal nicht, um sie jemandem aus der Familie vorzulesen, sondern um einen klaren Kopf zu bekommen.

Ihre Schuldgefühle zerfressen sie sonst innerlich. Auch wenn die Hoffnung, dass ihr Vater noch kommen wird, verschwindend gering ist, ist sie noch nicht verschwunden. Sie entscheidet sich für das Buch über Dinosaurier. Rosa hat nicht die leiseste Ahnung wie das möglich sein könnte, doch der Gedanke, dass die aktuelle Situation tatsächlich mit diesen Tieren in Verbindung stehen könnte, erdrückt sie.

Wieso sonst hätte sie der Verrückte ein Tag vor dem Verschwinden ihres Vaters wieder gefunden und so etwas gesagt?

So weit sie weiß, war das das erste Mal, dass dieser Mann überhaupt einen vollständigen Satz von sich gegeben hat. Hinzu kommen noch die Geschichten von vorher und Maries Traum.

Sie hofft in diesem Buch eine Antwort finden zu können.

Emilia dagegen fragt sich, wie viele aus dem Dorf ebenfalls mit dem Gedanken spielen, zu fliehen. Emilia hatte außer ihrer Nachbarin keine Freunde im Dorf und deshalb keine Gelegenheit, sich noch weiter umzuhören.

Ferdinand war das bekannte Gesicht in der Nachbarschaft. Er war auch Fremden gegenüber immer offen und scheute sich vor keinem spontanen Gespräch. Emilia mochte eher die Stille und ihr genügte der Kontakt zu ihren Kindern und ihrem Mann vollkommen.

Was ist, wenn für das Dorg gar keine Gefahr besteht und sie umsonst die Sicherheit ihrer vier Wände und der Decke aufgeben?

Sie musste sich erkundigen.

„Rosa, wir sollten gehen", sagt sie zu ihrer Tochter, die neben ihr sitzt und das Dinosaurierbuch studiert.

„Wohin?", fragt Rosa verwundert und schaut ihre Mutter an. Es war schon dunkel geworden.

„Ich will mich im Dorf umhören, ob auch andere verresien werden und wohin sie gehen. Ich will, dass du mich begleitest", erklärt Emilia. Das scheint Rosa legitim, auch wenn sie gerade dabei war, sich neues Wissen anzueignen. Sie legt ein Stück Papier auf die Seite des Buches, in der die Anatomie eines Dinosauriers erklärt wird und schließt es dann.

„Kinder, ich gehe mit eurer Schwester ins Dorf. Wir bleiben nicht lange weg. Bleibt bitte anständig", sagt Emilia den beiden Kleineren und steht dann auf.

Nachdem sie ihre Jacken angezogen haben, verlassen sie das Haus. „Wo gehen wir hin?", fragt Rosa. Emilia weiß, wo man Neuigkeiten im Dorf erfährt. Sie würden die Orte besuchen, an denen auch Ferdinand suchen würde.

„Wir gehen in die Kneipe. Dort sitzt immer jemand, der einem weiterhelfen kann", antwortet Emilia und beide verlassen den Hof.

Die Straßen sind leer. Es scheint, als wären nur Emilia und Rosa unterwegs. Stille und ein unangenehmes Gefühl der Ungewissheit begleiten die beiden, während sie durch die staubigen Wege des Dorfes laufen. Dann kommen sie am Haus des Stuhlmachers an, wo sie auf dem Weg zur Kneipe vorbeilaufen mussten. Vor der Tür stehen kunstvolle Holzstühle, die mit einer eisernen Kette am Treppengeländer befestigt sind.

Der Stuhlmacher ist gerade dabei, diese Ketten zu lösen. Vermutlich räumt er die Stühle über Nacht ins Haus.

„Guten Abend, Leo", sagt Emilia und erschreckt den Stuhlmacher. Er schreckt kurz auf.

Emilia fällt ein, dass sie sich noch gar keine Gedanken darüber gemacht hat, was sie fragen sollte.

Sie könnte doch nicht fragen, ob er fliehen würde. Wenn ja, wohin? Fragt man sowas so direkt?

Würde er sie für verrückt erklären, wenn sie das täte und es im ganzen Dorf verbreiten?

Wäre Emilia dann die neue Verrückte im Dorf?

Sie spürt den Schweiß in ihren Handflächen. Plötzlich fühlt sich Emilia so verunsichert, wie schon lange nicht mehr.

„Hallo, die Damen. Kann ich euch helfen?", fragt Leo verwundert. Er ist sichtlich überrascht von dem unerwarteten Besuch der beiden. Doch als er Rosa erblickt, die hinter ihrer Mutter steht, tritt ein Lächeln in seinem Gesicht hervor.

„Ich bin Ferdinands Frau. Das ist meine Tochter, Rosa", erklärt sie und stellt sich vor. „Ich kenne Ferdinand, und euch auch. Ihr braucht euch nicht vorzustellen", antwortet Leo.

„Leo, Ferdinand kam nicht mehr von der Arbeit nach Hause. Ich befürchte, dass das Militär ihn geholt hat und wir in großer Gefahr sind. Weißt du etwas darüber?", fragt sie und

verkneift sich die Tränen. Als Leo die Information erhält, dass die Familie Kunsk keinen Mann mehr im Haus hat, reagiert er ungewöhnlich. Von Mitleid gibt es keine Spur in seinem Gesichtsausdruck, eher Neugier und erwecktes Interesse.
Was hat der Stuhlmacher vor?
„Gefahr? Davon weiß ich nichts. Aber ich habe mitbekommen, dass einige Männer aus dem Dorf einberufen worden sind. Es kann also sein, dass etwas bevorsteht", erklärt er. Emilia hört ihm besorgt zu.
Rosa hingegen entgehen seine Blicke nicht. Sie sieht, wie er sie anschaut. Irgendetwas an ihm widert sie an und macht ihr Angst.
„Und du bist das kleine Kunsk-Mädchen?", fragt er plötzlich Rosa und grinst. Rosa erstarrt, doch kann sich das nicht erklären. Emilia greift ein. „Nein, das ist meine Große", antwortet sie stolz. „Was? Die Große? Du bist aber gewachsen. Du bist ja schon eine richtige junge Dame", sagt Leo und durchdringt Rosa mit seinen Blicken.
Rosa zwingt sich ein Lächeln auf.
„Leo, wir wollen dich nicht weiter stören. Es ist ja schon spät. Danke für deine Hilfe", sagt Emilia und macht ein paar Schritte zurück. „Aber gerne doch. Kommt vorbei, wenn ich noch etwas für euch tun kann", sagt er den beiden und sie verabschieden sich. Leo schaut den beiden noch eine Weile hinterher, als sie sich erneut auf den Weg machen. Weiter Richtung Kneipe.
„Ich mag ihn nicht. Er ist komisch", kommentiert Rosa beim Gehen. „Wieso komisch? Was ist passiert?", fragt Emilia. War ihr gar nicht aufgefallen, wie er sie und ihre Tochter anschaute? „Seine Art ist komisch. Naja, egal", antwortet Rosa und beide laufen weiter. Doch wirklich egal ist es Rosa

nicht. So etwas hatte sie zuvor noch nie erlebt. Sie konnte seine Blicke förmlich spüren.

Natürlich hatte Emilia die Situation ebenfalls bemerkt, doch sie dachte sich nicht viel dabei. Sie war geübt darin, über solchen Dingen zu stehen. Jetzt, da ihre Tochter dies aber auch bemerkte und sich unwohl fühlte, musste sie etwas sagen. „Der kann uns nichts. Denk dran, die meisten von denen, die so gucken, sind Feiglinge", antwortet Emilia. Rosa nickt stolz. Zu zweit sind die beiden sehr stark.

Kurze Zeit später treffen sie an der Kneipe ein. Durch die Fenster aus rauem Glas können sie Licht im Inneren erkennen. Jemand muss dort sein.

Sie öffnen die Tür zur Wirtschaft und sie werden begrüßt von ungewöhnlicher Stille. Sollten nicht mehr Menschen hier sein?

Oder sind alle bereits geflüchtet?

Zu zweit betreten sie den Raum und hinter der Theke steht eine junge Frau. Sie scheint nur etwas älter als Rosa zu sein. Die Tische sind leer. Man hat sich nicht einmal die Mühe gemacht, die Stühle von den Tischen zu nehmen. Es scheint, als würde man keinen Gast erwarten.

Nur der Stammtisch ist nicht leer. Willi, der Kelterer, sitzt mit einem Bierkrug alleine auf der Sitzbank. Er sieht traurig aus.

„Abend", sagt die Wirtin und begrüßt Emilia und Rosa.

Diese Begrüßung scheint Willi aus einer Art Trance zu wecken. Er schreckt auf und schaut sich um. Als er Emilia und ihre Tochter sieht, ist er schockiert. „Bei Gott, wenn das nicht die Frau vom Fredl ist!", ruft er.

Emilia erkennt ihn und beide gehen zu ihm an den Tisch.

„Willi, was ist hier passiert?", fragt sie besorgt und zieht sich einen Stuhl zurück. Ihr ist die außergewöhnliche Situation im

Lokal nicht entgangen. Auch Rosa nimmt sich einen Stuhl und beide setzen sich zu Willi.

Die junge Wirtin geht an den Tisch. „Was darf's sein?", fragt sie mit einem Lächeln. Doch bevor eine der beiden antworten kann, übernimmt Willi die Kontrolle. „Jetzt nicht, Schätzelein", sagt er und schickt sie wieder weg.

Willi schaut beide an. Erst Rosa und dann Emilia. „Sie haben sie alle weggebracht", sagt er bedrückt. „Wer? Wohin?", fragt Emilia besorgt.

„Alle, alle, die noch jung und stramm sind. Alle, die ein Gewehr halten können.", erklärt er und schaut noch einmal Rosa an. Er sieht die Angst und Ungewissheit in ihrem Gesicht.

„Und Ferdl haben sie auch?", fragt er Emilia und man bekommt das Gefühl, dass aus dem vorlauten Chef des Stammtisches ein weiches Kuscheltier geworden ist. Am liebsten würde er die beiden umarmen wollen, als Emilia eine Träne über ihr Gesicht fließt. „Sie haben Ferdi. Er kam nicht von der Arbeit heim", sagt sie und bricht in Tränen aus.

„Herrgott sei gnädig", sagt Willi, als ihm bewusst wird, dass Emilia nun alleine mit den Kindern ist.

Rosa legt einen Arm auf die Schulter ihrer Mutter.

„Wohin haben sie sie gebracht?", fragt Rosa. Ihre Mutter ist gerade nicht in der Lage zu reden.

Willi zögert. Er möchte diese Frage nicht beantworten und die beiden in noch tiefere Trauer stürzen.

Doch er muss es tun. Er trägt die Verantwortung, sie das wissen zu lassen.

„Die Union hat im Norden zugeschlagen. Das Militär braucht jede Hilfe, die es bekommen kann", erklärt er.

Emilia weint nun völlig hemmungslos. Sogar Willi, der Kelterer, der sonst ein harter Kerl ist, kann eine Träne nicht unterdrücken.

Es stimmte also doch. Sie hatte davon gehört und gelesen, doch konnte es einfach nicht wahrhaben. Sie sind im Krieg. Und Rosa?

Sie hatte dafür gesorgt, dass man ihren Vater ohne Vorwarnung und Abschied mitnahm.

„Werden wir gewinnen?", fragt Rosa reflexartig und setzt sich aufrecht auf den Stuhl. „Gewinnen?", fragt Willi irritiert und wischt sich die Träne vom Gesicht.

„Ja, wenn wir gewinnen, kommt Papa zurück!", sagt sie voller Hoffnung.

Willi fühlt sich, als ob er vor einem heranrasenden Zug stünde. Wie sollte er damit umgehen und Rosa erklären, dass das nicht passieren würde?

Die Unschuld Rosas sorgt für einen Moment immenser Trauer.

„Gütiger Gott im Himmel, steh dieser unschuldigen Seele bei-", sagt Willi. Er dreht sich zu Rosa und rutscht näher an den Tisch. „Mein Kleines, wir werden nicht gewinnen. Aber du wirst deinen Vater wieder sehen", sagt er, während er Rosa in die Augen schaut. Das versteht Rosa aber nicht. Wie könnte das möglich sein?

Emilia zerfließt in Tränen.

Die junge Wirtin, die ungewollt Zeuge dieses Gespräches wird, kocht Emilia einen Tee mit Baldrianwurzeln auf und bringt ihr es mit einem Glas Wasser an den Tisch. „Bitte, trinken Sie das", sagt sie besorgt. Willi bedankt sich bei ihr mit einem Nicken, als ob er sie loben würde.

„Soll ich dir auch einen Tee machen?", fragt sie Rosa, die immer noch sichtlich überfordert ist mit der Situation. „Ich hätte gerne einen Apfelsaft", antwortet sie. Die Wirtin geht zur Theke, um ihr ein Glas des Saftes einzuschenken.

Willi kann sich das nicht weiter ansehen. „Emilia, du musst dich beruhigen", sagt er streng und schaut sie dabei an. Doch es zeigt keine Wirkung. Willi versucht es erneut. Er hält seine Hand an ihre Schulter. „Emilia, beruhige dich", sagt er erneut.

Emilia reagiert nicht. Sie erleidet einen Gefühlsausbruch.

Willi hebt seine Hände und schlägt sie flach auf den Tisch, was ein lautes Geräusch erzeugt und Emilia schrickt auf. Ihr Tee in der Tasse schwappt sogar über.

„Hör mir zu, Emilia!", sagt er und hält ihre Hände.

Sie zieht sich die Nase hoch und schaut ihn mit tränenverschmiertem Gesicht an.

„Du ganz allein bist jetzt für deine Kinder verantwortlich. Du musst für sie da sein. Sie brauchen dich jetzt mehr als sonst. Sei stark für deine Kinder", befiehlt er ihr schon fast und hält dabei den Blickkontakt. Emilia nickt.

Die Wirtin kommt mit Rosas Apfelsaft und einigen Tüchern zurück an den Tisch. Sie setzt sich dazu, wohl wissend, dass kein weiterer Gast mehr kommen wird.

Die junge Wirtin ist eigentlich gar keine Wirtin.

Normalerweise hilft sie an Wochenenden in der Küche aus, indem sie beim Spülen oder Kellnern hilft. Willi, der vom Wirt einen Ersatzschlüssel hat, schloss sich selbst die Wirtschaft auf und rief von dort aus die Wirtin an. Die Nummern der Mitarbeiter sind in einem Heft notiert. Sie kam, um Willi zu bedienen.

„Der Tee wird guttun", sagt sie und reibt Emilias Rücken sanft. Emilia nimmt sich ein Tuch und putzt sich kräftig die Nase. Dann nimmt sie die Tasse mit beiden Händen und trinkt einen Schluck.

„Bleibt ihr hier?", fragt Willi, der Kelterer, als sich Emilia wieder etwas beruhigt zu haben scheint. Sie schüttelt den Kopf, während sie den heißen Tee herunterschluckt. „Gut, gut", kommentiert Willi leise.

„Wir warten noch einen Tag und dann fliehen wir", erklärt Emilia. Willi nickt verständnisvoll. „Ich habe meine Frau und meine Tochter auch weggeschickt.

Sie sind unterwegs in die Jagdhütte am See. Das liegt unten im Süden. Es ist ein weiter Weg. Meinen Sohn haben sie letzte Woche einberufen", erzählt er.

Das erleichtert Emilia ein wenig. Sie waren nicht die Einzigen, die in den Süden wollten. Vielleicht könnten sie auch zum See laufen, auch wenn es ein Weg ist, den man mehrere Tage laufen müsste.

„Wieso bist du noch hier?", fragt Emilia. „Ich habe hier die Kelterei. Ich habe viel zu tun und ich passe auf das Bier in der Kneipe auf", erklärt er und lacht kurz über seinen eigenen Witz, der in dieser Situation vielleicht unangebracht scheint.

„Wohin geht ihr?", fragt Willi und schaut auch kurz Rosa an, die noch immer ratlos aussieht.

Die Nachricht, dass ihr Vater völlig ahnungslos und plötzlich in den Krieg geschickt wurde, hat ihr wohl den Verstand genommen. Sie sitzt still und emotionslos da. Sie trinkt ihren Apfelsaft.

„In den Süden. Kannst du uns aufschreiben, wie wir diesen See finden?", antwortet Emilia knapp, die jetzt in Gedanken schon längst bei der Flucht mit ihren Kindern ist.

Hatte sie genug eingepackt?

Hatte sie zu viel eingepackt?

Würden sie diese lange Reise zum See zu Fuß heil überstehen?

Würde der Krieg sie einholen?

Die Wirtin geht zur Theke und holt Stift und Papier.

„Das ist eine gute Idee", antwortet Willi und nimmt sich den Stift zur Hand. Er Zeichnet und schreibt eine Wegbeschreibung.

Emilia trinkt noch einen weiteren Schluck ihres Tees und als dieser Wirkung zeigt und Emilias Verstand langsam wieder einkehrt, steht sie auf. Sie blickt zu Rosa. „Wir sollten jetzt gehen", sagt sie. Rosa steht kommentarlos auf. „Das solltet ihr", antwortet Willi und reicht Emilia den Zettel.

„Möge Christus euch segnen und Begleiter eurer Reise sein", betet er für Emilia und ihre Kinder. „Amen. Möge er Beschützer unser aller sein", sagt Emilia entschlossen, nimmt Rosa an der Hand und beide verlassen die Kneipe.

Willi und die Wirtin schauen ihnen hinterher.

„Herr, sei ihrer Seele gnädig", sagt Willi leise vor sich hin.

„Mein Kind, du solltest auch gehen", sagt Willi und schaut hinüber zur Wirtin, die neben ihm sitzt.

„Ich passe auf meine Großmutter auf. Ich lasse sie nicht alleine", antwortet die Wirtin und steht auf.

Den letzten Abend vor ihrer Abreise verbringt die Familie gemeinsam im Garten. Emilia versucht ihr Bestes, die Erinnerungen vor der Abreise positiv zu gestalten. Sie spielen verstecken, sitzen am großen Feuer. Und sogar die Steinhardts wurden eingeladen. Magdalena nahm die Einladung an. Während die Kinder mit dem Backen von Stockbrot beschäftigt sind, unterhalten sich die zwei Frauen.

„Ihr reist also ab. Wisst ihr schon wohin?", fragt Magdalena.

„In den Süden", antwortet sie „Wir waren gestern Abend noch im Dorf und haben uns umgehört. Das hat uns der Kelterer gegeben", antwortet Emilia und holt die Wegbeschreibung aus ihrer Jackentasche. Magdalena studiert sie. „Wo ist das?", fragt sie interessiert. Irgendwo im Süden. Das ist die Jagdhütte, wo er seine Familie hingeschickt hat. Dort scheint es sicher zu sein", erklärt ihr Emilia. Magdalena bleibt still. Sie beide beobachten die Kinder am Feuer. Wie leicht es für sie war, sich abzulenken. Würden sie auch verstehen können, warum sie ohne ihren Vater weggehen müssen? Wie oft hatte Marie schon nach ihm gefragt. Jedes Mal versuchte Emilia ihr zu erklären, warum er nicht kam, doch sie scheint es jedes Mal zu vergessen oder zu verdrängen. „Ich werde für euch beten", sagt Magdalena. „und für unsere Männer, für unsere Freiheit." Emilia nickt. „Du wirst ganz sicher hierbleiben?", fragt sie sie. „Ein Versprechen ist ein Versprechen", antwortet ihr Magdalena.

Es ist der nächste Morgen. Die ersten Sonnenstrahlen dringen durch das Fenster ins Zimmer und erleuchten es. Emilia hat mit Erich zusammen bei den Mädchen im Zimmer die Nacht verbracht. Schlafen konnte sie nicht. Die ganze Nacht lang wurde sie fast von der Last erdrückt, die sie ab heute mit sich trägt. Die Last, ihre Kinder um jeden Preis zu beschützen und in Sicherheit zu bringen, ist nicht leicht.
In ihren Gedanken malte sie sich verschiedene Routen und Wege aus, denen sie folgen könnten. Da die Soldaten der Union noch nicht im Dorf angekommen waren, könnten sie die Wege benutzen. Sie müssten sich nicht verstecken vor feindlichen Angriffen.
Dennoch ist die Lage sehr angespannt. Sie müssen überleben, alle zusammen.
Auch Rosa hat nicht schlafen können. Sie akzeptierte die Tatsache, dass sie einen großen Fehler beging, der aber nicht mehr zu ändern war. Ob sie sich trotzdem trauen würde, ihrer Familie die Wahrheit zu beichten?

Emilia steht auf und weckt die Kinder. Es ist Zeit für den Aufbruch. Die Reise ins Ungewisse. Die Reise zum Frieden. Die Reise ohne Ziel. Die Kinder stehen auf und gehen nacheinander ins Badezimmer. Sie bereiten sich vor, doch vergeuden keine Zeit. Auch wenn alles in Zeitlupe zu passieren scheint, vergeht die Zeit in diesem Moment schneller als jemals zuvor.

Mit Tränen in den Augen verfasst Emilia einen kurzen Brief für Ferdinand, sollte er eines Tages wieder heimkehren.

„Wir sind im Süden. Jagdhütte am See. Mögen wir eines Tages alle sicher heimkehren. Deine Familie"

Während sie in die Küche geht und den Zettel für Ferdinand, küsst und auf den Tisch legt, geht Rosa an die Schublade, in die sie den Brief vom Mann in der Uniform legte, und steckt ihn ein.

Ein letztes Mal schaut sie sich in ihrem Zimmer um, das sie seitdem sie denken kann, mit ihrer Schwester teilt. Sie denkt an die schlaflosen Nächte, als sie beschämt von sich selbst war, wegen Kleinigkeiten, die sie nicht in Ruhe ließen.

All die Probleme, von denen sie nun wünscht, dass diese ihre einzigen wären, gehen ihr durch den Kopf. All die Male, als ihr Vater sich zu ihr ins Bett legte und einfach bei ihr war, als sie ihn brauchte. Die Spiele, die sie mit Marie spielte, liegen vor ihr auf dem Boden.

Hat diese Reise und diese Zeit tatsächlich ein Ende? Würde ihr Vater tatsächlich unversehrt zurückkehren?

Und wenn er das täte, hätte Rosa eine überaus wichtige Frage zu stellen. Die für sie wichtigste Frage:

Würde er ihr verzeihen?

Sie wünscht sich, sie hätte ihm den Brief gegeben.

Rosa hat Schuldgefühle.

Marie putzt sich die Zähne, während sie versucht zu
verstehen, was passiert. Es fällt ihr schwer zu akzeptieren,
dass sie jetzt eine Reise ohne ihren Vater antreten müssen.
Wann würde er endlich seine Arbeit beenden und sich ihnen
anschließen?
Wie lange würde es noch dauern, bis er heimkehrt?
Wieso konnten sie nicht noch ein bisschen länger warten
bevor sie das Haus verlassen?
Hasst ihre Mutter ihren Vater, weil sie nicht auf ihn wartet?
Marie wünscht sich, sie wäre älter und eigenständiger. Denn
sie würde definitiv auf ihren Vater warten. Ohne ihn würde
sie nirgendwo hingehen.
Was würde passieren, wenn ihr Vater erst dann heimkommt,
wenn sie ihre Reise längst beendet und wieder heimgekehrt
wären?
Er würde das alles verpassen.
Marie hat Schuldgefühle.

Erich, der von seiner Mutter gekleidet wird, spürt die
Spannung in der Luft. Alles, was sie bisher taten, taten sie als
Familie. Immer war jeder dabei. Und wenn es nicht so war,
konnte er den Grund dafür verstehen. Sie gingen auf den
Markt ohne den Vater, weil er arbeiten musste. Sie arbeiteten
im Garten ohne den Vater, weil er arbeiten musste.
Nun gingen sie auf eine Reise ohne den Vater, weil er arbeiten
musste.
Wieso ist dieses Mal jeder traurig?
Wieso versteht das Erich nicht?
Erich hat Schuldgefühle.

Emilia wird innerlich überflutet von verschiedensten Emotionen, doch sie schafft es die Fassung zu bewahren. Sie hatte womöglich das Schwierigste getan, was sie jemals in ihrem Leben hatte tun müssen.

Sie akzeptierte, dass ihr Ehemann, der Vater ihrer Kinder, der Mann, der mit seiner weichen und mitfühlenden Art der beste Vater für ihre Kinder war, dieses Mal nicht von der Arbeit heimkehren würde. Als sie den Zettel für ihn auf den Küchentisch legte, plagten sie Fragen und Zweifel.

Was ist, wenn er doch heimkehren würde?

Was ist, wenn die Lage doch nicht so ernst ist und man ihn beim Militär gar nicht bräuchte?

Wenn er heimkommen würde, während sie auf der Flucht sind, würde er ihre Entscheidung, alles aufzugeben, verstehen?

Emilia hat Schuldgefühle.

Emilia und Rosa hatten zwei Taschen mit Kleidung und Proviant für einige Tage gepackt. Diese liegen im Wohnzimmer an der Haustür. Sie alle schauen sich noch einmal im Haus um. Vielleicht ist das das letzte Mal, dass sie dieses Haus so sehen.

„Meine Bücher!", ruft Rosa und unterbricht die Stille. Fast hätte sie vergessen, ihr Lese- und Lernmaterial einzupacken. Vielleicht würde sie auf dieser langen Reise ja einen kurzen Moment der Ruhe finden, um lesen zu können. Sie rennt hoch ins Zimmer und holt ihre Bücher, die sie in eine der beiden Taschen packt.

Und dann stehen sie da, bereit für den Aufbruch. Sie hatten verstanden, dass die Zeit jetzt gekommen war. Einen kurzen Augenblick zögert Emilia, die Haustür zu öffnen. Erneut plagt sie der Zweifel an ihren Entscheidungen.

„Mama", sagt Rosa und schaut Emilia an, als ob sie mit ihren Blicken sagen würde, dass sie die richtige Entscheidung getroffen hat.

Emilia atmet einmal tief ein und aus.

„Es wird alles besser, Kinder. Eines Tages wird alles besser", sagt Emilia und umarmt ihre Kinder ein letztes Mal, bevor sie das Haus verlassen.

Die Sonne scheint und das Wetter ist angenehm mild, als Emilia und ihre Kinder den wohl schwierigsten Schritt ihres Lebens wagen und ihr Heim in Richtung Ungewissheit verlassen. Es kommt einem schon fast wie Ironie vor, wenn das Zwitschern der Vögel die vier auf den Anfängen ihrer Flucht begleitet. Es ist trügerisch. Alles scheint in Ordnung zu sein.

Mit dem ersten Schritt auf diesem Weg hat Emilia jegliche Zweifel verloren. Es scheint, als ob in ihrem Kopf ein Schalter umgelegt wurde, der ihre Mutterinstinkte geweckt hat. Eine neue Realität ist geboren. Sie führt ihre Kinder mit Selbstbewusstsein und Stärke in Sicherheit. Sie befolgt Willis Rat, ohne, dass es ihr bewusst wird.

Das Einzige, woran sie denken kann, ist die Tatsache, dass die Unversehrtheit und Sicherheit ihrer Kinder allein in ihren Händen liegen. Jede Entscheidung, die sie ab diesem Zeitpunkt trifft, wird direkten Einfluss darauf haben. Sie wird ihre Kinder um jeden Preis beschützen.

Marie und Erich laufen händehaltend voraus. Hinter ihnen laufen Emilia und Rosa. Die beiden wollen die Kleinen unter allen Umständen stets im Blick behalten. Es wird schwierig werden, Erich und Marie bei Laune zu halten, wenn sie in eine Lage kommen sollten, in der sie nicht anhalten können. Erich ist noch nicht stark genug, um selbstständig stundenlang zu laufen. Aber Rosa und Emilia sind sich sicher, dass sie es gemeinsam schaffen werden.

Emilia ist sehr dankbar und froh, noch einmal mit dem Kelterer gesprochen zu haben, denn dadurch haben sie jetzt ein Ziel für ihre Reise. Der See im Süden des Landes soll sie und andere Flüchtende aus der Gegend beherbergen. Sie war selbst als Kind nur einmal am See, als sie mit ihren Eltern einen Kurzurlaub dort verbracht hatte.

Den Weg dorthin kennt sie nicht auswendig, aber sie sind auf einem Feldweg, der in den Süden führt, weg vom Dorf, weg von den Bergen, weg von den Maisfeldern. Sollten sie sich unterwegs verlaufen, würden sie Menschen fragen, die sie auf dem Weg dorthin treffen werden. So ist zumindest der grobe Plan. Einen besseren Plan zu schmieden war in der kurzen Zeit nicht möglich.

Die ersten zwei Stunden ihrer Reise vergehen schnell. Sie haben keine Uhr dabei. Das erkennen sie an der Sonne, die mittlerweile direkt über ihnen ist. Die vier marschieren, ohne miteinander zu reden und ihre Schritte verfallen in ein rhythmisches Muster. Für Erich und Marie wird es aber bald schon anstrengend. Sie wollen eine Pause einlegen. Emilia weiß, dass sie noch keinen großen Fortschritt gemacht haben, aber ist stolz auf ihre Kinder, dass sie diesen Abschnitt völlig ohne Jammern absolviert haben.

Sie haben eine kleine Pause verdient. Auf einer weiten Wiese, die vor ihnen liegt, sieht Emilia einen großen Laubbaum.

„Wir können unter dem Baum eine Pause machen", schlägt sie den Kindern vor.

Das lassen sich die Kinder kein zweites Mal sagen. Marie lässt die Hand ihres Bruders los und ruft: „Wer als erstes da ist, hat gewonnen!" Und rennt los. Erich, der eigentlich schon sehr müde ist, rennt ihr trotzdem hinterher.

Auch wenn Marie viel ruhiger und zurückhaltender ist als ihre große Schwester, hat sie doch manche Eigenschaften, die einen stark an Rosa erinnern.

Rosa schaut hinüber zu ihrer Mutter. Emilia merkt in diesem Moment, dass Rosa das Kindsein noch nicht aufgeben möchte. Es kribbelt in ihr.

„Na los, renn schon. Ich nehme die Tasche", sagt Emilia mit einem Lächeln. Rosa lässt ihre Tasche fallen und auch sie rennt los. Emilia bleibt einen Moment stehen und beobachtet ihre Kinder, bevor sie die Tasche aufhebt. Was sie bei diesem Anblick fühlen soll, weiß sie nicht, aber sie lächelt.

Um den Baum herum spielen die drei Kinder Fangen. Sie rennen um ihn herum, während Emilia aus einer der Taschen eine Decke nimmt und auf dem Boden ausbreitet.

Sie setzt sich darauf und denkt an Ferdinand. Noch immer fragt sie sich, ob sie nicht hätten warten sollen.

Was wohl Ferdinand in diesem Moment macht?

Ob er wohl mit einem Gewehr in der Hand kämpft?

Vielleicht wird er aber auch als Helfer eingesetzt. Er hat eine weiche Art. Es könnte doch sein, dass man das erkannt hat und ihn nicht an der Front kämpfen lässt.

Er könnte Sanitäter sein, Koch, Fahrer oder Logistiker. Emilia weiß, dass es im Militär und im Krieg viele Tätigkeiten gibt. Krieg heißt nicht unbedingt immer Gewalt und Tod, auch wenn im Endeffekt alles darauf hinausläuft. Sie ist sich sicher, dass es Ferdinand gut geht. Es geht nicht anders. Es muss ihm gut gehen. Irgendwann würde er heimkehren und Emilia sagen, dass sie die richtige Entscheidung getroffen und die Kinder gerettet hat. Das spürt sie.

„Erich! Marie! Hört auf zu rennen und setzt euch!", ruft sie. Die Kinder sollen sich schließlich nicht unnötig weiter auslaugen und eine Pause einlegen. Wer weiß, wie weit sie heute noch laufen müssen. Emilia hofft, unterwegs eine Hütte, eine Halle oder irgendetwas Ähnliches zu finden, wo sie die Nacht verbringen können.

Wie das wohl die Menschen gemacht haben, die vor ihnen geflüchtet sind?

Sie werden wohl kaum auf den Straßen oder im Stall bei den Tieren geschlafen haben.

Nichtsdestotrotz hatten sie Decken dabei. Sie müssten nicht auf harten Böden schlafen. Es könnte aber nachts durchaus kalt werden. Ob da eine einfache Decke helfen würde?

Emilia macht sich Sorgen, ob sie genug eingepackt hat.

Sie packt aus der anderen Tasche eine Kanne Tee mit vier Bechern aus und etwas Brot mit Käse. Zumindest die Kinder sollten Energie tanken, damit sie bereit sind für den nächsten Abschnitt ihres Weges.

„Mama, wie weit müssen wir noch laufen?", fragt Marie, während sie ihr Brot isst. Man sieht, dass die Erschöpfung nun richtig eintritt, nachdem sie sich gesetzt haben. Auch Erich sieht man es an.

Gute Frage. Leider kennt Emilia selbst nicht die Antwort. Der Plan ist es, so weit zu laufen, bis sie eine Bleibe für die Nacht finden.

„Wir werden noch weiterlaufen müssen. Aber wir werden einen Ort finden, wo wir schlafen können", antwortet Emilia.

„Und wo werden wir schlafen?", fragt Marie neugierig. Es ist nicht einfach für Emilia. Es ist für keinen der vier einfach. „Wir werden schon einen Platz finden. Wir werden uns überraschen lassen", antwortet Emilia und hofft, dass diese Antwort ihre Kinder zufriedenstellt. Doch dann leuchtet

Maries Gesicht auf. „Eine Überraschung? Bekommen wir Geschenke?", fragt sie erfreut. Emilia seufzt und ist überfordert. „Marie! Iss dein Brot und stell nicht so viele Fragen. Wir werden laufen, bis wir einen Ort für die Nacht finden. Wir wissen nicht, wo das sein wird", sagt plötzlich Rosa und springt für ihre Mutter ein. Marie ist still. Emilia schaut Rosa kritisch an, doch Rosa ignoriert die Blicke ihrer Mutter und sie legt sich auf den Rücken.

„Na, los. Esst euer Brot", sagt Emilia in einem ruhigen Tonfall. Und gerade, als sich Emilia auch für einen Moment entspannen will, hören sie einen markerschütternden Ton. Es ist etwas, was keiner von ihnen jemals gehört hatte. Alle vier schrecken plötzlich auf.

Eine schrecklich laute Sirene heult auf.

Was hat das zu bedeuten?

Die Sirene ist nicht in ihrer Nähe, doch durch die Lautstärke könnte man meinen, dass sie direkt aus dem Baum kommt, der ihnen in diesem Moment Schatten spendet. Emilia und Rosa stehen augenblicklich auf. „Bleibt sitzen!", befielt sie den anderen beiden, die auch aufstehen und nachsehen wollen. Sie beobachten die Gegend, um herauszufinden, was diese laute Sirene soll. Doch sie können nichts sehen. Es passiert nichts.

„Mama, was passiert hier?", fragt Rosa verängstigt, während ihre jüngeren Geschwister das Weinen beginnen.

Die Sirene heult immer wieder auf und ab. Emilia kennt dieses Geräusch von den Kriegsgeschichten. Diese Sirene bringt Unheil.

Sie verfällt in Panik. „Schnell! Unter den Baum! Setzt euch alle ganz nah am Baumstamm auf den Boden und steht nicht auf!", ruft Emilia und sofort verstecken sie sich. „Es wird alles gut. Es wird alles gut", wiederholt sie immer wieder, während sie ihre Kinder umarmt.

Die Sirene hört nicht auf zu heulen. Es kommt ihnen vor wie eine Ewigkeit, doch irgendwann wird es wieder still. Emilia wartet auf den unvermeidbaren Einschlag und ihr Herz rast ihr bis zum Hals, als ob es jeden Moment platzen würde. Sie hat ihre Augen geschlossen. Was als nächstes passieren wird, will sie nicht sehen. Die Kleinen weinen noch, doch Rosa beobachtet ihre Mutter. Sie versteht, dass Ruhe jetzt sehr wichtig ist, also versucht sie weiterhin ihre kleinen Geschwister zu beruhigen.

Die Stille ist nervenzerreißend. Wieso passiert nichts?

Sie scheint noch viel länger anzudauern als der Alarm, der sie in fürchterliche Angst und Panik versetzt hat.

Emilia dreht sich weg von ihren Kindern und schaut sich vorsichtig um.

„Mama, was passiert hier?", fragt Rosa erneut leise mit einer zittrigen Stimme. „Der Krieg", antwortet Emilia, ohne zu zögern. Und nachdem sie es ausgesprochen hat, wird ihr das überaus schwere Gewicht ihrer Antwort bewusst.

Sie dreht sich zu den Kindern. Rosa schaut sie schockiert mit Tränen in den Augen an. „Papa", sagt Rosa leise.

Auch Emilia wischt sich die Tränen aus den Augen. „Das war ein Luftalarm", sagt sie. „Was ist ein Luftalarm?", fragt Rosa. „Das bedeutet, dass feindliche Flugzeuge angreifen. Wenn der Alarm immer wieder auf und ab heult. Darauf müssen wir achten", erklärt sie ihren Kindern. Marie und Erich beruhigen sich langsam wieder.

„Und woher wissen wir, wenn die Gefahr vorüber ist?", fragt Rosa. Gerade als Emilia darauf antworten will, ertönt plötzlich erneut ein ungeheuerlich lauter Alarm. Die Sirene beginnt wieder das Heulen und die vier schrecken auf. Auch Rosa beginnt nun zu weinen. „Mama, ich hab' Angst!", schreit Rosa völlig außer sich.

Doch diese Sirene ist anders. Es ist ein gleichbleibend schriller Ton.

Emilia atmet tief durch.

„Alles gut, Kinder. Die Gefahr ist vorbei", sagt sie. Erich und Marie halten sich beim Weinen die Ohren zu.

Rosa ist verwirrt. Wieso sollte jetzt alles gut sein?

Diese Sirene ist schrecklicher als die davor. Und es ist so laut!

Emilia umarmt ihre Kinder erneut. Sie sagt es immer wieder: „Es wird alles gut."

Und schließlich lässt dann auch diese Sirene nach einer Ewigkeit nach. Rosa wischt sich die Tränen weg. „Mama, ich verstehe nicht, was hier passiert. Ich habe Angst vor dem Krieg", sagt sie noch immer total verängstigt. Emilia kümmert sich um die anderen beiden, die sich scheinbar nicht beruhigen können.

Es ist ihnen auch nicht übel zu nehmen. Diese Sirene verursacht bei jedem Menschen, der sie hört, eine Todesangst. „Hört mir alle zu. Ich erkläre euch, was passiert ist", sagt Emilia, nachdem sie auch die Aufmerksamkeit der anderen beiden Kinder wieder hat. „Diese Sirene, die wir gehört haben, kann unser Leben retten. Genau dafür ist sie gemacht. Wenn sie immer wieder auf- und abheult wie beim ersten Mal, heißt es, dass wir uns sofort verstecken müssen. Das ist ein Zeichen für große Gefahr. Aber wenn die Sirene dann ganz lange im selben Ton heult, heißt es, dass die Gefahr vorbei ist und wir weiterlaufen müssen. Diese Sirenen gibt es überall. Habt ihr verstanden?", erklärt Emilia ihren Kindern sorgfältig. Sie nicken still. „Nicht vergessen, das kann unser Leben retten. Wenn es mehrmals heult, verstecken. Wenn es ganz lange im selben Ton heult, können wir wieder

durchatmen", wiederholt sie und ihre Kinder nicken erneut.
„Was ist die große Gefahr?", fragt Marie und zieht sich die
Nase hoch.

Es gibt keinen besseren Zeitpunkt, ihren Kindern gegenüber
offen und ehrlich zu sein, als diesen.

„Wir sind im Krieg, mein Schatz. Die große Gefahr bedeutet,
dass einer von uns sterben könnte", antwortet Emilia und ihr
wird bewusst, dass auch Ferdinand irgendwo in diesem Land
in großer Gefahr ist. „Ich will nicht, dass einer von uns stirbt",
sagt Marie und ist kurz davor, wieder in Tränen auszubrechen.
Emilia umarmt sie. „Das wird keiner. Wir werden das
zusammen schaffen", sagt Emilia.

Und in diesem Moment merkt Emilia, dass der Krieg sich nicht
nur auf die Grenze im Norden einschränkt. Die Soldaten der
Union sind wohl vorgedrungen.

Ist der Kampf im Norden also verloren?

„Ferdinand, lebst du noch? Halte durch."

Während Emilia die Kleinen beruhigt und sie sich noch im
Schockzustand befinden, muss Rosa erneut und vermutlich
auch nicht zum letzten Mal an ihren Vater denken. Wenn so
ein Vorfall sie schon fast zu Tode erschreckt hat, wie muss es
dann ihm gehen?

Er ist alleine, ohne die Menschen, die ihn lieben, an einem viel
schrecklicheren Ort und muss wahrscheinlich viel
Schlimmeres hören und sehen.

„Papa, habe keine Angst. Du wirst es überleben und ich werde
mich bei dir entschuldigen. Halte durch."

Nach diesem nervenaufreibenden Vorfall packen sie ihre
Sachen zusammen und begeben sich wieder auf den Weg. Sie
wissen nun, dass sie sich keine Zeit lassen dürfen. Die Gefahr
nähert sich ihnen.

Ob ihr Dorf wohl auch schon angegriffen wurde?

Die vier haben stets den Weg vor ihnen im Blick. Sie sind auch schon einige Kurven gelaufen und haben kleine Brücken überquert. Diesen Teil des Weges kennt keiner von ihnen. Er ist völlig unbekannt. Doch immerhin können sie sich grob an der Sonne orientieren, die sich langsam über ihren Köpfen bewegt und deren Kraft mittlerweile langsam abnimmt.

Es wird nach wenigen Stunden Abend werden.

Die Lautstärke des Alarms lässt darauf deuten, dass sie in der Nähe eines Dorfes oder einer Baracke sein mussten. Bevor es eisig kalt wird, wäre es besser, diesen Ort zu finden.

Doch nach nicht allzu langer Zeit beschwert sich der kleine Erich wieder. Ihm schmerzen die Beine. Er ist es nicht gewohnt, so lange zu laufen und er wäre in seinem Alter vermutlich sowieso nicht in der Lage dazu.

„Rosa, kannst du auch meine Tasche nehmen? Dann trage ich deinen Bruder auf dem Rücken", schlägt Emilia vor. Es wäre zu schwierig, wenn sie beides tragen müsste.

Doch die Taschen sind nicht leicht. Trotzdem stimmt Rosa zu.

Wer sonst kann ihrer Mutter nun zur Seite stehen?

Wie gerne würde sie ihre Tasche für einen Moment abgeben, doch das kann sie nicht. Stattdessen nimmt sie noch die zweite Tasche und ihre Mutter hebt ihren Bruder hoch.

„Schaffst du das, Rosa?", fragt Emilia.

Rosa antwortet mit einem knappen und selbstbewussten „ja" und sie setzen ihre Reise fort.

Es dauert aber nicht lange, bis auch Marie Schmerzen in den Beinen hat. „Mama, kannst du mich auch tragen?", fragt sie.

„Lauf weiter, sonst lasse ich dich eine dieser Taschen tragen", antwortet Rosa gehässig.

„Rosa, sei nicht so gemein", sagt Emilia. „Marie, halte noch ein wenig durch. Dann kannst du gleich mit Erich tauschen", schlägt Emilia vor. Marie ist einverstanden und läuft wieder weiter.

Doch irgendwann geht auch Rosa die Kraft aus.

Die zwei vollgepackten Taschen werden ihr viel zu schwer und sie wird immer langsamer. Sie kann sich nicht mehr länger zusammenreißen und lässt die Taschen fallen. Emilia dreht sich um. „Ist alles in Ordnung?", fragt sie.

Rosa lockert ihre Arme. „Können wir tauschen?", fragt sie ihre Mutter. „Ja, ich will jetzt getragen werden!", ruft Marie und hüpft.

Emilia und Rosa sind mit den Nerven völlig am Ende. Sie sehen sich das gegenseitig an. Doch das verbindet die beiden umso mehr. Emilia setzt Erich ab. „Kannst du weiterlaufen?", fragt sie ihn. Er nickt brav.

Dann schaut Emilia Rosa an. Wenn sie tauschen würden, müsste Rosa ihre Schwester tragen. Sie ist aber größer und schwerer. Das würde sie nicht aushalten.

„Marie, ich trage dich auf dem Rücken, aber du darfst dich nicht an mir festhalten. Du musst mit beiden Händen über meine Schulter greifen und die Tasche festhalten, geht das?", fragt sie Marie. Auch sie nickt.

Also steigt Marie auf den Rücken ihrer Mutter. „Rosa, gib ihr eine Tasche", sagt Emilia.

Sie nimmt die leichtere von beiden Taschen und reicht sie ihrer Schwester. „Kannst du sie so halten?", fragt Emilia. „Ja, ich schaffe das", antwortet Marie. Das ist ein guter Kompromiss und so muss auch Rosa weniger tragen und kann sich ein wenig ausruhen. „Also dann, weiter geht's", sagt Emilia und läuft weiter. Rosa und Erich laufen auch los.

Emilia gibt ihr Bestes, sich auf den Weg zu konzentrieren. So stellt sie sicher, dass sie sich nicht verlaufen, und es lenkt sie ab vom Gedanken an Ferdinand und was ihm alles passiert sein könnte.

Die neueste Frage, die ihr durch den Kopf geht, ist nämlich nicht mehr, ob er überlebt. Davon geht sie nun aus. Sie hat beim Laufen so viele Argumente gesammelt, die dafür sprechen, dass es keine andere Option geben kann.

Stattdessen fragt sie sich, ob er jemanden getötet hat.

Wäre Ferdinand überhaupt in der Lage dazu, ein Gewehr auf einen anderen Menschen zu richten und mit der Absicht, ihm das Leben zu nehmen, abzudrücken?

Ferdinand könnte noch nicht einmal einer Fliege etwas antun. Wie könnte irgendjemand so etwas von ihm abverlangen?

„Denkst du, Papa kämpft gerade?", fragt Rosa ihre Mutter beim Laufen. Anscheinend hat sie den gleichen Gedanken.

„Ich weiß es nicht, mein Schatz. Ich hoffe nicht. Aber egal, was passiert, ich bin sehr stolz darauf, dass er euer Vater ist. Er tut alles, um euch zu beschützen und wieder zu uns zu kommen. Da bin ich mir sicher", antwortet Emilia.

Diese Antwort beruhigt Rosa ein wenig. Sie stellt sich ihren Vater als Helden vor.

Und plötzlich erscheint neben ihnen wieder ein Fluss. Ist das der Fluss, der auch durch ihr Dorf fließt?

„Können wir eine Pause machen?", fragt Rosa.

Emilia ist einverstanden. Sie finden einen Platz zwischen den Bäumen und dem Gestrüpp, der sie vom Weg abschirmt. Sie setzen sich.

Rosa schaut ihre Geschwister an. Erich, der den letzten Teil der Strecke bis hierher wieder selbst gelaufen ist, will nicht mehr. Er hat die Arme verschränkt und schaut grimmig. Marie reibt ihre Handflächen, die von der Auf- und Abbewegung und dem Halten der Tasche, gerötet sind. Rosa selbst fühlt kaum noch ihre Arme und ist völlig erschöpft. Emilia dagegen ist noch voller Tatendrang und würde die gleiche Strecke erneut laufen. Das denkt sie sich zumindest, erschöpft ist sie aber genauso. Ihr Adrenalinspiegel lässt sie das nur nicht spüren.

„Können wir die Nacht hier verbringen?", fragt Rosa.

„Das geht nicht. Wir müssen weiterlaufen", antwortet Emilia und ihre Blicke sind überall. Sie hält Ausschau nach feindlichen Soldaten oder anderen Gefahren und auch nach dem Dorf, das sie längst hätten passieren müssen. Fast schon wirkt sie paranoid. So eine Antwort hatte Rosa befürchtet.

„Mama, wir können nicht mehr. Schau uns doch mal an. Wir sind völlig am Ende. Und du bist das auch", versucht ihr Rosa klarzumachen.

Das irritiert Emilia. Sie können doch nicht hierbleiben. Hier gibt es kein Dach über dem Kopf. Sie sollten weiterlaufen. Das wissen auch die Kinder.

Doch dann schaut sie sich um. Den Kindern stehen die Tränen in den Augen und die Kraftlosigkeit ins Gesicht geschrieben.

„Aber wir haben hier kein Dach über dem Kopf", sagt sie.

„Hier können wir doch nicht die Nacht verbringen", versucht Emilia zu erklären. Und dabei hat sie Recht. Die Kinder scheinen nicht zu wissen, wie kalt die Nacht werden kann.

„Das schaffen wir schon. Heute schlafen wir hier. Wir können uns eng aneinander legen und wärmen. Morgen finden wir bestimmt etwas Besseres", schlägt Rosa vor.

Es ist faszinierend, dass sie unter diesen Umständen in der Lage ist, solch ernste Diskussionen mit ihrer Mutter zu führen. Noch vor wenigen Wochen schlich sie sich in die Schule und heute berät sie ihre Mutter im Krieg.

Erstaunlich ist auch, dass ihre Mutter Rosas Meinung und Argumente annimmt. Sie hinterfragt sie nicht, nur weil sie von einem „Kind" kommen.

Emilia gibt nach.

„Gut, heute bleiben wir hier. Wir müssen den Schlafplatz vorbereiten und ein ordentliches Feuer zum Aufwärmen machen", erklärt sie und Rosa nickt, während sie ihrer Mutter zuhört. Ein Feuer wäre auffällig, aber die Nacht unerträglich kalt.

„Bleib du bei deinen Geschwistern und breite schon einmal die Decke aus. Ich schaue mich ein wenig um und suche nach Brennholz oder vielleicht finde ich doch eine Hütte, wo wir schlafen können", sagt Emilia.

Rosa ist einverstanden. Das klingt nach einem vernünftigen Plan.

„Geh bitte nicht zu weit weg, Mama", sagt Rosa und Emilia, die gerade loslaufen will, bleibt noch einmal stehen und dreht sich um. „Ich bin in einer Stunde wieder da", antwortet sie. Plötzlich fühlt sich Rosa bei diesem Plan nicht mehr wohl.

„Mama, vielleicht sollte ich mit dir kommen", schlägt Rosa besorgt vor. Emilia streicht ihr im Stehen durch das Haar. „Wir schaffen das schon. Ich gehe nicht weit weg", sagt sie und verschwindet dann durch das Gebüsch.

Das Gebüsch und die Bäume bieten guten Sichtschutz vom Weg aus, doch sollte jemand mit einem Boot auf dem Wasser oder auf der anderen Flussseite unterwegs sein, würde man sie sofort sehen. Sie würden eine perfekte Zielscheibe abgeben.

„Trinkt was", sagt Rosa und gibt ihren Geschwistern jeweils eine kleine Wasserflasche. Dann wirft sie einen weiteren Blick in die Tasche mit der Nahrung. Das Wasser, das sie dabeihaben, könnte noch für einen Tag mit langer Wanderung reichen, danach wären sie abhängig vom Fluss. Sie denkt nach, und kommt zum Entschluss, dass das Wasser kein Problem darstellen dürfte. Wenn sie dem Fluss folgen, würden sie schließlich am See ankommen. Das ist der einfachste und praktischste Weg.

Dann sieht sie nach, was sie noch an Essen dabeihaben. Einige Dosen mit vorgekochtem Rindfleisch sieht sie im Korb und noch ein halbes Laib Brot. Auch Obst gibt es. Emilia dachte daran, auch Äpfel mitzunehmen.

Dann findet Rosa einen Knäuel Zeitungspapier. Sie nimmt ihn aus der Tasche und faltet ihn auseinander. Das ist der Käse, der als Block darin gewickelt ist. Sie nimmt sich ein Messer und schneidet kleine Würfel. So mochten ihn die Kinder am meisten und Emilia tat das immer mit einem Teil des Käses, das sie vom Markt kaufte.

Rosa nimmt sich einen Käsewürfel und gibt ihren Geschwistern auch jeweils ein Stück. Sie legt das Zeitungspapier locker um den Käse und legt es zurück in die Tasche. Dann holt sie vier Dosen Rindfleisch heraus und legt sie auf die Decke. Besteck haben sie auch dabei. Rosa legt alles bereit, damit sie essen können und schneidet auch ein paar Scheiben Brot. Sie lässt die Tasche offen.

Nachdem Rosa ihre kleinen Geschwister mit Essen versorgt hat - sie selbst wartet auf ihre Mutter - geht sie zu den Bäumen und bricht einige Äste ab. Sie hat vor, am Flussufer eine Art Wand daraus zu bauen, damit man sie auch von dort nicht mehr so leicht erkennen könnte.

Doch das dauert länger als gedacht. Währenddessen haben Erich und Marie schon aufgegessen. Marie hat noch Hunger auf einen Apfel.

Während ihre große Schwester mit dem Sichtschutz beschäftigt ist, krabbelt sie zur offenen Tasche hinüber. Als sie nach einem Apfel greifen will, sieht sie plötzlich Rosas Bücher in der Tasche. Eins davon, das oberste, ist das Dinosaurierbuch. Der Dino auf dem Buchdeckel macht ihr Angst. Das ist der, der sie in ihrem Traum verfolgt hatte. Plötzlich muss sie an den verrückten Mann denken, der sie vor diesen Tieren gewarnt hat.

Flüchten sie etwa vor diesen Dinosauriern?

Hatte der Alarm sie vor ihnen gewarnt?

Das weckt Maries Neugier enorm. Sie nimmt das Buch zur Hand und blättert es auf. Auf der ersten Seite ist ein Bild eines Dinosauriers, darunter und auf der nächsten Seite steht ein langer Text, doch der interessiert sie nicht. Nicht nur, weil sie nicht lesen kann, sondern weil die Bilder der Tiere so realistisch sind.

Sie können doch nicht ausgestorben sein, wenn man ganz genau weiß, wie sie aussehen und Bilder von ihnen hat.

Der Dinosaurier auf dem ersten Bild ähnelt einem riesigen Vogel. Er hat einen sehr langen Schnabel und eine Spitze auf dem Kopf. Die Krallen sind ungeheuerlich groß. Marie stellt sich vor, dass dieses Tier sie mit diesen Krallen problemlos packen könnte. Der Gedanke macht ihr Angst und sie blättert um.

Auf der nächsten Seite ist ein Bild von einem anderen Tier. Dieses steht auf zwei Beinen und hat winzige Arme. Der Schädel ist gewaltig und im Maul hat es große und spitze Zähne. Wie kräftig dieses Tier wohl zubeißen könnte. Marie kann sich nicht vorstellen, dass sie vor ihnen wegrennen könnten, sollten sie sie erwischen.

Sie blättert weiter durch das Buch und bestärkt somit ihre Ängste vor diesen riesigen Ungeheuern.

Rosa, für die ihre Bücher heilig sind, bemerkt, dass Marie darin herumblättert. „Hey! Was machst du da?", ruft sie und läuft auf sie zu, um es ihr wegzunehmen. Marie erschrickt und schlägt das Buch zu. Sie ist sichtlich verängstigt durch die Bilder. „Ich will nicht von denen gegessen werden", sagt sie und beginnt das Weinen.

Ohne es zu bemerken, untermauert Rosa die Angst ihrer kleinen Schwester. „Die fressen dich, wenn du nicht auf deine große Schwester hörst, während Mama weg ist", sagt sie. Marie weint nun noch mehr.

Rosa wird ihrer Grobheit bewusst, als sie Marie so sieht. „Das war nicht so gemeint. Ich hab dir doch schon mal gesagt, dass es diese Tiere gar nicht mehr gibt", versucht sie ihr zu erklären.

„Wo ist Mama?", fragt auf einmal Erich, der noch immer erschöpft aber mittlerweile wenigstens satt ist. Rosa fühlt sich kurz überfordert. „Sie kommt gleich wieder. Sie schaut sich nur etwas um", antwortet sie. Sie nimmt Marie das Buch weg und legt es zurück in die Tasche. „Das war wirklich nicht so gemeint. Die können dir nichts tun", erklärt Rosa erneut.

„Ich will nicht, dass Mama uns alleine lässt", sagt Erich traurig. „Das tut sie nicht. Sie ist bestimmt gleich wieder da", antwortet Rosa.

Sie setzt sich zwischen den beiden auf die Decke und nimmt Erich und Marie an den Händen. Sie schaut sie beide an. „Wie wäre es, wenn ihr euch mal ein bisschen hinlegt und ausruht. Dann ist Mama bestimmt ganz schnell wieder da", schlägt sie ihnen lächelnd vor. Erich hält das für eine gute Idee und stimmt zu. Mittlerweile beruhigt sich auch Marie wieder, doch die Vorstellung, von einem Dinosaurier gefressen zu werden, wird sie nicht vergessen.

Rosa ist froh, dass sie die Lage einigermaßen wieder unter Kontrolle gebracht hat. Die Sonne scheint und es ist noch mild, weshalb sie keine Decken auspackt für die beiden. Sie will das Sonnenlicht ausnutzen und macht sich wieder ans Werk.

Bevor sie den Sichtschutz fertigstellt, nimmt sie noch einige größere Steine aus dem Fluss. Die würden sie dann in einem Kreis auslegen und die Feuerstelle sichern. Sie hatte mal in einem Märchenbuch eine Zeichnung gesehen von Kindern, die zelten. Sie hatten das auch so gemacht.

Rosa ist mittlerweile am Ende mit ihren Kräften. Irgendwann, als sie denkt, der Sichtschutz ist dick und lang genug, sieht sie sich ihr Werk noch einmal an. Die Sonne scheint nun fast direkt über den Hügeln auf der anderen Flussseite. Es dauert nicht mehr lange, bis sie komplett untergeht.

Sie ist stolz auf sich und ihre Leistung. Ihr Vater wäre es zweifellos auch. Und gerade, als sie an ihren Vater denkt, weht ein warmer Wind über sie. Rosa erschrickt kurz, weil es den ganzen Tag lang eigentlich windstill war. Sie schaut hinüber zu den beiden kleinen, die auf der Decke liegen und ihr kommt eine Träne. Sie vermisst ihren Vater sehr.

Plötzlich raschelt das Gebüsch, das am Weg entlangführt. Rosa eilt zu den beiden kleinen, um sie zu beschützen und auf einmal tritt ihre Mutter hervor. In ihren Armen hält sie trockenes Holz. Rosa atmet erleichtert aus.

„Mama, wo warst du?", fragt sie besorgt. Erich und Marie wachen auf. „Mama!", ruft Erich erfreut.

Emilia legt das Holz ab und sie setzen sich auf die Decke. Dabei bemerkt sie den neuen provisorischen Sichtschutz und die Steine. Sie ist beeindruckt. „Habt ihr das zusammen gemacht?", fragt sie neugierig.

„Das war Rosa", antwortet Erich stolz. Emilia ist erstaunt. „Ganz alleine?", hakt sie nach. Rosa nickt bescheiden.

„So fühlt man sich doch gleich viel sicherer", antwortet sie.

„Ich bin sehr stolz auf dich, mein Schatz", sagt Emilia und auch Rosa kann sich ein kurzes Lächeln nicht verkneifen.

„Also Kinder, es gibt weit und breit keinen Menschen hier. Für uns könnte das gut sein, weil das Sicherheit vor Fremden bedeutet. Außerdem ist das hier ein sicherer Ort für die Nacht, vor allem, nachdem Rosa ihn für uns ausgebaut hat", sagt sie und schaut Rosa mit einem Lächeln an.

„Habt ihr schon etwas gegessen?", fragt Emilia. „Ja, Rosa hat uns Fleisch und Brot gegeben", antwortet Marie. „Und ein Stück Käse!", ruft Erich und korrigiert seine große Schwester. Emilia ist sehr zufrieden mit ihren Kindern.

„Und du?", fragt sie Rosa. „Ich habe auf dich gewartet", antwortet sie und fängt an, das Holz in den Kreisstein zu legen. Emilia steht auf und hilft ihr dabei. „Das hättest du nicht tun müssen. Du hättest ruhig mit deinen Geschwistern essen können", sagt sie. Doch für Rosa war es selbstverständlich, auf ihre Mutter zu warten.

Nachdem das Holz bereit ist, geht Emilia an die Tasche mit dem Essen. „Ich sollte hier noch eine Packung Streichhölzer haben", sagt sie und greift hinein.

Während sie die Tasche von innen abtastet, fühlt sich auf einmal ein seltsames Kribbeln auf ihrer Hand. Es kitzelt sie schon fast. Sie nimmt ihre Hand gleich wieder hinaus und als sie in die Tasche schaut, sieht sie eine riesige Ameisenkolonie, die den Käse, der nicht mehr so gewickelt war, wie es Emilia getan hatte, in Angriff genommen hat. Sie schreit kurz auf und schüttelt ihre Hand.

„Was ist passiert?", fragen die Kinder schockiert.

„Rosa, der Käse! Die Tasche ist voller Ameisen!", ruft Emilia erschrocken und gleichzeitig enttäuscht.

Damit hatte Rosa nicht gerechnet. Sie dachte nicht daran, den Käse wieder ordentlich zu wickeln und dass Ameisen das Essen befallen könnten. Rosa ist enttäuscht von sich selbst. Sie geht zu ihrer Mutter, um zu helfen und zu retten, was noch geht. Auch das halbe Laib Brot ist von Ameisen befallen.

Emilia dreht die Tasche einmal auf den Kopf und alles fällt hinaus. Sie nimmt den Käse und das Brot und wirft beides reflexartig in einem hohen Bogen über das Gebüsch in den Fluss. Sie landen mit einem lauten Geräusch im Wasser.

Emilia schüttelt verzweifelt die Tasche aus, während Rosa sich jede Flasche und Dose einzeln nimmt und die Ameisen wegpustet. Dabei kommen ihr die Tränen.

Würde ihre Familie nun wegen ihr auch noch verhungern?

Wieso macht sie immer alles falsch?

Irgendwann bricht sie in Tränen aus und weint unkontrolliert. Sie bricht zusammen. Sie kann nicht mehr.

Erich und Marie schauen besorgt zu und Emilia schüttelt immer noch die Tasche aus.

Doch irgendwann lässt sie die auch fallen. Wie gerne würde sie jetzt auch in Tränen ausbrechen und ihren Emotionen freien Lauf lassen. Doch das kann sie nicht. Sie muss stark bleiben für ihre Familie und was davon noch übrig ist.

Sie nimmt Rosa in den Arm und versucht sie zu trösten.

„Das ist nicht schlimm. Wir haben noch Essen und wir werden unterwegs bestimmt noch etwas finden", sagt sie, doch das bringt nichts. Rosa scheint sie nicht zu hören.

Dann schreit Rosa auf: „Ich mache alles falsch! Ich bin schuld an allem! Wieso lebe ich überhaupt noch?", fragt sie verzweifelt und ihr läuft dabei die Spucke vom Mund und der Schleim von der Nase.

Emilia ist schockiert von diesem Anblick und ihre eigenen Probleme und Sorgen drängen sich sofort in den Hintergrund. Sie nimmt Rosa an den Schultern und neigt sich ihr zu. „Leg dich hin, Rosa. Du hast heute ganz alleine eine Riesenarbeit geleistet. Ohne dich hätten wir es nicht einmal bis hierher geschafft. Du brauchst dringend eine Pause", sagt Emilia ruhig. Es funktioniert. Rosa lässt locker und Emilia legt sie vorsichtig auf die Decke. Dann greift sie zur anderen Tasche und packt weitere Decken aus. „Los Kinder, legt euch auch hin", sagt sie den anderen und sie tuen, wie ihnen gesagt wird. Dann deckt Emilia die Kinder zu und Rosa scheint sich tatsächlich zu beruhigen. Emilia atmet einmal tief durch. Sie nimmt sich die Streichhölzer, die mittlerweile auf dem Boden liegen und zündet damit gekonnt das Feuer für die Nacht an. Dann räumt sie alles, was nicht von den Ameisen befallen wurde, in die andere Tasche ein.

Während die Kinder still liegen, setzt sich Emilia ans Feuer. „Ferdi, denkst du gerade an uns?", fragt sie ganz leise und beobachtet dabei, wie das Feuer das Holz langsam auffrisst und knistert.

Die Nacht vergeht ereignislos und der Morgen bricht an. Das frühe Vogelgezwitscher weckt die ersten Mitglieder der Familie Kunsk. Emilia ging mit hungrigem Magen in die Nacht und wacht nun auch mit einem auf. Obwohl sie gestern ein gutes Stück lief, konnte sie weder Dorf noch Häuser finden. Das beunruhigte sie etwas und deshalb beschloss sie, auf Nummer sicher zu gehen und das Essen vorerst nicht anzurühren, damit ihre Kinder genug bekommen.

Auch Rosa öffnet langsam die Augen. Sie hat sich in der Nacht beruhigt. Mitten in der Nacht war sie aufgewacht. Sie lag auf ihrem Rücken und beobachtete den glasklaren Sternenhimmel. Er war wunderschön. Fast wäre sie bei diesem Anblick wieder eingeschlafen, doch ihr wurde bewusst, wie schutzlos sie waren. Sie hatten Decken, die sie warmhielten, aber keine Decke, die sie beschützen würde. Das machte ihr etwas Angst und bereitete ihr schlaflose Momente. Ihr kamen diese wie Stunden vor, doch vermutlich waren es nur einige Minuten.

Doch dann schlief sie erneut ein und erholte sich. Ihre Beine und Arme schmerzen aber. Als sie sich streckt, merkt sie, dass sie einen Muskelkater hat, und in der rechten Handinnenfläche Blasen vom Tragen der Tasche.

Dann wachen auch Erich und Marie auf. Auch an ihnen ist der gestrige lange Tag nicht spurlos vorbeigegangen. Ihre Beine tun weh vom ganzen Laufen.

„Habt ihr gut geschlafen?", fragt Emilia und schaut ihre Kinder an. „Müssen wir heute wieder laufen?", fragt Marie noch übermüdet. Noch bevor Emilia antworten kann, kommentiert Erich: „Ich will heute nicht mehr laufen. Mir ist kalt", beschwert er sich.

„Steht erstmal auf und wascht eure Gesichter. Nach dem Frühstück fühlt ihr euch bestimmt besser", antwortet Emilia und steht auf. Die Kinder jammern.

Emilia geht zum Fluss, um sich das Gesicht mit frischem Wasser zu waschen. Als sie in die Hocke geht und mit den Händen Wasser schöpft, bemerkt sie eine seltsame Stille. Sie schaut am anderen Flussufer entlang, ob sie etwas entdecken kann, doch sieht nichts Außergewöhnliches. Sie findet es merkwürdig, dass die Vögel nicht mehr zwitschern, doch wäscht sich dann das Gesicht und geht zurück zu den Kindern. Rosa war auch bereits aufgestanden und bricht einige der Äste, die sie aufgestellt hatte, in kleinere Teile, um ein neues Feuer anzuzünden. Das Feuer erlosch in der Nacht und der Morgen ist sehr kühl.

„Geh dein Gesicht waschen. Ich mach das", sagt Emilia und nimmt ihr die Arbeit ab. Rosa stimmt kommentarlos zu und geht ebenfalls zum Fluss. Auch sie spürt plötzlich die eigenartige Stille.

Ist das ein Zeichen?

Wenn ja, wieso fühlt es sich so komisch an? Es ist doch nur Stille…

Als sie gemeinsam am Feuer sitzen und Dosenfleisch essen, ist ihnen klar, dass sie nicht viel Zeit vergeuden dürfen. Der Morgengrauen ist vorbei und die Sonne steht bereits am Himmel. Das Problem würde nur sein, die Kinder erneut zum Laufen zu motivieren. Sie hatten absolut das Recht ihre Schmerzen und die langen Märsche zu beklagen, aber nicht unter diesen Umständen. In diesen Zeiten gibt es nichts Wichtigeres als den Versuch, sich und seine Familie in Sicherheit zu bringen. Und sich auszuruhen, trägt, sehr zum Leid der Kinder, nicht dazu bei. Das müssen sie verstehen. Dann können sie den weiten Weg zum See im Süden fortschreiten.

„Wir werden gleich weiterlaufen. Geht nochmal aufs Klo, wenn ihr müsst", sagt Emilia in die Runde. Und wie aus der Kanone geschossen, kommen schon die Einwände der beiden Kleinen. „Nein! Ich will nicht mehr!", ruft Erich und verschränkt die Arme. „Meine Hände und Beine tun weh!", beklagt Marie. Emilia, die seit dem Verschwinden ihres

Ehemannes ihr Selbstbewusstsein verloren und seither auch kein Machtwort gesprochen hatte, hat genug von dem Gejammer, und weiß, dass jetzt nur noch Härte und Disziplin die Familie voranbringen.

„Hört mal zu ihr zwei. Ich habe euch doch schon gesagt, dass wir laufen müssen. Wir haben keine andere Wahl, als ständig in Bewegung zu bleiben, bis wir an diesem See angekommen sind. Wenn wir das nicht tun, können wir sterben!", macht sie den Kindern mit lauter Stimme und einem ernsten Gesichtsausdruck deutlich. Keiner sagt was.

„Uns tut allen etwas weh. Wir haben alle Schmerzen. Schaut euch eure Schwester an. Sie hat stundenlang beide Taschen getragen, damit ihr nicht laufen müsst. Sie hat Blasen an den Händen!", fügt sie hinzu.

Jetzt fühlt sich Rosa schuldig, weil ihre Geschwister nun denken könnten, sie seien schuld an allem. Doch sie schätzt es andererseits auch, dass ihr Anerkennung geschenkt wird.

„Keiner von uns will das machen, aber wir alle müssen das machen", sagt sie und beruhigt sich wieder, nachdem sie endlich wieder Dampf ablassen konnte.

Die Laune ist bedrückend, doch jetzt wurde jeder noch einmal an den Ernst der Lage erinnert. Was sie auf sich nehmen, ist keine freiwillige Entscheidung. Sie werden gezwungen, denn Emilia hat sich für das Leben entschieden. Und das Überleben ist ihr Ziel.

„Packt zusammen. Wir brechen in fünf Minuten auf", sagt Emilia und geht erneut an den Fluss. Ein letztes Mal schaut sie sich noch um, bevor sie den Weg fortsetzen. Sie weiß nicht, wonach sie Ausschau hält, oder was sie dazu bewegt, an den Fluss zu gehen.

Will sie einen Moment Ruhe von den Kindern?

Will sie tatsächlich noch einmal schauen, ob der Weg frei ist?

Will sie erneut die merkwürdige Stille am Fluss hören?

Bald danach sind sie wieder auf dem Weg. Dieses Mal haben sie nur eine der beiden Taschen mit sich. Das Wasser und das restliche Essen, das nicht von Ameisen befallen wurde, haben sie in die Tasche mit den Schlafsachen verstaut.
Sie folgen dem Weg, der grob dem Flussverlauf folgt und von dem sie sich sicher sind, dass er in den See im Süden mündet. Solange sie auf diesem Weg blieben, würden sie sich nicht verlaufen.
Emilia, die die Tasche trägt, läuft zusammen mit Erich. Hinter ihnen laufen Marie und Rosa.
„Ist es noch weit zum See?", fragt Marie ihre große Schwester vorsichtig. Ihre Mutter soll das bloß nicht mitbekommen, dass sie wieder jammert. Vorhin am Fluss hat ihre Mutter ihr echt Angst gemacht mit ihrer Ansprache. Rosa streicht Marie beim Laufen tröstend leicht über den Rücken. „Den See werden wir vermutlich erst in einigen Tagen erreichen", antwortet sie ihr. Marie ist schockiert. „Müssen wir jeden Tag so viel laufen?", fragt sie erschrocken. „Das schaffen wir schon. Je weiter wir in den Süden laufen, desto ungefährlicher wird es. Dann können wir auch längere Pausen machen. Aber bis dahin müssen wir so weit kommen, wie wir können", erklärt ihr Rosa geduldig. Marie ist etwas bestürzt durch die Tatsache, dass diese langen Wanderungen vorerst kein Ende nehmen werden, doch sie versteht, dass sich die Lage beruhigen wird. Es hängt nur von ihrem Willen ab, nicht aufzugeben. Sie ist motiviert, so weit zu laufen, wie sie kann.

Nach einer kurzen Essenspause, in der sie die restlichen Dosen aufgebraucht haben, und stundenlangem Laufen, erkennt Emilia in der Entfernung die Umrisse eines Dorfes. Sie hat aber Schwierigkeiten, Bewegung und Leben im Dorf wahrzunehmen.

Sie bleiben stehen.

Erich und Marie freuen sich, ein Dorf erreicht zu haben. Es gibt ihnen das Gefühl, dass sie es in Sicherheit geschafft haben, doch ihnen wird sofort deutlich gemacht, dass sie still bleiben sollen.

Sollten sie und könnten sie das Dorf bedenkenlos betreten?

„Was machen wir jetzt?", fragt Rosa ihre Mutter.

In der Tat wäre es naiv einfach in das Dorf zu gehen, vor allem, da sie keinen Menschen im Dorf sehen können. Es ist auf unangenehme Weise still.

Sind die Einwohner von hier bereits geflohen?

Wurde das Dorf vielleicht sogar angegriffen oder wird es besetzt?

„Wir müssen uns dem Dorf vorsichtig nähern. Ich weiß nicht, ob es dort sicher ist", antwortet Emilia. „Wie machen wir das?", fragt Rosa und schaut sich dabei um. Noch bevor es ihre Mutter ausspricht, kennt sie die Antwort.

„Wir müssen durch den Wald schleichen. Von dort aus können wir kontrollieren, ob es sicher ist, und bleiben in Deckung", antwortet Emilia. Rosa schaut auf das Dorf und nickt entschieden.

Sie zwängen sich durch das Gebüsch am Wegesrand in den Wald hinein. Rosa stolpert über einen Ast, den sie nicht sehen konnte und fällt auf weichen Boden. „Ist alles in Ordnung?", fragt Emilia, doch Rosa steht gleich wieder auf. „Alles gut", sagt sie und klopft sich den Dreck von der Kleidung. Es ist kein Wald, der gepflegt oder bewirtschaftet wird. Überall liegen umgeknickte Bäume, Gestrüpp und natürliche Stolperfallen.

„Kinder, ihr müsst ganz vorsichtig sein. Schaut ganz genau, wo

ihr drauftretet, und versucht leise zu bleiben", erklärt Emilia.
Dann laufen sie vorsichtig weiter, tiefer in den Wald hinein.
Bei fast jedem Schritt bricht ein Ast auf dem Boden, den man
zuvor unmöglich sehen konnte. Sie geben sich große Mühe,
leise zu sein, doch sollten wirklich Soldaten in diesem Dorf
sein, würden sie sie sofort bemerken, wenn sie sich dem Dorf
noch weiter nähern.
Doch sie dürfen nichts riskieren. Sie müssen in Deckung
bleiben, sollte dieses Dorf eine Gefahr darbieten.
Ganz langsam schleichen sie sich vorwärts durch die
wildbewachsene Landschaft. Eine Lichtung scheint nicht in
Sicht.
Als sie endlich dem Waldesrand nahe sind und die Häuser fast
von Nahem beobachten können, stolpert diesmal Erich. Er
tritt zwischen zwei dickeren Ästen und sein Fuß bleibt darin
stecken. Doch durch die Vorwärtsbewegung und den
Schwung, kann er sein Gleichgewicht nicht mehr halten und
fällt nach vorne. Mit einem lauten Knacksen in seinem
Fußgelenk fällt er auf seine Hände. Er schreit aus tiefster
Seele voller Schmerz und weint hemmungslos. Das Knacksen
haben sie alle gehört, doch dachten es wäre ein weiterer Ast,
der zerbrochen ist.
Emilia hofft, dass es nicht sein Gelenk war, lässt die Tasche
fallen und eilt zur Hilfe. Gleichzeitig hält sie ihm den Mund zu.
Auch Rosa eilt herbei und zieht ihm vorsichtig den Fuß
zwischen den beiden Ästen hervor. Es ist schlimmer, als
befürchtet. Der Fuß hat sich komplett verdreht.
Rosa gerät in große Panik, als sie das sieht und Erich
schließlich nicht mehr gegen seine fürchterlichen Schmerzen
ankämpfen kann, und das Bewusstsein verliert. Sie kann sich
nicht bewegen und befindet sich in einer Schockstarre. Marie
schaut von weitem zu und traut sich nicht zu reagieren.

Emilia muss jetzt sehr schnell handeln. Jemand muss ihnen helfen.

Was ist, wenn Erich nicht mehr aufwacht?

„Ihr zwei bleibt hier. Ich gehe in das Dorf Hilfe suchen", sagt Emilia und hebt Erich hoch und sie läuft Richtung Feldweg, um schneller ins Dorf zu gelangen. „Aber Mama!", ruft ihr Rosa hinterher. „Bleibt dort! Ich komme euch holen!", ruft Emilia zurück und lässt die beiden alleine.

„Geh nicht, Mama. Bitte geh nicht", sagt Rosa verzweifelt vor sich hin und verspürt einen tiefen stechenden Schmerz in ihrem Herzen, als sie sieht, wie die beiden weggehen.

Marie eilt weinend zu Rosa. „Was ist passiert? Wohin geht Mama mit Erich?", fragt sie besorgt unter Tränen. Rosa geht in die Hocke und umarmt ihre Schwester. „Erich ist verletzt. Sie kommen wieder. Sie werden wieder zurückkommen", antwortet Rosa und auch sie kann ihre Tränen nicht mehr zurückhalten.

Es sind einige Stunden vergangen, seitdem der Vorfall mit Erichs Fuß geschehen ist. So fühlt es sich zumindest an, wahrscheinlich war nicht einmal eine vergangen. Rosa und Marie sitzen noch immer zu zweit im Wald und warten auf die Rückkehr der beiden oder zumindest ihrer Mutter, die den beiden sagt, dass sie mitkommen sollen. Doch von ihrer Mutter fehlt jegliche Spur. Seitdem Emilia mit Erich in den Armen aus dem Wald gelaufen ist, bedrückt Rosa ein sonderbares und zugleich abscheuliches Gefühl. Sie weiß, dass irgendetwas nicht stimmt, aber sie weiß nicht was. Und vor allem weiß sie nicht, was sie jetzt tun sollen.

Ihre innere Stimme sagt ihr, sie sollten weglaufen und sich in Sicherheit bringen. Eine andere Stimme sagt ihr, sie sollten sitzenbleiben und warten; ihre Mutter würde früher oder später zurückkommen und sie nicht allein im Wald lassen. Wieder eine andere Stimme sagt ihr, sie sollten auch in das Dorf gehen und die beiden suchen.

Rosa ist überfordert mit der Situation. Marie sitzt auch nur still da und redet nicht.

„Was sollen wir machen?", fragt Rosa und weiß, dass sie innerlich bereits eine Entscheidung getroffen hat. Sie will sich nur sicher gehen, indem sie vorher noch einmal ihre Schwester fragt. „Wir sollten nach ihnen schauen", antwortet Marie. Aber das war nicht das, wofür sich Rosa entschieden hat. Das Gefühl, dass etwas Schreckliches passieren wird und dass sie nicht in Sicherheit sind, wird von Minute zu Minute stärker und aufdringlicher.

Rosa fühlt sich, als ob sie sich übergeben müsste.

„Wir sollten hier weg", sagt Rosa entschlossen. „Aber was ist mit Mama und Erich? Mama hat gesagt, wir sollen hier warten", antwortet Marie verständnislos. Rosa schaut Marie tief in die Augen. „Vertrau mir, wir müssen hier weg. Wir sind hier nicht sicher", sagt sie ihr und macht ihrer kleinen Schwester große Angst. Es ist, als ob jemand anderes durch Rosas Körper sprechen würde. Marie nickt langsam und ist einverstanden.

Rosa nimmt ihre kleine Schwester an der Hand und sie laufen den gleichen Weg durch den Wald zurück, den sie hergelaufen waren. Beide heben ihre Beine mit jedem Schritt weit nach oben, damit sie bloß nicht über irgendetwas stolpern und sich ebenfalls verletzen. Sie müssen sehr vorsichtig sein und sich beeilen. Sie wissen nicht warum, aber jetzt spürt es auch Marie, dass sie hier wegmüssen.

Kaum kommen sie an der Stelle an, wo sie den Wald betreten hatten und sie zurück auf den Feldweg wollen, hören sie plötzlich über sich ein lautes Heulen. Es wird immer lauter und lauter und scheint immer näher zu kommen. Sofort werfen sich die beiden auf den Boden und verstecken sich im Gestrüpp.

Als Marie einen Blick in den Himmel wirft, sieht sie es. All ihre Ängste und Befürchtungen werden wahr. Eine entsetzliche Gestalt mit großen ledrigen Flügeln fliegt über ihren Köpfen. Der Anblick verschlägt ihr die Sprache. Das Tier öffnet seinen riesigen Schnabel und mit ohrenbetäubendem Lärm schießt es rotleuchtende Kugeln aus dem Mund direkt auf das Dorf. Marie und Rosa halten sich die Ohren zu. Die Lautstärke ist nicht auszuhalten. Beide verspüren eine Furcht, die sie zuvor niemals in ihrem Leben gekannt hatten.

Plötzlich bebt der Boden, auf dem sie versteckt liegen. Irgendetwas anderes nähert sich ebenfalls dem Dorf, aber an Land. Marie, die diese andere Gestalt auch unbedingt sehen will, hebt kurz ihren Kopf. Eine gewaltige Staubwolke nähert sich mit rasender Geschwindigkeit. Sofort packt Rosa ihre Schwester und zieht sie erneut auf den Boden. Und dann sieht sie es. Der Dinosaurier mit den kurzen Armen rennt mit großen Schritten an ihnen vorbei, direkt auf das Dorf zu. Er hat sie nicht gesehen.

Der Verrückte hatte Recht!
Es gibt sie! Die Dinosaurier sind da und sie jagen uns!

Plötzlich ertönt erneut die Sirene, die sie am Tag zuvor gehört hatten. Nur dieses Mal ist sie viel näher und lauter.
Doch für die Sirene ist es viel zu spät, jetzt kann sich keiner mehr retten. Und erneut knattert es aus dem Dinosaurier in

der Luft, der eine zweite Runde dreht, und es dampft, während er das Dorf in Beschuss nimmt.

Marie und Rosa liegen auf dem Boden und halten ihre Hände über den Köpfen, doch nichts hilft.

Sie hören, wie Menschen um ihr Leben schreien und wie Häuser auseinanderbrechen. Marie schreit und weint, auch Rosa ist völlig außer sich. Die Sirene heult immer noch in ohrenbetäubender Lautstärke. Diese Geräusche sind unerträglich. Die Dinosaurier verwüsten das gesamte Dorf und Teile des Waldes, die daran angrenzen.

Und irgendwann verschwinden sie. Die Dinosaurier verschwinden so schnell, wie sie aufgetaucht waren.

Marie und Rosa bleiben noch liegen und versuchen zu verarbeiten, was gerade passiert ist. Sie hören keine Sirene, die Entwarnung gibt, doch Rosa steht dennoch vorsichtig auf. Sie macht einen Schritt auf den Feldweg und blickt auf das Dorf.

Was sie sieht, zerreißt ihr das Herz in tausend Stücke und lässt ihr eiskalten Schweiß über ihren Rücken laufen.

Keines der Häuser, das sie vorhin noch beobachtet hatten, steht noch. Man könnte nicht einmal guten Gewissens behaupten, dass genau an dieser Stelle noch vor einigen Minuten ein Dorf existierte.

Und erneut kehrt die unheimliche Stille ein, die sie noch am Morgen am Fluss wahrgenommen hatte.

Sie weiß, dass sie ihre Mutter und ihren Bruder nie wieder sehen wird.

Marie stößt dazu, doch sie ist mental vollkommen am Ende und nicht mehr bei Sinnen. Sie sieht, was die Dinosaurier angerichtet haben. Sie sieht, dass die Dinosaurier das gesamte Dorf und seine Bewohner ausgelöscht haben.

Der Schmerz, den sie verspüren, ist unvergleichlich und so erdrückend.
Sie stehen beide da, und erblicken nur das Elend.

„Ich wusste es, Mama. Ich wusste, dass sie Papa mitnehmen, aber habe es niemandem gesagt. Es tut mir leid, Mama, Papa."

Kapitel 4 – Die Ungewissheit

Mit jedem Schlagloch und Wackeln drückt sich Ferdinands Rücken an die niedrige Ladeflächenwand des Pritschenwagens aus Metall. Er hat Schmerzen an der Wirbelsäule, doch er hat nicht den Luxus, um sich darüber beschweren zu können und so erträgt er, wie die anderen Soldaten, die auf diese Ladefläche gequetscht sind, still die Schmerzen. Die Klappen, an die sich die Soldaten so wenig wie möglich anzulehnen versuchen, klappern und quietschen. Der Motor ist ebenfalls sehr laut und gelegentlich spuckt der Auspuff eine große schwarze Wolke aus, vor allem, wenn es bergauf geht und der Fahrer in einen niedrigeren Gang schaltet.

Einige versuchen auf der Fahrt einzuschlafen, was aber keinem möglich ist, da die Sitzmöglichkeiten nur zu praktischen Zwecken dienen. Komfort ist hier fehl am Platz. Wiederum andere haben eine Zigarette im Mund und versuchen durch das Inhalieren von Gift und Nikotin wach zu bleiben. Die Moral ist im Eimer.

Die Soldaten befanden sich bis letzte Nacht noch im Dorf, in dem das Stahlwerk steht. Militärisch hatte der Schutz dieser Firma oberste Priorität. Dort wurden schließlich Waffen, Wagen und alles andere, was dem Militär im Krieg von Nutzen sein könnte, in Eile hergestellt.

Von Anfang an war es deshalb auch eines der obersten Ziele der Unionssoldaten.

Sie wollten das Werk im besten Falle einnehmen und für sich selbst nutzen.

Das wäre der sichere Untergang des Widerstandes gewesen.

Dieses Szenario wurde jedoch von Tag zu Tag realistischer, da der Feind vom Norden in das Land eindrang und immer mehr an Land gewinnen konnte. Sie rückten mit jedem Vorstoß näher in das Landesinnere und somit auch an das Stahlwerk und benachbarte Dörfer. Man war auf einen so starken Ansturm nicht vorbereitet. Die massive Anzahl der gegnerischen Soldaten überwältigte vielerorts die Verteidigung mit Leichtigkeit.

Bevor es aber so weit kommen konnte, und man das Werk an den Gegner verliert, erhielt Ferdinands Truppe den Befehl, das Werk zu zerstören.

Das war eine schwierige Entscheidung. Das Werk war zwar nicht das einzige im Land, doch dessen Einsatz und Produktionskapazität waren äußerst signifikant für die Verteidigung.

Sie platzierten also gezielt Sprengstoff an den tragenden Säulen und detonierte diese. Danach wurde der Rückzug angeordnet. Die Verstärkung aus dem Westen kam nicht rechtzeitig.

So endete die Truppe auf dem Pritschenwagen auf dem Weg in den Westen, wo der große Stützpunkt ist.

Die meisten Soldaten, die mit Ferdinand diese Fahrgelegenheit teilen, sind keine Berufssoldaten. Sie wurden alle aus ihrem alltäglichen Leben gerissen und erhielten eine minimale Militärausbildung. Dennoch sind sie ebenfalls von großer Wichtigkeit. Sie kämpfen meistens an der direkten Front oder helfen beim Wiederaufbau zurückeroberter Gebiete. Die taktisch schwierigeren Missionen, wie das Umzingeln des Gegners über Flanken, oder Flug- und Panzermissionen üben die besser ausgebildeten Berufssoldaten aus.

Man hat trotz der vielen Rückschläge und Einbußen jedoch noch nicht alle Hoffnung verloren, denn immer wieder erreichen sie Nachrichten, dass andere Truppen an anderen Einsatzorten Erfolge erzielen und die feindlichen Truppen verdrängen.
Gestern erhielt man sogar die Nachricht, dass die Lufteinheit mehrere feindliche Stützpunkte neutralisieren konnte.

All diese militärischen und politischen Nachrichten interessieren Ferdinand aber nur oberflächlich. Natürlich kämpft er so gut er kann für die Verteidigung, doch seine Gedanken sind stets bei seiner Frau und seinen Kindern. Er macht sich große Sorgen um ihr Wohlergehen.
Mittlerweile ist es in dem Sinne erträglicher geworden, dass er nachts keine unkontrollierten Gefühlsausbrüche mehr hat und wieder klarer denken kann.
Anfangs war es jedoch sehr schlimm für ihn.
Er war arbeiten, wie sonst auch immer. Nichts schien an diesem Tag anders zu sein als sonst. Klar, er sah einige Kollegen seit Tagen nicht mehr, aber sie erhielten alle einen Brief vom Militär als Vorwarnung, dass man sie im Krieg brauchen und einsetzen werde. Ferdinand dagegen fühlte sich stets sicher an seinem Arbeitsplatz. An diesem Tag jedoch, noch vor der Mittagspause stürmte ein Kommandant in die Firma. Er war alles andere als gut gelaunt. Er war auf der Suche nach Dienstverweigerern und diese wurden von ihm auch dementsprechend behandelt.
Als er jedoch in Ferdinands Abteilung kam und seinen Namen rief, war er völlig schockiert.
Was würde er denn von Ferdinand wollen?
Da er nichts zu befürchten hatte, stellte er sich dem Kommandanten.

„Wie kann ich Ihnen helfen?", fragte er ihn ehrlich.

Dieser hielt das aber für einen schlechten Scherz. Er packte Ferdinand am Arm und riss ihn zu Boden vor all seinen Arbeitskollegen. Ferdinand war völlig perplex.

Er wurde vom Kommandanten zur Sau gemacht, da er nicht nur seinen Dienst verweigern, sondern auch noch Witze darüber machen würde.

Er versuchte dem Kommandanten zu erklären, dass das ein riesiges Missverständnis sein muss, da er nie einen Brief erhielt. Doch diese Ausrede war bereits ausgelutscht. Der Kommandant hatte sie alle schon gehört. Er wurde gegen seinen Willen mitgenommen.

Er wurde zusammen mit Feiglingen in eine Kaserne gebracht, wo man ihnen die Haare zu einer Glatze schnitt, und eine Uniform gab. Ihnen wurde der Umgang mit Waffen und anderen Geräten beigebracht, sowie gewisse militärische Parolen. Sie wurden dennoch wie Abschaum behandelt. In der Armee kann man Feiglinge nicht leiden.

Es dauerte einige Zeit, bis Ferdinand seine Vorgesetzten davon überzeugen konnte, dass er tatsächlich keinen Brief erhalten hatte, denn irgendwann gelang dieses Gerücht auch zum Oberst, der die Briefe persönlich austeilte.

Das Missverständnis stellte sich ziemlich schnell heraus. Es waren seine Töchter, die den Brief an seiner Stelle annahmen. Aus irgendeinem Grund hatten sie ihm diesen Brief aber nie gegeben.

Hatten sie es vergessen?

Doch das kann nicht sein. Ferdinand kennt seine Kinder schließlich. Er vermutet, dass die Kinder Angst davor hatten, dass ihr Vater gehen müsste.

Dachten sie tatsächlich er würde bleiben, wenn er den Brief nie bekäme?

Er konnte nicht böse auf seine Töchter sein. Es sind immerhin noch Kinder. Ihnen fehlt es noch an Verstand und Logik. Sie wollten ihren Vater nur beschützen.

In dieser Nacht bekam Ferdinand kein Auge zu. Zu sehr musste er an seine Familie denken. Er konnte es nicht fassen, dass seine Kinder es so lange schafften, ihm davon nichts zu erzählen. Bis zu diesem Tag waren sie vermutlich glücklich und dachten, sie konnten das System überlisten.

Sie müssen am Boden zerstört sein.

Wie würden sie wohl ohne ihn auskommen?

Wie lange würden sie auf ihn warten?

Könnten sie auf sich selbst aufpassen?

Würde er sie jemals wieder sehen?

Nachdem dieses Missverständnis geklärt war, wurde Ferdinand nach seiner minimalen Ausbildung in eine andere Truppe gesteckt.

Ob es hier tatsächlich besser war?

Immerhin behandelte man sie hier fast wie gleichwertige Menschen und nicht wie Ratten.

Ferdinand war nicht gut im Schießen. Das stellte sich schnell heraus. Deshalb wurde er als Späher eingesetzt. Seine Aufgabe bestand darin, feindliche Truppen oder unbekannte Gebiete von strategischen Punkten aus mit einem Fernglas auszuspähen und seinen Vorgesetzten Bericht zu erstatten. Er wurde auch nach Angriffen damit beauftragt, aus naher oder mittlerer Distanz den Einschlag und die Treffer zu bestätigen. Das gefiel ihm. Er wollte zwar, wenn möglich, mit dem Krieg überhaupt nichts zu tun haben, aber immerhin musste er selbst nicht oder nur wenig schießen. Beobachten konnte er.

Nach einer langen Fahrt, die ewig erscheint, bleibt der Wagen schließlich an einem großen Stützpunkt stehen. Seit einigen Stunden schon ist Ferdinand in einer Gegend, die er noch nie zuvor gesehen hatte. Sie können von Weitem eine große Stadt erkennen. „Soldaten, absteigen! Wir sind da!", ruft ein Kommandant, der auf der Beifahrerseite aussteigt.

Woher hat der so viel Energie?

Langsam und völlig erschöpft öffnet ein Soldat die Klappen der Ladefläche und sie springen nacheinander ab.

Der Stützpunkt besteht aus Zelten und Containern, die zu Wohnflächen umfunktioniert wurden.

Ferdinands Kommandant wartet nicht lange. Er stürmt wütend auf das Gelände. Einige Soldaten stehen Wache. Andere treiben Sport oder rauchen eine Zigarette.

„Wo wart ihr?", schreit der Kommandant mit seinen Armen seitlich ausgestreckt.

Keiner antwortet ihm, doch aus Respekt hören sie sofort auf Sport zu treiben oder zu rauchen.

„Wo wart ihr? Wir haben das Stahlwerk verloren! Wir haben auf euch gewartet! Meine Männer wurden getötet, während ihr hier kampiert habt! Sie sind tot!", schreit er völlig außer sich mit knallrotem Kopf.

Dann tritt ein anderer hochrangiger Offizier aus einem Zelt hervor. Sein Rang ist sofort an seiner Haltung und an seiner Uniform erkennbar. „Herr Kommandant, mein Beileid für Ihren Verlust", entgegnet er ihm mit ruhiger Stimme. Die Stimmung ist angespannt, doch der Offizier wird es tatsächlich schaffen, Ferdinands Kommandanten zu beruhigen. Sie kennen beide den Krieg. Sie kennen beide die Enttäuschung. Und sie wissen beide, dass sie am Ende des

Tages immer noch denselben Feind haben werden. Er kann sich wohl sehr gut in seine Lage versetzen.

Ferdinand und die anderen Soldaten werden in einen Container geführt, in dem mehrere Feldbetten bereitstehen. Einige legen sich sofort hin zum Schlafen, andere holen sich etwas zu Essen oder zu Trinken. Ihnen fehlt es an fast allem. Nach tagelangem Kämpfen sind sie alle kraftlos.

Ferdinand beobachtet, wie manche Soldaten anderen Fotos ihrer Kinder oder Frauen zeigen.

Wie gerne würde er auch seine Kinder vor sich sehen, auch wenn es nur auf einem Foto wäre.

Dadurch, dass er so abrupt mitgenommen wurde, hatte er keine Zeit sich vorzubereiten oder ein Andenken mitzunehmen. Jede Nacht vor dem Schlafengehen redet er mit seinen Kindern und seiner Frau. Er hat herausgefunden, dass ihn das bei Verstand hält. Manche, die ihn dabei beobachten, würden sagen, er hätte den Verstand schon längst verloren, aber ihn unterscheidet nichts von seinen Kameraden. Sie reden auch mit ihren Kindern, schauen aber dabei ein Foto an. Ferdinand macht das eben ohne.

„Hätte ich einen Wunsch im Leben frei, dann wäre dieser nicht genug. Ich bete Tag und Nacht mit jedem Schuss, der um mich herum abgefeuert wird, und auch mit jedem Schuss, den ich aus der Ferne höre, mit jeder Explosion und jedem Funkspruch über einen Treffer, dass es euch gut geht. Ich bete für ein Wunder und für Zeichen, dass ihr alle wohlbehütet und zusammen seid, dass eine Stimme oder ein Mirakel euch geraten hat zu fliehen und euch den Weg in die Sicherheit geleitet hat.

Mein Wunsch wäre es, dass ihr am Leben seid.

Mein Wunsch wäre es, dass ihr gesund seid.

Mein Wunsch wäre es, dass ihr euch nicht verloren habt.
Mein Wunsch wäre es, dass ich euch wiedersehe.
Mein Wunsch wäre es, dass ich euch umarme.
Mein Wunsch wäre es, dass dieser Krieg vorbei ist.
Mein Wunsch wäre es, dass ihr auf mich wartet, egal, wo ihr
seid.
Meine Wünsche scheinen unmöglich zu erfüllen zu sein",
spricht er leise vor sich hin.

Ferdinand starrt an die Decke des Containers. Er wird nicht
schlafen können. Das war seit Kriegsbeginn so.
Schließt er seine Augen, sieht er seine Familie und bekommt
Angstzustände, Panikattacken und Schweißausbrüche.
Schließt er seine Augen erneut, sieht er Leichen, verletzte
Soldaten, die in ihren letzten Momenten nach ihrer Mutter
rufen.
Das verkraftet er nicht und möchte es auch nicht versuchen.
Er schläft, wenn sein Körper ihn dazu zwingt. Ferdinand steht
auf, als die meisten seiner Mitkämpfer schon träumen, und
verlässt den Container. Draußen ist es frisch und der
Nachthimmel ist klar. Einige Soldaten sind wach und
patrouillieren das Gelände. Auf dem Hof steht ein Fass aus
Metall, indem es brennt. Man schmeißt immer wieder Holz
hinein und hält das Feuer nachts am Leben. Strom gibt es hier
nicht.
Ferdinand stellt sich davor und wärmt sich. Das Feuer und
sein Tanz ziehen ihn auf eine magische Weise an. Er sieht das
Leid, dessen Zeuge er tagtäglich wird.
„Soldat, können Sie nicht schlafen?", fragt ihn sein
Kommandant, der in einiger Entfernung im Dunkeln sitzt und
eine Zigarette raucht. Ferdinand hatte ihn überhaupt nicht
bemerkt, als er hinausging. „Entschuldigung, Herr

Kommandant. Ich hatte Sie nicht gesehen", entgegnet
Ferdinand. Der Kommandant steht auf und läuft einige
Schritte auf ihn zu. „Was ist es? Die Familie?", fragt er ihn in
einer Stimme, die Ferdinand zu verstehen gibt, dass man sein
Leid hier gut kennt. Ferdinand nickt stumm und starrt erneut
in das Feuer. Der Kommandant legt ihm seine Hand auf die
Schulter. „Der Krieg hat keine schönen Seiten. Er ist nur dafür
gemacht, dass Menschen leiden. Für Menschen wie uns hat
ein Krieg keine Vorteile. Wir kämpfen für nichts", sagt er.
Ferdinand ist überrascht über die Denkweise seines
Vorgesetzten. Der Kommandant erkennt das an Ferdinands
Blicken. „Das verwundert Sie, Soldat? Die Menschen, die wir
seit Wochen bekämpfen. Die Menschen, die uns seit Wochen
angreifen und unsere Männer töten, denken Sie, sie sind
anders als Sie und ich? Sie befolgen Befehle, wie wir auch.
Wir haben hier nichts zu sagen. Unsere Arbeit ist es, zu
gehorchen und zu töten", erzählt er ihm.
Aber wieso erzählt er ihm das?
Ferdinand fühlt sich durch die Offenheit des Kommandanten
unwohl. „Herr Kommandant, ich wollte Sie nicht stören", sagt
er und stottert dabei fast. Der Kommandant scheint das aber
völlig zu ignorieren. Er sieht in Ferdinand einen Menschen,
dem er vertrauen und mit dem er in dieser späten Stunde sein
Leid teilen kann. „Wissen Sie, Soldat? Sie haben Glück", sagt
er. Ferdinand schaut ihn fragend an. „Auch wenn die
Ungewissheit sie jeden Tag und jede Nacht plagen mag,
besteht die Möglichkeit, dass Ihre Kinder noch am Leben
sind", fährt er fort.
Jetzt versteht Ferdinand, worum es geht.
„Herr Kommandant", sagt Ferdinand und traut sich nicht in
Worte zu fassen, was er fühlt. Er möchte ihm sein Beileid
aussprechen, doch er wird unterbrochen.

„Haben Sie meinen Wutausbruch heute mitbekommen, als wir hier ankamen?", fragt er Ferdinand. Er nickt.

„Dieser Wutausbruch und all die Gefühle, die ich in diesem Moment verspürte, waren absolut bedeutungslos, denn man wartete hier mit einer Nachricht auf mich", erzählt der Kommandant ruhig. Ferdinand bekommt eine Gänsehaut.

„Meine Frau und mein Sohn, er war sechs Monate alt, kamen gestern bei einem Luftangriff ums Leben", erzählt der Kommandant. Ferdinand ist sprachlos.

Er kannte diesen Mann gar nicht und war nur einer seiner vielen Untergebenen, doch trotzdem hat er die Ehre, dass er sich ihm öffnet und sein Herz ausschüttet. Ferdinand reißt sich zusammen. „Mein herzliches Beileid, Herr Kommandant", entgegnet er ihm. Der Kommandant nickt und starrt nun ebenfalls auf das Feuer, das vor den beiden knistert.

Er greift in seine Jackentasche und holt eine Packung Zigaretten hervor. „Früher kannte man die noch als Soldatenkippen. Das sind Zigaretten ohne Filter", sagt er und bietet Ferdinand mit einer Geste eine an.

Ferdinand hatte noch nie in seinem Leben geraucht, doch er fühlt sich irgendwie gezwungen, das Angebot anzunehmen. Er nimmt sich eine Zigarette aus der Packung und steckt sie sich in den Mund. Der Kommandant zündet sie ihm sogar an. Wieso behandelt er ihn so?

Ferdinand ist total verwirrt, doch er bricht nicht aus der Rolle. Er nimmt einen tiefen Zug in die Lunge und hustet plötzlich laut los. Man sieht dem Kommandanten seine Enttäuschung an. Ferdinand nimmt die Zigarette in die Hand und fast all seinen Mut. „Wieso erzählen Sie mir all das?", fragt er seinen Kommandanten. Er schaut Ferdinand an.

„Ich hasse den Krieg. Das sind die einsamsten Momente eines Mannes, wenn er von Leid und Tod umgeben ist, statt von

seiner Familie und Kindern. Hier hat man keine Freunde. Das
kann sich keiner leisten. Der Mann, den Sie heute noch als
Freund bezeichnen, kann Ihnen morgen ohne Vorwarnung
durch einen Hinterhalt genommen werden. Hier muss jeder
für den anderen da sein. Das ist die unausgesprochene Pflicht
eines jeden Soldaten. Das wird keinem vorher beigebracht.
Das lernt man auf dem Schlachtfeld", antwortet der
Kommandant. Ferdinand schätzt die Ehrlichkeit und Offenheit
seines Kommandanten. „Außerdem scheinen Sie mir wie
jemand, der gut zuhören kann", fügt er noch hinzu. Ferdinand
muss lächeln. Er denkt an die Momente zurück, als seine
Kinder ihm ihre Fehler beichteten. Es war nie etwas Ernstes,
sondern nur dumme Kleinigkeiten, die Kindern eben
passieren.
„Stimmt das?", fragt der Kommandant. „Da haben Sie wohl
recht", antwortet Ferdinand und nimmt einen weiteren Zug
seiner Zigarette. Erneut muss er husten.
„Haben Sie irgendwelche Mittel und Wege, um
herauszufinden, wie es Ihrer Familie geht?", will der
Kommandant wissen. Ferdinand blickt zu Boden und schüttelt
den Kopf. Der Kommandant denkt nach.
„Gehen Sie schlafen, Soldat. Morgen erwartet uns ein langer
Tag", sagt er und schickt Ferdinand zurück in den Container.

Am nächsten Morgen werden die Soldaten früh geweckt.
Ferdinand ist noch sehr müde. Auch wenn das nächtliche
Gespräch mit seinem Vorgesetzten eine willkommene
Abwechslung war, konnte er danach nicht sofort einschlafen.
Man trommelt draußen vor dem Zelt eine Truppe zusammen.
„Soldaten, ich habe eine neue Mission für Sie. Packen Sie sich
Ihre Ausrüstung und seien Sie in 30 Minuten aufbruchbereit",
sagt ihnen der Kommandant.

Gerade als Ferdinand sich umdrehen und zurück ins Zelt gehen will, um seine Sachen zu packen, hält ihn der Kommandant auf. „Kunsk!", ruft er.

Ferdinand dreht sich um. „Ja!", ruft er zurück.

Der Kommandant geht auf ihn zu und ein Lächeln erscheint in seinem Gesicht.

Was soll das Lächeln?

„Glückwunsch, Soldat. Sie gehen nach Hause", sagt er ihm und klopft ihm auf die Schulter. Ferdinand ist völlig überrascht. Er verkneift sich die Tränen, die seine Augen füllen. „Danke, Herr Kommandant!", entgegnet er ihm mit aufrechter Brust und würde ihn am liebsten an Ort und Stelle umarmen. Er kehrt zurück ins Zelt.

Nach Hause?

Hat Ferdinand den Krieg überstanden?

Ist jetzt alles vorbei?

Wird er endlich seine Familie und sein Zuhause wieder sehen?

Ferdinand stellt sich viele Szenarien vor, während er seine Sachen packt. Er stellt sich vor, wie er nach Hause kommt und seine Kinder ihn voller Freude und Liebe empfangen.

Er stellt sich vor, wie er das Törchen zum Hof öffnet und sich auf die Knie fallen lässt, während sie alle auf ihn zu gerannt kommen und ihn umarmen.

„Ich komme heim", sagt Ferdinand.

Ferdinand ist als erstes fertig und bereit für die Fahrt. Er stellt sich vor das Zelt und wartet auf die anderen Soldaten.

Als alle bereit sind und in einer Reihe stehen, stellt sich der Kommandant vor sie und läuft in einer geraden Linie von rechts nach links und wieder zurück.

„Soldaten, hört mir zu. Ich habe gestern per Satellitentelefon die Nachricht erhalten, dass der Feind möglicherweise eine unserer südlicheren Stellungen angreifen könnte.
Der Ort ist ein strategisch wichtiger Punkt für jeden, der die Kontrolle darüber hat. Deshalb ist es äußerst wichtig, dass wir sie nicht verlieren. Unter keinen Umständen können wir einen weiteren Verlust wie das Stahlwerk verkraften. Ihr werdet als Verstärkung und zur Sicherung dorthin berufen. Wir werden das gesamte Militär und dessen Umfang in unserem Rücken haben, sollte es zu einem Angriff kommen.
Mir wurde versprochen, dass wir nie wieder im Stich gelassen werden, wie es gestern passiert ist. Ich weiß, Versprechungen auf dem Schlachtfeld bedeuten nicht immer viel, aber das hier ist etwas anderes. Ich weiß, ihr seid müde. Ich weiß, ihr habt euch dieses Leben nicht ausgesucht, aber das ist die Möglichkeit, in das Leben zurückzukehren, das ihr euch ausgesucht habt. Diese Stellung dürfen wir nicht verlieren. Und wenn wir sie nicht verlieren, verlieren wir auch nicht den Krieg. Heute Morgen kam auch die Nachricht, dass die Städte im Westen befreit wurden. Der Sieg ist nahe. Wir werden durchhalten, Männer!", sagt der Kommandant sehr selbstbewusst und erläutert so den Soldaten ihre neue Situation.
Erneut werden sie auf den Pritschenwagen geladen. Doch dieses Mal haben sie eine höhere Moral. Vor allem Ferdinand kann sein Glück nicht fassen.
Hatte der Kommandant ihn nur deshalb für diese Mission ausgewählt, weil sie letzte Nacht einen tiefgründigen Moment miteinander teilten?
Wollte er ihn sowieso mitnehmen?
Doch diese Fragen sind im Moment überflüssig. Ferdinand ist sehr nervös und ihm ist ungewöhnlich kalt.

Er kann es kaum erwarten, nach Hause zu rennen und nach seiner Familie zu sehen.

Kapitel 5 – Die Tragödie (Teil II)

Rosa und Marie stehen noch eine Weile vor dem Trümmerfeld, das vor kurzer Zeit noch wie ein sicherer Hafen vor all dem Unglück und der Ungewissheit schien.
Sie wurden Zeugen, wie dieser sichere Hafen plötzlich überflutet und alles Leben mit der letzten großen Welle aus ihm gerissen wurde.
Und zwei dieser Leben waren Teil von den beiden. Das zu begreifen ist zu viel verlangt von einem Menschen, geschweige denn von zwei Kindern.
Keine von beiden regt sich, keine von beiden weiß, was sie denken soll.
Sollten sie nachsehen, ob ihre Mutter und ihr Bruder überlebt haben könnten?
Diesen Anblick, sollte es nicht so sein, würde keine der Mädchen verkraften. Ohne miteinander zu reden, sind sie sich einig, dass in diesem Moment die Ungewissheit und die alleinige Vermutung des Schreckens akzeptabel ist. Es gibt keinen Grund nachzusehen.

Rosa nimmt kommentarlos Maries Hand und sie drehen sich um. Sie laufen zu zweit den Weg zurück, den sie zu viert gekommen waren.

Marie ist im Dorf auf dem Markt. Neben ihr laufen ihr Bruder und ihre Mutter. Sie alle halten sich an der Hand und schlendern durch die Gassen an den Ständen vorbei. Es scheint, die neue Saison angebrochen zu sein, denn die Obst- und Gemüsestände sind vollgepackt mit Waren jeder Sorte

und jeder Farbe. Es duftet himmlisch. Marie ist glücklich, denn ihre Schwester wurde an der Schule aufgenommen und sie hat ein hervorragendes Zeugnis mit nach Hause gebracht. Ihr Papa kaufte ihr als Geschenk so viele neue Bücher und ihre Mama kochte für sie das leckerste Essen, von dem nicht einmal die reichen Kinder träumen könnten, denn selbst sie kannten solche Delikatessen nicht.

Außerdem würde am nächsten Tag auch Erich mit der Schule anfangen. Jeder in der Familie war glücklich. Umso schöner auch der heutige Tag auf dem Markt.

„Mama! Mama! Schau dir nur all diese seltsamen Früchte an!", ruft Marie, als sie an einem Obststand verschiedene Früchte anschaut und an ihnen riecht.

„Möchtest du ein Stück probieren?", fragt sie der Verkäufer lächelnd. Marie grinst von Ohr zu Ohr. „Ja!", ruft sie und schaut hinüber zu ihrer Mutter und Erich.

Plötzlich bebt die Erde und alles fängt an zu wackeln.

Die unerträglich laute Sirene heult auf. Alle auf dem Markt geraten in Panik, nur Emilia und Erich nicht.

Marie kann nicht fassen, was sie sieht. Ein Dinosaurier mit kurzen Armen und riesigem Schädel erscheint hinter ihrer Mutter und ihrem Bruder.

Aber wieso rennen sie nicht weg?

Sie stehen nur da, halten sich an der Hand und lächeln Marie an.

„Mama! Erich! Rennt!", brüllt Marie, doch plötzlich hebt der Dino seinen Fuß und stampft auf die beiden. Er zerquetscht sie vor Maries Augen.

Sie brüllt sich die Seele aus dem Leib.

Und als sie sich dreht, um selbst wegzurennen, sieht sie den Obstverkäufer vor sich, der ein Messer aus seiner Tasche gezogen hatte, um ihr ein Stück der Frucht abzuschneiden.

Das Messer in seiner Hand verschmilzt mit seinem Körper und es wachsen mehrere Klingen aus seiner Hand.
Seine Haut wird augenblicklich zu einer Art Schuppenmuster und ihm wächst ein langer Schwanz.
Marie kann förmlich sehen, wie aus dem Mann ein Dinosaurier wird. Seine Schuhe reißen auf und lange gebogene Nägel treten hervor.
Sein Kopf deformiert sich, als seine Augen gelblich werden und ihm eine Schnauze wächst.
Marie schreit erneut auf und will sich in Sicherheit bringen, doch dann holt der Dinosaurier vor ihr aus und schlitzt sie mit seinen Krallen auf.

Marie schreit, wie sie in ihrem Leben zuvor noch nie geschrien hat und wacht auf.
Rosa, die neben ihr sitzt und während des Sonnenaufgangs auf den Bach starrt, schreckt durch den Schrei ihrer Schwester auf. Sie rutscht sofort näher und hält sie an der Hand. Mit der anderen Hand streicht sie ihr übers Haar. „Alles gut, Marie. Es war nur ein Traum", sagt sie und versucht ihre kleine Schwester zu beruhigen.
„Mama ist tot! Erich ist tot! Sie leben beide nicht mehr!", schreit Marie weinend.
Was für ein Gefühl muss das für ein Kind sein, seine Mutter durch einen so herzlosen und hinterhältigen Angriff zu verlieren, und das im Traum immer wieder erleben zu müssen?
Dieser schicksalhafte Tag ist mittlerweile eine Woche her. Doch sich damit abzufinden und damit zu leben, ist für die beiden nicht einfacher geworden.
Rosa drückt ihre Hand fester. „Aber wir leben noch", sagt sie. „Versuche dich zu beruhigen. Wir müssen füreinander stark

sein, Marie. Wir haben nur noch uns", versucht sie ihrer Schwester zu erklären. Doch voll und ganz hinter ihren eigenen Worten zu stehen, fällt Rosa dabei nicht leicht. Fast scheint sie selbst wie eine Hülle zu sein. Die Worte eine einstudierte Pflichtlektüre, die sie ihrer kleinen Schwester immer wieder vorträgt.

Marie weint noch. „Ich will nicht, dass sie gehen. Ich will nicht mehr ohne sie weitermachen. Ich vermisse Mama", sagt sie qualvoll. Rosa versteht das. Es ist nicht so, dass ihr der gleiche Gedanke seit diesem Tag nicht auch schon durch den Kopf gegangen wäre, doch sie weiß, dass sie so nicht denken und darin versinken darf.

„Ich vermisse sie auch, Marie. Aber wir können nicht rückgängig machen, was passiert ist. Und außerdem, müssen wir doch auf Papa warten. Er wird bestimmt zurückkommen und uns suchen", sagt Rosa und drückt sich an ihre Schwester, die mittlerweile neben ihr sitzt.

Sie fanden die Überbleibsel einer Hütte an einem Bach und machten sich daraus ein neues Zuhause. Sie liegt bergauf und ist nicht weit vom großen Fluss, aber dahin wollten die beiden vorerst nicht mehr. Dort wären sie zu angreifbar. Stattdessen liefen sie einen Hügel hinauf und fanden diesen paradiesischen Ort, der unter anderen Umständen mit der Hölle verglichen werden könnte.

Die Hütte besteht nur noch aus drei Wänden und hat keine Türen und keine Decke. Sie fanden in der Nähe eine Plastikplane, die sie über ihre provisorische Schlafecke spannten, und verstecken sich dort. Nachts wird es zwar noch bitterlich kalt, aber es ist besser als nichts.

Marie umarmt ihre Schwester. „Ich vermisse sie so sehr", sagt sie. Rosa drückt sie ganz fest.

„Weißt du, Mama und Erich werden für immer bei uns bleiben", sagt Rosa und schaut in den Himmel, der langsam vom Dunkeln ins Hellblaue mit einem Stich Orange übergeht. „Sie werden uns beschützen", fügt sie hinzu und verheimlicht ihrer Schwester, dass sie letzte Nacht im Halbschlaf tatsächlich ihre Mutter und ihren Bruder gesehen hat.
Sie rannte auf sie zu, doch nach einigen Schritten verschwanden sie plötzlich wieder. Sie kam sich sehr dumm vor, doch ihr kam nicht in den Sinn, dass das eine ganz normale Reaktion ist. Trotz dieser immensen Tragödie hat Rosa nicht die Kontrolle verloren. Klar, sie weinte, aber das nur, während ihre Schwester schlief. Aufgrund des erlebten Traumatas sind das sogar positive Zeichen. Daran wären sogar viele erwachsene Menschen verloren gegangen. Doch Rosa scheint irgendwie damit umgehen zu können.
Ihr ist bewusst, dass sie nun die alleinige Verantwortung für sich und ihre kleine Schwester hat. Und wenn ihr Vater noch leben sollte, würde sie sich vor ihn stellen und sagen, dass sie Marie durch den Krieg gebracht hat.
„Ich spüre Mamas Nähe", sagt Marie. „Ich auch", antwortet Rosa leise und verspürt dabei eine Gänsehaut am ganzen Körper.

Sie bleiben nicht mehr lange liegen. Der Hunger macht sich wieder einmal bemerkbar. Es ist nicht so, dass er über Nacht nicht da war. Irgendwann merkt man dieses Gefühl beim Einschlafen nur nicht mehr so stark.
Dieses Thema sollte seit Tagen ihre größte Sorge sein. Sie liefen gemeinsam die Sträucher ab und fanden Beeren oder Löwenzahn, manchmal auch andere Kräuter, von denen ihre Mutter ihnen mal sagte, dass man sie essen könne.

Aber es dauerte nicht lange, bis diese Sachen nicht mehr ausreichten. Es kostete die beiden Schwestern anfangs eine Menge Überwindung, doch dann gaben sie dem Hunger und den damit verbundenen Schmerzen nach und aßen auch Würmer, Käfer oder Nacktschnecken, die es zu dieser Jahreszeit in Füllen gibt. Es fing an als ein Tiefpunkt, doch mittlerweile waren diese Tiere ihre hauptsächlichen Speisen. Der Ekel ist schon längst vergangen. Es geht nur noch ums Überleben.

Doch das Überleben war nicht einfach und bestimmt nicht selbstverständlich.

In den ersten Nächten in dieser Hütte wurde Marie schwer krank. Sie hatte sehr hohes Fieber.

Der Regen und der Wind, die nachts aufkamen und denen sie schutzlos ausgeliefert waren, waren keineswegs eine Hilfe. Sie hätten sie fast umgebracht. Rosa konnte nicht viel tun, außer eine ihrer Socken als Lappen zu benutzen, ihn am Bach anzufeuchten und sie ihrer Schwester auf die Stirn zu legen. Marie überlebte es wie durch ein Wunder. In dieser Zeit fing sie auch an, nachts zu reden. Nicht immer sprach sie im Schlaf. Manchmal waren ihre Augen dabei geöffnet. Das verstärkte nur Rosas Angst, dass sie es nicht schaffen könnte. Den Mut, weiterzumachen und nicht aufzugeben, verloren beide in dieser Zeit. Sie hatten kein festes Ziel vor Augen. Manchmal waren sie sich nicht einmal sicher, ob sie diesen Krieg überleben wollten.

„Ich will wieder was Richtiges essen", beklagt Marie und sie hat damit nicht Unrecht. Vielleicht war es für die beiden nach diesem schrecklichen Trauma Zeit, wieder Mut zu fassen und voranzuschreiten. Hier sind sie zwar halbwegs in Sicherheit, weil es keine Dörfer oder großen Wege in der Nähe gibt, sie haben sogar fließendes Wasser, aber wie lange könnten sie noch hier bleiben und sich von Käfern ernähren. Sie brauchen neue Kleidung; ihre werden nachts von Mäusen und anderen Tieren angeknabbert. Und was sie am meisten brauchen, ist eine ordentliche Portion warmes und nahrhaftes Essen.

Rosa denkt darüber nach. Sie können nicht länger warten. Sie müssen die Reise fortsetzen.

„Wir sollten hier weg", sagt Rosa, als sie aufsteht. „Und wohin?", fragt Marie und zieht sich die Nase hoch.

Das arme Kind wird vermutlich niemals darüber hinwegkommen, was ihrer Familie zugestoßen ist.

Das Einzige, was sie jetzt noch mit seidenem Faden bei Verstand hält, ist die Tatsache, dass sie mit ihrer großen Schwester ist und die Möglichkeit, dass ihr Vater noch am Leben sein könnte.

Wohin?

Das war eine gute Frage, denn war es immer noch sicher zu glauben, im Süden sei der Krieg noch weit entfernt?

Das Dorf, das vor ihren Augen angegriffen wurde, lag auf dem Weg in den Süden und die Truppen könnten von dort aus womöglich weiter zum See gereist sein. Vielleicht wissen sie, dass die Menschen dort Schutz suchen.

Das könnte eine Falle sein.

Andererseits hatte Rosa aber schon seit Tagen keine Militärfahrzeuge oder Sirenen mehr gehört.

„Wir sollten nicht mehr in den Süden laufen, wie wir es geplant hatten", sagt Rosa und denkt dabei laut.

Marie hört ihr still zu. „Die erwarten das. Und sie könnten auf dem Weg dorthin sein. Am See sind wir nicht sicher", sagt sie weiter. „Aber wohin wollen wir sonst?", fragt Marie ihre Schwester.

Wenn es stimmt, und der Krieg jetzt im Süden sein soll, wäre der Norden wieder sicher. Dort könnten sie Kleidung und Nahrung finden.

Was ist aber, wenn dort noch gekämpft wird?

Das war eine schwere Entscheidung für Rosa. Sie denkt an den Brief, den sie für ihren Vater bekommen hat. Damals traf sie die Entscheidung, die ihr am wenigsten Angst machte. Und es stellte sich heraus, dass das die falsche Entscheidung war. Vielleicht sollte sie dieses Mal die Entscheidung treffen, die ihr am meisten Angst macht.

Sie schaut einen Augenblick lang Marie an. Sie weiß, sie muss alles dafür tun, dass sie unbeschadet bleibt. Alles, was Marie ab jetzt geschieht, liegt in Rosas Verantwortung. Rosa muss kurz mit sich selbst kämpfen, doch dann spricht sie es aus.

„Wir sollten zurück nach Hause gehen", sagt Rosa und ist sich nicht sicher, ob sie das Richtige getan hat. Maries Augen leuchten plötzlich auf, als sie das hört und sie springt auf. „Ja! Nach Hause!", ruft sie dabei, doch ihr ist in diesem Moment nicht klar, dass es ihr Zuhause, so wie sie es in Erinnerung hat, nie wieder geben wird. Rosa ist erleichtert, dass ihre Schwester damit einverstanden ist, aber sie zerstört ihre Illusion nicht. Sie denkt noch einen Moment nach. Wenn der große Fluss, an dem sie entlangliefen, tatsächlich derselbe war wie der, der durch ihr Dorf fließt, müssten sie ihm nur Stromaufwärts folgen und würden irgendwann ankommen. Sie müssen aber sehr vorsichtig sein und die großen Wege meiden. Am besten wäre es, die komplette Strecke durch den Wald zu laufen. Unter keinen Umständen dürfen sie sich von irgendjemanden erwischen lassen.

Sie laufen los und verlassen die Hütte, die ihnen einige Tage Schutz bot.

„Ich habe gesehen, wie Mama und Erich gestorben sind", sagt
Marie, während die beiden den Hügel hinablaufen. Rosa
bleibt stehen und schaut sie an. „In deinem Traum?", fragt sie
nach. „Ja, ein Dinosaurier ist auf sie getreten. Ich habe alles
gesehen", sagt sie und muss wieder weinen. Ein Dinosaurier?
Sie hätte ihre Bücher niemals mitnehmen dürfen. Aus
irgendeinem Grund hat sich in Maries Gehirn die Idee
eingebrannt, dass sie von Dinosauriern angegriffen werden.
Die Militärfahr- und -flugzeuge sieht sie wohl als diese Tiere.
Rosa macht sich Sorgen um ihre kleine Schwester. Sie redet
seit Tagen von den Dinos.
Rosa geht in die Hocke und hält ihre Schwester an den
Schultern. Sie schaut ihr in die Augen. „Ich weiß, was du
durchmachen musst, ist unglaublich schwierig für dich. So
etwas sollte kein Kind und auch kein Erwachsener auf dieser
Welt erleben müssen. Ich verstehe dich. Ich verstehe jede
Träne, die aus deinen Augen fließt, jeden Gedanken an Mama
oder Erich, jedes Gefühl der Angst, Marie. Aber du musst auch
verstehen, dass du da nicht alleine durchmusst. Ich bin bei dir
und ich verspreche dir, ich werde bei dir sein, bis wir Papa
gefunden haben und wieder in Sicherheit sind", sagt Rosa.
Und Marie fühlt sich tatsächlich verstanden.
Es ist absolut bemerkenswert, das Rosa dasselbe Leid teilt wie
ihre Schwester, aber dennoch ganz für sie da sein kann. Sie
nutzt die Nacht für ihr eigenes Leid und am Tag teilt sie das
ihrer Schwester. „Komm schon, lass uns weiterlaufen", fügt
Rosa hinzu und steht wieder auf.

Sie laufen über die hügelreiche Landschaft immer mit dem
großen Fluss in Sichtweite, bis ihre Kräfte langsam nachlassen.
Lange würden sie es ohne Essen nicht mehr schaffen. Die
beiden liefen in der Hütte auf dem Hügel nicht viel. Sie

bewegten sich in einem kleinen Radius bis zum Bach und den Wiesen dahinter mit all den Krabbeltieren. Dadurch, und durch die mangelhafte Nahrung, magerten beide stark ab. Sie haben kein bisschen Fett an ihren Körpern und sind schon vom Abstieg alleine sehr erschöpft. Vor ihnen ist eine Wegabzweigung. Ein Weg führt zum großen Fluss, den sie stets sehen können und der andere durch den Wald. Der Waldweg scheint auch in den Norden zu führen. „Laufen wir in den Wald. Sollten wir uns verlaufen, halten wir Ausschau nach dem Fluss", schlägt Rosa vor. Marie nickt. Und sie entscheiden sich für den Wald und seine Deckung.

„Rosa, ich habe Hunger. Ich kann nicht mehr", jammert Marie, während sie die ersten Meter im Wald hinter sich lassen. „Ich weiß, aber hier gibt es kein Essen. Wir müssen weiterlaufen", antwortet Rosa und sie fühlt den Druck, sich um ihre Schwester zu kümmern. Sie muss irgendwie dafür sorgen, dass sie schnellstmöglich etwas zu essen finden. Daran darf es nicht scheitern. Es ist unvorstellbar welch Hunger und Kraftlosigkeit die Mädchen erleiden. Woher sollten sie so den Mut finden weiterzulaufen? Und als sich Rosa diese Gedanken macht, hört sie plötzlich Stimmen, die immer näher kommen. Wie kann das sein? Weit und breit um sie herum ist keiner zu sehen. Haben sie all die Plagen schon zur Halluzination getrieben? Rosa bleibt ruckartig stehen und hält ihre Schwester am Arm. „Hast du das auch gehört?", fragt sie Marie. „Was?", fragt Marie zurück. Also doch nur eine Einbildung. Und gerade als sie das solche abstempeln will, hören nun beide ein Pferd wiehern. Da ist echt. Da kommt jemand! Sie müssen sich sofort verstecken, bevor diese Menschen sie entdecken. Rosa erblickt dichtes Gestrüpp zwischen zwei Bäumen „Schnell!

Wir müssen uns verstecken!", flüstert sie und sie rennen gemeinsam los. Hinter dem Gestrüpp gehen sie in die Hocke. Rosa drückt ihren Zeigefinger an die Lippen ihrer Schwester und flüstert. „Wir dürfen kein Geräusch von uns geben. Beweg dich nicht", und ihr Herz rast vor Adrenalin.

Was ist, wenn das Soldaten sind?

Sind das die Feinde?

Was würden sie den beiden antun, wenn sie sie erwischen würden? Würden sie sie auch töten?

Schreckliche Szenarien schießen Rosa durch den Kopf, als sie sich an ihre kleine Schwester klammert. Sie dürfen nicht sterben.

Doch als die Stimmen immer näher kommen und sie sogar schon ihre Schritte und einen Pferdewagen hören können, bemerkt Rosa plötzlich eine Frauenstimme. Das können doch keine Soldaten sein. Da ist eine Frau dabei! Sind das Dorfbewohner? Ist der Krieg vorbei? Vielleicht haben sie etwas zu essen dabei!

Rosa streckt ganz langsam ihren Kopf heraus und sieht eine Frau mit einem Jungen. Den Jungen kennt sie doch irgendwo her. Er sitzt zusammen mit einigen Taschen und anderen Dingen, die in Decken gewickelt sind, auf dem Pferdewagen. Die Frau läuft neben dem Pferd. Sie hat Recht. Das sind keine Soldaten. Rosa beobachtet sie vorsichtig.

Für einen Moment schweifen die Blicke des Jungen ab und er gerät mit Rosa in Blickkontakt. Er zeigt mit dem Finger auf sie und schreit auf. „Mama! Mama! Da ist jemand im Gebüsch!", ruft er. Das Pferd erschreckt sich und fängt erneut an zu wiehern.

Auch Rosa erschreckt sich und geht sofort zurück in Deckung. Marie kneift die Augen zusammen und erwartet das Schlimmste.

Und dann hören sie die Frauenstimme. „Wer seid ihr? Kommt raus!", ruft sie mit zittriger Stimme. Marie drückt ihre Augen so fest zusammen, dass sie eine Träne herausdrückt. Sie hat furchtbare Angst. Das Adrenalin schießt durch Rosas Adern. Sie muss ihre Schwester beschützen. „Keine Sorge, das sind keine Soldaten", flüstert sie ihrer kleinen Schwester zu und steht dann langsam auf. Sie tritt aus dem Gebüsch hervor und sieht die Frau, die zitternd mit einem Gewehr auf sie zielt. Eine Waffe! Rosa hebt sofort ihre Arme in die Luft. „Bitte nicht schießen!", ruft sie. Als die Frau Rosa als junges Mädchen erkennt, nimmt sie die Waffe, die an einem Ledergürtel über ihrer Schulter hängt, sofort herunter. „Was? Wer bist du denn?", fragt sie völlig besorgt.

Sie rennt hinüber zu Rosa und betrachtet sie von Nahem. Sie erkennt sofort, dass sie am Verhungern ist und sieht auch Marie auf dem Boden sitzen, die ihre Augen noch immer geschlossen hält.

„Lieber Gott im Himmel, wo kommt ihr zwei denn her? Ihr seid ja völlig abgemagert", sagt sie mit einer mütterlichen Stimme. „Los, kommt mit. Wir haben Essen dabei", sagt sie und nimmt die beiden an den Händen. Sie führt sie zum Pferdewagen und packt dort einen Korb aus mit verschiedenen Wurst- und Käsesorten, sowie Obst und Brot. Ein paradiesischer Anblick für die Mädchen. Als Rosa und Marie diesen Korb sehen, verlieren sie jegliche Kontrolle und Beherrschung. Sofort greifen sie zu und essen los. Fast schon erinnert der Anblick an einen Hund, den man tagelang nicht gefüttert hat und der plötzlich eine Schüssel frischer Knochen hingestellt bekommen hat.

„Langsam, Kinder, langsam. Ihr verschluckt euch noch", sagt die Frau, die diese Szene voller Mitleid anschaut. Der Junge, der auf dem Pferdewagen sitzt, beobachtet das Geschehen ebenfalls neugierig. Auch er hat ein Auge auf Rosa geworfen. Er ist sich ebenfalls sicher, dass er sie schon einmal irgendwo gesehen hat.

„Wo sind eure Eltern?", fragt die Frau besorgt, während die Schwestern das Essen verschlingen. Der Sabber läuft aus Maries Mund, während sie mit offenem Mund kaut.

„Papa ist im Krieg und Mama ist tot", antwortet Rosa, während sie sich die verschiedenen süßen und bunten Obstsorten in den Mund stopft. Die Frau ist schockiert durch den Anblick und Rosas gleichgültige Antwort.

Eigentlich war es Rosa alles andere als egal, was mit ihrer Familie passiert ist, doch in diesem Moment kann sie einfach nur noch ans Essen denken. Sie hat die Frage nur so kurz und knapp beantwortet, damit sie mehr Zeit zum Essen hat.

Dann geht dem Jungen ein Licht auf. „Ich kenne dich", sagt er zu Rosa, die ihn mit vollem Mund anschaut.

„Du warst in meiner Klasse. Deine Mutter hat mich geschlagen", sagt er und zeigt mit dem Finger auf Rosa.

Dann erinnert sich auch Rosa an den Jungen vom Markt. Sie schluckt das Essen hinunter und hält ihre Hand an Maries Schulter. „Wir haben genug gegessen", sagt sie und fordert ihre Schwester auf, sich zusammenzureißen. Marie tut sich schwer, denn sie würde gerne noch weiter essen, aber sie hört auf ihre Schwester.

Sie machen beide einen Schritt zurück. Jetzt erkennt auch Marie den Jungen.

„Es… es tut uns leid", sagt Rosa beschämt. Die Frau ist noch immer schockiert. Wie sollte sie denn darauf reagieren, wenn ihre Mutter tatsächlich gestorben war?

Doch noch viel wichtiger als das: Sie kannte ihre Mutter und die Familie. „Moment mal, ihr seid die Kunsk-Mädchen", sagt die Mutter. Ihr Sohn hatte ihr natürlich am selben Tag noch

vom Vorfall auf dem Markt erzählt und die Familie beschrieben. Rosa und Marie nicken beide kommentarlos.

„Und eure Mutter ist tot?", fragt sie.

Rosa beantwortet diese Frage mit Stille. Sie schaut nur auf den Boden. „Ein Dinosaurier hat sie zertreten", antwortet Marie.

Die Frau ist verwirrt. „Ein Dinosaurier?", fragt sie irritiert.

Rosa stupst Marie leicht an der Schulter. „Marie, das war kein Dinosaurier", sagt sie, doch Marie ignoriert sie. Sie weiß, was sie gesehen hat.

Die Mutterinstinkte der Frau greifen ein. Sie geht auf die Knie und umarmt die Mädchen. Sie kann sich nicht vorstellen, was die Mädchen durchmachen mussten. Ihr kommen die Tränen. Aber dennoch hatte sie eine freudige Botschaft für sie.

„Euer Vater lebt", sagt sie, als sie sie wieder loslässt. Auf einmal werden die Augen der beiden riesig und glasig. Ein Lächeln, das sie so schon seit Ewigkeiten nicht mehr in ihren Gesichtern hatten, breitet sich aus. „Er lebt?", fragt Rosa ungläubig. Auch wenn sie die Hoffnung, ihren Vater eines Tages wieder zu sehen, nie verloren hat, konnte sie nicht glauben, was sie gerade hört. Auch Marie ist völlig außer sich und springt auf und ab. Die Frau guckt die beiden lächelnd an.

„Ja, er lebt. Er kämpft zusammen mit meinem Ehemann im Dorf in der Verteidigung", erklärt sie ihnen.

Die Mädchen können nicht fassen, was sie gerade hören. Nicht nur sei ihr Vater am Leben, auch ihr Dorf, ihre Heimat, stehe noch. Und sie sind auf dem Weg dorthin. Sie würden ihren Vater endlich wieder sehen!

Sie sind nicht mehr alleine!

„Aber ich kann euch nicht guten Gewissens dorthin gehenlassen. An der Front haben Kinder nichts verloren", versucht die Frau den Kindern deutlich zu machen. Ein innerer

Kampf bricht in Rosas Kopf aus. Sie weiß, dass ihr Vater noch lebt, und dass dies vielleicht die letzte Chance ist, ihn zu sehen, zu umarmen und sich zu entschuldigen. Aber vielleicht würden sie es gar nicht bis in seine Nähe schaffen, da im Dorf der Krieg tobt.

Ihre Schwester voller Vorfreude und Glück zu sehen, macht ihr die Entscheidung nicht leichter.

Rosa weiß, dass diese Frau sie niemals gehen lassen würde. Sie würde sich ansonsten zu schuldig fühlen.

Sie ist eine Mutter. Mütter werden beim Anblick von Kindern schwach. Das weiß Rosa, denn sie fühlt sich ähnlich jedes Mal, wenn sie ihre Schwester anschaut.

„Ist der Krieg bald vorbei?", fragt Rosa die Frau.

Wie sollte die Frau auf so eine Frage reagieren, wenn sie selbst auf der Flucht war und dem Krieg entkommen wollte?

„Das kann keiner sagen. Wir haben große Teile des Landes verloren und einige wieder zurückerobert, aber das Dorf widersteht den Angriffen noch. Ich weiß nicht, ob oder wann es fällt", sagt die Frau und sagt damit auch zugleich die bittere Wahrheit über den Krieg.

Denn Krieg heißt allen Regeln und jeglichen Normen zu widersprechen. Es ist pures Chaos, das endlos erscheint, aber jeden Moment mit einem Blinzeln vorbei sein kann. Das ist die Macht der Menschen, die ohne sich einen Finger zu krümmen so viel Blut vergießen können und dieses Blutbad genauso schnell beenden können. Somit wird das Blut völlig umsonst vergeudet.

Rosa denkt nach. Diese Neuigkeiten kommen überraschend. Nach Hause wollten sie sowieso. Das hatten sie bereits beschlossen. Aber als sie die Entscheidung getroffen haben, wussten sie nicht, dass dort noch der Krieg herrscht. Das schreckt sie logischerweise von dieser Entscheidung ab.

Auf der anderen Seite wissen sie aber jetzt, dass ihr Vater noch lebt und sogar noch im Dorf ist.

„Worauf wartest du, Rosa? Lass uns zu Papa gehen!", ruft Marie ungeduldig. Die Entscheidung fällt Rosa sehr schwer. Sie schaut ihre Schwester an und dann wieder auf den Boden.

„Ihr solltet euch erst einmal uns anschließen", sagt die Frau besorgt.

„Lass sie gehen, Mama. Ich mag dieses Mädchen nicht", sagt der Junge, der Emilias Ohrfeige scheinbar immer noch nicht verkraften kann.

Doch Rosa ignoriert ihn. Was er denkt, ist für sie von keinem Interesse. „Wir kommen gleich wieder", sagt Rosa zur Frau und nimmt ihre Schwester zur Seite.

„Was ist los, Rosa? Wieso gehen wir nicht zu Papa nach Hause?", fragt sie und kann nicht verstehen, wieso die beiden hier noch ihre Zeit verschwenden, wenn ihr Vater doch offensichtlich zuhause auf sie wartet.

„Hör mir zu, Marie. Du hast mir bist heute immer vertraut und du musst es auch jetzt tun. Ich weiß, das wird schwierig zu akzeptieren, aber wir können jetzt nicht nach Hause", sagt ihr Rosa. Marie kann das nicht begreifen. „Du hast doch selbst gesagt, dass wir nach Hause gehen werden. Wieso gehen wir nicht?", fragt sie und kämpft mit ihren Emotionen. „Als ich das gesagt habe, dachte ich der Krieg ist in unserem Dorf vorbei. Aber wir können da nicht hin, wenn dort noch gekämpft wird", erklärt ihr Rosa.

Sie weiß, dass sie recht hat, doch die Einsamkeit und alles, was sie erlebt haben und das Wissen, dass ihr Vater noch lebt, machen es ihr sehr schwer, diese Wahrheit zu akzeptieren. Und jetzt muss sie auch noch ihre Schwester davon überzeugen.

„Was ist mit Papa? Was ist, wenn die Dinos zu ihm kommen und wir ihn nicht mehr sehen können?", fragt Marie und wird wütend. Rosa packt sie an den Schultern.

„Lass uns zumindest ein bis zwei Tage mit dieser Frau und ihrem beleidigten Sohn verbringen. Wir essen mit ihnen. Schlafen ordentlich und dann können wir noch einmal darüber nachdenken. Papa hat bis heute auf uns gewartet. Er wird es auch weiterhin tun", erklärt Rosa in einer ernsten aber verständnisvollen Art.

Das leuchtet Marie ein. Die zwei hatten Decken, Essen und sogar einen Pferdewagen, auf den sie sich setzen konnten. Marie ist einverstanden und Rosa stolz auf ihre Schwester und ihre Einsicht. „Keine Sorge, wir werden Papa schon noch finden", sagt sie ihr und gibt ihr einen Kuss auf die Stirn, obwohl ihr diese Entscheidung ebenfalls das Herz bricht. Wie gerne würde sie sich in die Brust ihres Vaters vergraben.

Als sie ihr den Kuss gibt, denkt sie gar nicht großartig darüber nach.

Es ist etwas, das wie ein Reflex über sie kam. Als ob jemand Fremdes sie gesteuert hätte, das zu machen.

War das ihre Mama, die auf sie aufpasste?

Rosa dreht sich zur Frau um. „Können wir ein paar Tage mit euch verbringen?", fragt sie. Der Junge ist beleidigt, jetzt da er weiß, mit wem er es zu tun hat. „Nein", antwortet er anstelle seiner Mutter und verschränkt die Arme.

„Natürlich könnt ihr mit uns mitkommen", antwortet die Mutter und hilft Marie auf den Pferdewagen.

Rosa wirft einen Blick hinüber zum Jungen. „Wenn du nicht mal eine Ohrfeige verkraften kannst, erwartet dich eine sehr harte Zukunft", sagt sie ihm und muss tatsächlich sogar kurz lachen. Der Junge ist beleidigt und ignoriert sie.

Zusammen machen sie sich auf den Weg. „Wo wart ihr denn? Wo kommt ihr her?", fragt die Frau Rosa, die neben ihr läuft. „Wir wollten in den Süden zum See. Meine Mutter hatte gehört, dass es dort sicher sein soll. Auf dem Weg dorthin sind wir auf ein Dorf gestoßen und mein Bruder hat sich verletzt. Meine Mutter hat ihn gepackt und sie sind ins Dorf gerannt, um Hilfe zu finden. Dann wurde das Dorf attackiert", erzählt Rosa, während sie nach vorne schaut. Die Frau wirft erneut einen bemitleidenden Blick auf Rosa und auf Marie, die hinter ihr auf dem Pferdewagen sitzt. Sie bleiben stehen. „Wo ist dieses Dorf? Vielleicht sollten wir nicht dorthin", sagt die Frau. „Das Dorf gibt es nicht mehr, nachdem riesige Maschinen aus Metall durchgefahren sind und Flugzeuge darauf geschossen haben. Aber es lag in südlicher Richtung auf dem Weg zum See. In diese Richtung ist auch die Union gefahren", erklärt Rosa.

Jetzt begreift die Frau plötzlich, warum Marie vorhin von Dinosauriern gesprochen hat. Die Kampfflugzeuge der Union hatten eine Bemalung an der Spitze. Ein Kind, das solch ein Trauma erlebt, könnte sie tatsächlich für fliegende Dinosaurier halten.

„Dann ist der See keine Option. Wir sollten den Wald vielleicht doch nicht verlassen", sagt die Frau.

„Wo wolltet ihr hin?", fragt Rosa neugierig. Doch die Frau hat darauf keine Antwort. „In den Süden", sagt sie.

Ihr Mann hatte ihr erklärt, dass je weiter sie von der Union weg sind, desto sicherer wären sie. „Vielleicht sollten wir in den Westen", schlägt Rosa vor. Die Frau denkt einen Moment darüber nach. Rosa hat Recht. Rosas Denkweise und Reife beeindrucken die Frau. „Das sollten wir tun", antwortet sie.

„Und wir sollten auch immer im Wald bleiben und die großen Wege meiden. Dort sind wir angreifbar", erklärt Rosa.

Die Frau nickt und tut, was Rosa sagt.

Als sie am Rande des Waldes ankommen und am Fuße des Hügels sind, wo die beiden Schwestern mehrere Tage blieben, ist vor ihnen erneut dieselbe Wegabzweigung. Anstatt auf den Weg am Fluss abzubiegen, entscheiden sie sich für den Weg nach rechts in die Berge.

„Seit wann seid ihr auf der Flucht?", fragt die Frau. „Schon viele, viele Tage", antwortet Rosa knapp, während sie die neuen Wege erkunden. Rosa fällt auf, dass die Frau nicht Ausschau nach möglichen Gefahren hält, wie sie es tut. Scheinbar scheint die Frau, etwas naiv zu sein, oder sie weiß einfach nicht, welche Gefahren lauern. Sie vergleicht die Frau mit ihrem Sohn, denn sie scheinen beide ziemlich privilegiert zu sein. Für den Sohn ist es selbstverständlich, dass er die Schule besucht, und für die Mutter ist es selbstverständlich, dass sie nicht aus dem Hinterhalt angegriffen werden können. Fast hat Rosa sogar Mitleid mit ihnen.

Aber das ist nicht schlimm. Dafür gibt Rosa umso mehr Acht darauf. Die Frau, die ein wenig arglos erscheint, fängt an, von sich selbst zu erzählen. „Wir sind geflohen, als der Krieg mitten in unserem Dorf war. Mein Mann, der in letzter Sekunde von uns weggenommen wurde, hat uns geraten in den Süden zu fliehen. Eigentlich wollten wir im Dorf bleiben, doch hätten niemals damit gerechnet, dass es eines Tages zum Kampffeld wird", erzählt sie.

Rosa ist etwas irritiert. „In letzter Sekunde?", hakt sie nach.

„Ja, fast hätten wir es geschafft, zusammen als Familie zu fliehen, doch dann, als wir an einem Militärkontrollpunkt angekommen waren und mein Mann sich unter den Decken versteckte, fanden sie ihn und nahmen ihn mit", erklärt die Frau unter Tränen.

Und als Rosa das hört, verspürt sie innerlich eine Verabscheuung gegenüber dieser Familie. Die Frau, so gut sie auch zu ihr und ihrer Schwester war, war schwach und naiv.

Ihr Mann wollte fliehen, anstatt zu kämpfen und das Dorf zu beschützen und ihr Sohn war ein Weichei.

Doch aus diesem Abscheu wird schnell Mitleid, als Rosa realisiert, dass diese zwei auch nur unschuldige Menschen sind, und dass gerade die beiden Hilfe brauchen würden.

Alleine würden sie es vermutlich nicht weit schaffen.

Rosa findet es gut, dass sie sich zufällig über den Weg gelaufen sind, sie würden alle voneinander profitieren. Die Frau hat ja sogar eine Waffe.

Ob sie auch damit umgehen könnte?

Schließlich hatte sie stark gezittert, als sie die Waffe vorhin noch auf sie richtete.

„Mein Name ist Helena und das ist mein Sohn Sebastian", sagt die Frau und stellt sich vor.

„Ich bin Rosa, und das ist meine kleine Schwester Marie", antwortet Rosa und läuft dabei immer noch vorsichtig.

Marie hat sich mittlerweile auf die Decken auf dem Pferdewagen gelegt und schläft. Seit Ewigkeiten hatte sie keinen bequemen Boden mehr unter sich beim Schlafen.

Sebastian dagegen ist immer noch trotzig und sitzt schweigend da.

Nach einer Weile, als sie schon stundenlang gelaufen sind, entdecken sie ein Dorf in der Ferne, das zerstört zu sein scheint. Einige Häuser brennen noch. „Wir müssen in den Wald", sagt Helena und lenkt den Pferdewagen durch die Bäume in Sicherheit. Mittlerweile ist auch Sebastian eingeschlafen.

Rosa, die hinter einem Baum steht, schaut auf das Dorf und versucht Menschen zu erkennen, doch erspäht dann Soldaten, die durch die Straßen laufen.

Suchen sie nach Überlebenden?

Sind das die guten Soldaten?

„Ich sehe Soldaten", sagt Rosa, während sie und Helena das Dorf beobachten. „Ja, das sind Unionssoldaten", kommentiert die Frau. „Sie scheinen das Dorf angegriffen zu haben", sagt sie. „Woran erkennt man die guten und die bösen Soldaten?", fragt Rosa. Die Soldaten dort im Dorf hätten auch gute sein können, die nach einem Angriff helfen wollen. Schließlich sind sie zu Fuß und es sind keine Fahrzeuge aus schwerem Metall zu erkennen. „Am Stern", antwortet die Frau. „Welcher Stern?", fragt Rosa neugierig. „Wenn du genau hinschaust, kannst du auf den Helmen der Soldaten einen braunen Stern erkennen. Das ist der Stern der Union", erklärt Helena. Rosa kann jedoch keine Sterne erkennen. Das Dorf und die Soldaten sind viel zu weit entfernt. Aber sie ist trotzdem dankbar für die Erklärung.

„Wir sollten noch ein Stück in den Wald gehen, falls sie in diese Richtung laufen", schlägt Rosa vor und sie dringen tiefer in den Wald ein.

Helena bindet ihr Pferd an einen Baum und sie breitet eine Decke auf den Boden aus. „Machen wir eine Pause, bis die Soldaten hier weg sind", sagt sie. Rosa ist sofort einverstanden und hilft Helena. Gerade als sie sich hinsetzen, hören sie plötzlich ein Schussgeräusch und schrecken auf. Das weckt auch Marie und Sebastian, die sich schlaftrunken umschauen. „Wo sind wir?", fragt Sebastian. „Ruhe!", sagt Helena im Flüsterton. „Kommt langsam runter zu uns", sagt sie und hilft den beiden vom Pferdewagen herunter.

„Ich will sehen, was passiert ist", sagt Rosa flüsternd und schleicht Richtung Waldrand, um hinunter aufs Dorf zu blicken. „Hey! Bleib stehen!", versucht Helena ihr leise hinterherzurufen, doch Rosa schleicht sich davon. Als sie am Rand des Waldes ankommt, legt sie sich auf den Boden und schaut aufs Dorf.

Die Soldaten verlassen das Dorf. Hatten sie einen Überlebenden gefunden und auf ihn geschossen?

Rosa ist erleichtert, dass die Soldaten nicht in ihre Richtung laufen. Sie bleibt liegen und beobachtet, wie sie das Dorf verlassen.

Was sind das für Menschen, die überall wo sie waren, Tod und Zerstörung hinterlassen?

Aus welchem Grund machen sie das?

Sprechen sie überhaupt unsere Sprache?

Rosa versucht einen Sinn in diesem Krieg zu finden, in dem, so wie es scheint, wahllos Menschen getötet werden, die diesen Soldaten in ihrem Leben noch nie etwas angetan haben, doch sie schafft es nicht.

Alles, was hier passiert, ist sinnlos.

Rosa hört, wie jemand zu ihr schleicht. Es ist Helena, die sich zu ihr auf den Bauch legt. „Was ist passiert?", fragt sie Rosa. „Die Soldaten verschwinden. Sie verlassen das Dorf", antwortet Rosa und wittert die Möglichkeit, das Geschehen näher zu untersuchen. „Ich will da runter", sagt sie.

Helena ist empört. „Was willst du? Du kannst da doch nicht hin! Was ist, wenn die Soldaten zurückkommen? Dort unten würdest du Sachen sehen, die du niemals vergessen könntest. Davon bekommt man Alpträume", sagt sie.

Doch aus irgendeinem Grund scheint ihre Meinung Rosa überhaupt nicht zu interessieren. Material für Alpträume hatten sie und ihre Schwester in den vergangenen Tagen bereits zu Genüge gesammelt. Sie will in das Dorf und nachsehen, ob sie etwas Brauchbares für sich und ihre Schwester findet.

Sie wartet noch einen Augenblick, bis die letzten Soldaten außer Sichtweite sind und steht auf. „Ich geh dahin", sagt sie und rennt los. Helena ist verzweifelt, aber sie rennt Rosa nicht hinterher. Dafür will sie ihr Leben nicht riskieren. Sie beobachtet, wie Rosa ins Dorf gelangt und die Trümmer durchsucht.

„Mädchen, du bist doch lebensmüde", sagt Helena leise vor sich hin, während sie das Geschehen von Weitem aus verfolgt. Es kommt einem so vor, als wäre die Frau gerade im Kino und würde einen spannenden Film sehen.

„Mama?", ruft Sebastian aus dem Wald. Gerne würde Helena noch weiterschauen, was passiert, doch sie steht auf und geht zu ihrem Sohn. „Wo ist die Komische?", fragt Sebastian, während er zusammen mit Marie auf der Decke neben dem Pferd sitzt.

Marie schreitet sofort ein. „Das ist meine Schwester! Und sie ist nicht komisch! Sie ist klug und sehr mutig. Sie passt auf mich auf!", schreit sie Sebastian an.

Helena setzt sich zu den Kindern. „Rosa ist ins Dorf gegangen. Die Soldaten sind weg und Rosa schaut, ob sie was Nützliches finden kann", erklärt sie. Marie ist fassungslos, als sie das hört.

„Du bist eine erwachsene Frau und wir sind die Kinder. Du musst doch auf uns aufpassen! Wie kannst du ein Kind einfach wegrennen lassen?", fragt sie sich und ist schockiert. Sie steht auf und will zu ihrer Schwester.

Helena hält sie fest.

„Lass mich los, du Kuh!", ruft Marie. Helena ist entsetzt. „Wie hast du mich gerade genannt?", fragt sie, doch dann taucht plötzlich Rosa wieder auf. Sie rennt zu ihnen und in den Händen hält sie Kleidung. „Schau, was ich gefunden habe!", ruft sie Marie zu.

„Ich will nicht bei denen bleiben!", sagt Marie und schaut Helena und ihren Sohn von oben herab an. „Was ist passiert?", fragt Rosa verwirrt.

„Sie hat mich eine Kuh genannt!", antwortet Helena empört. „Marie?", fragt Rosa und schaut ihre kleine Schwester streng an. „Sie wollte mich nicht zu dir lassen", antwortet Marie, doch ist sich ihrer Schuld bewusst.

„Marie, du musst dich entschuldigen", sagt Rosa und das tut Marie dann auch. Sie dreht sich zu Helena und entschuldigt sich und schaut dabei auf den Boden. Helena zögert einen Moment, doch antwortet ihr dann. „Entschuldigung akzeptiert", sagt sie halbherzig und in diesem Moment wird allen vieren bewusst, dass dieses Team wahrscheinlich nicht sehr lange zusammenbleiben wird.

Rosa überreicht ihrer Schwester einen dicken Pullover und eine Hose. „Hier, zieh das an. Wir brauchen frische Kleidung", sagt sie dabei. Marie nimmt es an. „Wo hast du das gefunden?", will sie wissen. „Das ist nicht so wichtig. Wir haben neue Kleidung gebraucht und jetzt haben wir sie", antwortet Rosa.

„Igitt! Sind das Kleider von toten Menschen?", fragt Sebastian herabwürdigend. Rosa macht einige Schritte auf Sebastian zu.

„Hör mal zu, du weichgekochtes Ei. Deine freche Art nervt mich. Wenn du nicht auch ein toter Mensch sein willst, dann halt deine Klappe", sagt sie und droht dem Jungen.

Er schaut seine Mutter unglaubwürdig mit offenem Mund an. „Mama, hast du das gehört?", fragt er schockiert.

„Du musst ja auch nicht alles kommentieren", antwortet seine Mutter. Sebastian ist fassungslos.

„Los, komm mit. Wir gehen hinter den Pferdewagen und probieren die Sachen", sagt Rosa und schaut dabei Marie an.

„Sind das wirklich Kleider von toten Menschen?", fragt Marie verängstigt. Sie versteht zwar nicht, was daran schlimm sein sollte, doch durch Sebastians Reaktion denkt sie, dass sie dabei etwas Schlimmes tun.

„Das ist schon in Ordnung. Mach dir darüber keine Gedanken", antwortet Rosa und sie laufen beide um den Pferdewagen, wo sie weder Helena noch Sebastian sehen können.

Sie ziehen sich um und schauen sich gegenseitig an. Der Pullover, den Rosa für Marie mitgenommen hat, scheint ihr etwas zu groß zu sein. Ihre Hände verschwinden in den Ärmeln. Rosa krempelt ihr die Ärmel ein Stück hoch bis kurz vor den Ellbogen. „Du siehst gut aus", sagt sie ihrer Schwester mit einem Lächeln. Auch Marie muss lächeln.

„Und wie sehe ich aus?", fragt Rosa, die sich ein olivgrünes Kleid mitgenommen hat. Das Kleid passt zu ihrer Haarfarbe.

„Du bist wunderschön, wie Mama", sagt Marie „aber ist dir nicht kalt?" fragt sie. „Ich habe doch noch meine Jacke für die Nacht", antwortet Rosa und beide sind glücklich.

Rosa und Helena haben beschlossen, dass sie die Nacht hier verbringen sollten. Im Wald ist es sicher und Rosa will nicht noch weiter von ihrem Heimatdorf entfernt sein als nötig, da sie so bald wie möglich zusammen mit ihrer Schwester aufbrechen möchte.

Helena war überraschender Weise leicht davon zu überzeugen, die Mädchen schon bald wieder auf sich allein stellen zu lassen.

Mittlerweile ist es abends und sie bereiten das Essen vor. Natürlich bekommt auch das Pferd etwas zu essen und zu trinken. Schließlich trägt es die ganze Nahrung und die Familie durch den Krieg.

„Wir sind euch für alles wirklich sehr dankbar und wollen euch auch nicht allzu lange eine Last sein. Wir werden bald wieder zu zweit aufbrechen", erklärt Rosa beim Kochen, während Sebastian und Marie beim Pferd sitzen.

Helena hört Rosa zu, aber schaut sie dabei nicht an. Sie konzentriert sich auf das Schneiden der Zutaten. „Ich werde euch nicht davon abhalten", antwortet sie. Rosa versteht das nicht. Diese Frau war doch eine Mutter. Wieso würde sie die beiden so leicht gehen lassen? Lag es daran, dass sie dich mit ihrem Sohn nicht gut vertragen können?

„Wieso?", fragt Rosa. „Was meinst du? Wollt ihr doch nicht gehen?", fragt die Frau zurück. Rosa ist irritiert. „Doch, das wollen wir, aber wir sind doch noch Kinder. Glaubst du, wir würden es überleben?", fragt Rosa.

Helena hört auf zu schneiden und richtet ihre Blicke auf Rosa. „Ich glaube die Frage ums Überleben stellt sich euch nicht mehr. Als wir aufeinandertrafen sah das anders aus. Ihr hattet Hilfe gesucht und die habt ihr von uns bekommen. Wir können eure Wege nicht für euch gehen. Alles, was wir tun können, ist euch Richtungen zu zeigen. Laufen müsst ihr selbst", erklärt ihr Helena.

Rosa versteht nicht ganz. Diese Frau hatte ihr gegenüber den ganzen den Anschein gemacht, als wäre sie leicht gestrickt. Jetzt redet sie aber in Rätseln. „Welche Wege? Meinst du den Weg zum Dorf?", fragt sie. „Rosa, du hast dich selbst und deine Schwester bis zu diesem Punkt gebracht. Dank dir und eurem Willen zu Überleben sitzen wir jetzt hier. Das ist eine bemerkenswerte Leistung. Mir scheint, als ob ihr mit schwierigen Schicksalsschlägen sehr gut klarkommt. Du akzeptierst die Umstände, so wie sie kommen. Seitdem ihr alleine seid, scheint ihr euch aber ein wenig verlaufen zu haben. Das ist aber völlig in Ordnung. Ihr könnt so lange bei uns bleiben, bis ihr ein neues Ziel vor Augen habt", erklärt sie. Langsam versteht Rosa, was die Frau zu sagen versucht. „Papa", sagt sie leise. Die Frau nickt verständnisvoll.

„Ihr habt also ein neues Ziel. Wieso sollte ich euch dann noch länger davon abhalten?", antwortet die Frau.

Rosa ist beeindruckt. In diesem Moment verspürt sie eine Art Erleuchtung. Es scheint alles Sinn zu ergeben. „Ich denke wir werden gleich morgen schon aufbrechen", sagt Rosa. Helena lässt das unkommentiert.

Sebastian hat ebenfalls einen Moment der inneren Ruhe, während er mit Marie auf der Decke sitzt und ihnen Gesprächsstoff fehlt. Er mag zwar arrogante Züge zu haben, doch ihm entgeht die Situation nicht. „Fehlt dir deine Mama?", fragt er sie. Marie schaut ihn nicht an. Stattdessen schaut sie auf den Boden. In ihren Gedanken wechseln sich die Bilder ab. Mal sieht sie ihre Mutter vor sich stehen und lächeln, mal sieht sie den Alptraum, indem ihre Mutter vor ihren Augen stirbt.

Sebastian erkennt die Trauer.

„Es tut mir leid, was ich heute über eure Kleidung gesagt habe", sagt er. „Schon in Ordnung", antwortet Marie leise. Dann hat er einen Einfall. Er steht auf. „Soll ich dir meine Bücher zeigen?", fragt er sie. Maries Aufmerksamkeit ist geweckt. Plötzlich schaut sie ihn begeistert an. „Ja!", antwortet sie voller Freude. Sebastian geht zum Pferdewagen und öffnet den Knoten an einem Beutel. Er holt mehrere Bücher raus und setzt sich damit zu Marie.

„Rosa guck mal, wie viele Bücher!", ruft sie ihrer Schwester zu. Rosa dreht sich kurz um und verspürt in diesem Moment ein ehrliches Gefühl der Glücklichkeit. „Das sind aber viele. Was ist denn dein Lieblingsbuch?", ruft Rosa zurück. Marie schaut Sebastian an. „Welches ist dein Lieblingsbuch?", fragt sie nun ihn. Sebastian zeigt ihr sein Lieblingsbuch und beide schauen die Bilder darin an.

„Du kannst also doch lesen", kommentiert Helena. „Ja, natürlich! Meine Mama hat es mir beigebracht", antwortet Rosa stolz. Helena lächelt. „Dann geh doch auch zu den beiden und schaut euch gemeinsam die Bücher an. Ich mache den Rest fertig", schlägt sie vor. Gesagt, getan. Rosa schließt sich den beiden an und sie betrachten nun gemeinsam die Bücher am Feuer. Ein schöner Anblick auch für Helena, die diese unschuldigen Seelen als Kinder sehen kann.

„Können Marie und ich morgen ein bisschen Brot und Käse mitnehmen?", fragt Rosa, als man zum Essen gemeinsam sitzt. Helena nickt. „Das ist in Ordnung", antwortet sie. Marie ist überrascht. „Gehen wir zu Papa?", fragt sie erfreut. „Das tun wir", antwortet Rosa mit einem Lächeln und legt einen Arm um ihre kleine Schwester. „Endlich! Papa!", ruft sie.
„Ich werde euch einen Beutel zusammenstellen, den ihr mitnehmen könnt", sagt Helena und nach einem kurzen Gebet beginnen sie mit dem langersehnten Abendessen.
Es riecht herrlich. Es ist viel zu lange her, dass Rosa und Marie eine warme Mahlzeit hatten. Ihnen läuft schon das Wasser im Mund zusammen.
„Was ist euer Plan?", fragt Helena beim Essen.
Rosa denkt kurz nach. „Wir werden nachsehen, ob unser Haus noch steht, und dann werden wir unseren Vater suchen",

antwortet sie. Helena nickt. Sie befürchtet zwar, dass das auch schlecht ausgehen könnte, doch sie hat Vertrauen in die Mädchen.

Das warme Essen lässt in den beiden Mädchen Gefühle aufblühen, die sie schon lange nicht mehr verspürt hatten. Sogar ein Gefühl von Sicherheit und Gewissheit, dass alles in Ordnung sei, überkommt sie dabei. Das hebt ihre Laune weiter an und sie können den nächsten Morgen und den nächsten Abschnitt ihres Abenteuers kaum abwarten. Doch jetzt sind sie erst einmal mit dem Essen beschäftigt.

„Wärt ihr gerne zur Schule gegangen?", fragt Sebastian beim Essen. Diese Frage kommt unerwartet. Man könnte meinen, dieser Junge hat in kürzester Zeit einen Sinneswandel durchlebt. Rosa schaut Sebastian an, dann ihre Schwester.

„Nein, wir haben das nicht nötig", antwortet Rosa stumpf. Helena scheint das nicht glauben zu wollen.

Sebastian scheint diese Antwort nicht erwartet zu haben.

„Alles, was wir wissen und was wir brauchen, haben wir uns in der Familie selbst beigebracht", erklärt Rosa. Und sie hat Recht mit dem, was sie sagt. Sie waren Privilegien nicht gewohnt und kamen durchaus auch ohne diese zurecht. Dann muss Rosa aber an Erich denken. Er hätte eine bessere Zukunft haben können.

„Meine Eltern wollten unseren kleinen Bruder zur Schule schicken, bevor der Krieg angefangen hat", erzählt Rosa. Helena nickt schweigend.

„Darf ich fragen, wie alt er war?", fragt sie.

„Er war drei Jahre alt", antwortet sie.

„Euer Verlust tut mir sehr leid", sagt Helena. Und Marie muss erneut daran denken, was sie letzte Nacht in ihrem Traum sah. „Sebastian ist letzte Woche zwölf geworden", sagt Helena. Rosa nickt, während sie ihr zuhört.

„Er ist unser einziger Sohn", sagt sie und fängt dann plötzlich das Weinen an. Rosa und Marie sind irritiert. Haben sie gerade etwas verpasst? Wieso weint die Frau auf einmal? Sie schauen sich hilflos an.

Sebastian dagegen reagiert kaum. Anscheinend passiert das öfters. „Es tut mir leid, es ist nur so, dass er eigentlich noch eine kleine Schwester gehabt hätte. Sie ist aber gleich nach der Geburt gestorben. Die Nabelschnur hatte sich um ihren Hals gewickelt", erzählt Helena unter Tränen.

Die Kinder schweigen, während Helena von ihrer Geschichte erzählt.

„Ich habe mich schon den ganzen Tag zusammengerissen, aber wenn ich euch beide so sehe und weiß, was ihr alles durchgemacht habt, muss ich sofort an sie denken und dann kommt alles hoch", erklärt Helena.

Rosa fühlt sich unter Druck gesetzt, als ob sie sich um sie kümmern müsste. Sie legt ihren Teller ab und setzt sich zu Helena, und umarmt sie.

„Das tut mir leid. Ich bin mir sicher, sie wäre ein wunderschönes Mädchen geworden", sagt Rosa und versucht sie zu trösten.

Marie, die das hört und Sebastian tauschen nur kurz stumm Blicke aus. „Das wäre sie", antwortet Helena. Dann zieht sie ein Tuch aus ihrer Bluse und schnäuzt sich die Nase. Rosa legt ihr eine Hand auf das Bein und fühlt die Last, die auf ihr liegt. In solchen Situationen erfährt man Dinge, mit denen man nicht rechnen würde. Dann kommt noch dieser unnötige Krieg dazu. Rosa fragt sich, ob der Mensch dazu bestimmt ist zu leiden. „Es ist schon in Ordnung, mein Kleines. Entschuldigung, ich muss mich zusammenreißen", sagt Helena und putzt sich erneut laut die Nase.

Danach wird das Abendessen dann langsam beendet und sie bereiten sich alle auf die Nacht vor. Rosa trinkt noch eine Flasche Wasser, bevor sie schlafen geht. Helena, die das sieht warnt sie vor. „Wenn du so viel trinkst, wirst du nachts oft aufstehen müssen", sagt sie. Doch Rosa lächelt. „Das ist nicht schlimm. Ich will früh aufstehen", antwortet sie.

Sie wünschen sich gegenseitig eine gute Nacht und legen sich schlafen. Helena und Sebastian liegen auf dem Pferdewagen. Rosa und Marie liegen auf der Decke auf dem Boden.

Mit dem ersten Vogelgezwitscher wird Rosa bei Morgengrauen wach. Sie schleicht sich leise hinter einen Baum und nimmt den Druck aus ihrer Blase.

Sie kehrt leise zurück zum Schlafplatz und sieht, dass noch alle schlafen. Vorsichtig und leise weckt sie Marie. „Marie, wach auf. Wir müssen gehen", flüstert sie und Marie steht noch im Halbschlaf auf. Rosa nimmt sich das Brot und den Käse, das sie am Abend zuvor noch mit Helena in einen Tuch gewickelt und zu einem Wanderbeutel an einen Stock gebunden hatte. Sie gibt den Stock langsam Marie und macht ihr deutlich, dass sie sich leise verhalten soll. Rosa will die beiden nicht wecken und so schnell wie möglich loslaufen.

Dann sieht sie das Gewehr auf dem Pferdewagen, auf dem Helena und Sebastian noch schlafen. Dieses Gewehr könnte ihnen behilflich sein. Schließlich sind sie gerade dabei in ein Kriegsgebiet zu laufen. Sie denkt nach und kämpft mit den ihren inneren Stimmen. Sollte sie Helena wecken und fragen, ob sie es haben darf? Das wäre zu viel des Guten, glaubt Rosa. Sie würde ihr das Gewehr nicht auch noch mitgeben.

Dann schleicht sie sich an den Pferdewagen. Das Pferd ist wach und schaut sie an. Sie ist froh, dass es nicht sprechen kann. Vorsichtig nimmt sie sich das Gewehr, dass Helena vor dem Schlafengehen an ihr Fußende gelegt hatte.

Sobald sie es hat, gibt sie Marie ein Zeichen und beide laufen auf Zehenspitzen los. Es ist nicht leicht, denn man kann zwischen den Bäumen auf dem Waldboden noch nicht viel erkennen. Doch sie schaffen es zu fliehen.

Als sie weit genug weg sind, rennen die beiden los.

Sie lachen und sind glücklich, dass der Plan aufgegangen ist. Sie sind satt, haben Essen, haben gut geschlafen und tragen jetzt sogar eine Waffe bei sich.

Sie laufen langsam und beobachten, wo die Sonne aufgeht. Rosa weiß, dass das der Osten ist und kann so grob herausfinden, wo Norden und somit auch ihre Heimat liegt. Als sie ihre Richtung gefunden haben, laufen sie weiter durch den Wald. Noch immer wollen sie die großen Wege vermeiden, vor allem da sie gesehen haben, dass die feindlichen Soldaten auch jetzt noch aktiv sind in der Gegend. Das wird ein gefährlicher Weg, aber Rosa und Marie sind beide zuversichtlich. Sie würden ihren Vater finden.

„Ich habe die beiden irgendwie nicht gemocht", sagt Marie, während sie durch den Wald laufen. Rosa, die ein aufklärendes Gespräch mit Helena führte, kann ihrer Schwester nicht zustimmen, auch wenn die beiden anfangs eigenartig waren. „Wieso hast du die Frau eigentlich eine Kuh genannt?", fragt sie neugierig. „Ich fand es blöd, dass sie dich alleine in das Dorf gelassen hat, wo noch Soldaten waren. Dann hat sie mich aufgehalten, als ich zu dir wollte", erklärt Marie. Rosa findet es auch merkwürdig, dass Helena sie einfach gehen ließ, aber vermutlich war sie der Meinung, dass Rosa alt genug ist, um Entscheidungen zu treffen. Sie wüsste Gefahren abzuschätzen. Das macht Rosa irgendwie stolz auf sich selbst. „Ich hätte dich aber auch nicht gehen lassen", sagt Rosa und erntet dafür kritische Blicke von Marie. „Es reicht, wenn eine von uns sich in Gefahr begibt für neue Kleidungen", sagt sie und zwinkert ihr zu. Marie ignoriert sie. „Aber ihr Sohn war doch manchmal eine Nervensäge, oder?", fragt Rosa und muss dabei lachen.

„Der war schlimmer als ein kleines Mädchen", antwortet Marie und beide lachen.

„Hör mal, Marie. Wir müssen ein ernstes Wort miteinander sprechen, bevor wir weiterlaufen", sagt Rosa und sie laufen jetzt langsamer. Sie schlendern durch den Wald.

Marie schaut sie mit aufmerksamen Blicken an. „Was ist denn?", fragt sie.

„Wenn wir im Dorf ankommen, müssen wir sehr vorsichtig sein. Du hast auch gehört, wie die Frau gesagt hat, dass der Krieg dort noch sehr aktiv ist. In unserer Heimat wird noch immer gekämpft. Du musst unbedingt immer genau das machen, was ich dir sage und wir müssen aufeinander aufpassen, verstanden?", erklärt sie ihrer kleinen Schwester. Marie nickt. Rosa hält das Gewehr, das sie mit dem Ledergürtel um ihre Schulter gelegt hat. „Und dieses Gewehr benutzen wir nur im Notfall. Wenn einer von uns in Gefahr ist, schießen wir. Ansonsten fassen wir das Teil nicht an. Damit kann schnell ein Unfall passieren. Das ist kein Spielzeug", macht sie ihr deutlich.

„Ja, ich weiß. Ich bin doch kein Kind mehr. Das musst du mir nicht erklären", antwortet Marie und Rosa kann sich ihr Lachen nicht verkneifen. Marie schaut sie grimmig an. „Was gibt's da zu lachen?", will sie wissen. „Übernimm dich mal nicht. Klar, du bist sehr stark für dein Alter, aber ein Kind bist du immer noch", antwortet ihre große Schwester.

„Trotzdem weiß ich, dass ein Gewehr kein Spielzeug ist", sagt Marie und hebt ihr Kinn.

Schön, dass die beiden Schwestern auch Zeit finden, „normale" Gespräche miteinander zu führen. In einer Zeit wie dieser kann so etwas lebenswichtig sein. So verfallen sie nicht in ständige Angst und verlieren auch nicht den Verstand. Letzten Endes sind sie eben einfach nur Schwestern, die in einer sehr schwierigen Zeit aufwachsen und überleben müssen.
Was würden sie nur ohne einander tun?

„Weißt du denn, wie man damit umgeht?", fragt Marie und deutet mit ihren Blicken auf das Gewehr. Das war eine gute Frage. Woher sollten die Kinder das wissen?
Sie wussten nur, dass das das Leben anderer Menschen nehmen kann. Aber wie wird es geladen? Wie hält man es richtig?
„Nein, aber so schwer wird das nicht sein", antwortet Rosa und denkt selbst darüber nach, wie das funktionieren könnte und ob sie zusätzlich Munition bräuchten.
„Sollen wir später eine Schießübung machen, damit wir wissen, was wir tun, wenn wir sie tatsächlich benutzen müssen?", fragt Rosa und weiß eigentlich bereits die Antwort.
„Das sollten wir", antwortet Marie und schaut sich dabei um.
„Nicht jetzt und nicht hier. Wir müssen noch ein Stück laufen. Sonst bekommen das vielleicht die anderen zwei mit", sagt Rosa. Sie will sicher gehen und eine weite Entfernung zu ihnen haben, damit sie den Gewehrschuss nicht hören können.
Zum Glück scheint der Wald, in dem sie sich befinden, endlos zu sein.

„Werden wir heute noch zuhause ankommen?", fragt Marie neugierig. Rosa denkt nach. Sie sind eigentlich nicht weit weg vom Dorf. Sie müssen nur bergabwärts den großen Fluss finden und ihm folgen. Heute könnten sie noch eine Essenspause einlegen und würden spätestens morgen früh zuhause ankommen. „Wir werden wohl noch eine Nacht hier draußen bleiben müssen. Morgen früh sollten wir dann ankommen", erklärt ihr Rosa. Das freut Marie. Innerlich stellt sie sich schon die ganze Zeit vor, wie sie in die Arme ihres Vaters rennt, der gerade den Krieg gewonnen hat und sie mit Freude empfängt.

Er wäre so stolz auf die beiden. Marie ist glücklich, wenn sie abgelenkt wird.

Sie laufen immer weiter und sprechen nur hin und wieder miteinander. Beide sind im Gedanken schon längst bei ihrem Vater und in den eigenen vier Wänden.

„Darf ich dich mal etwas fragen?", will Rosa irgendwann wissen. Marie, die gerade auf einem umgefallenen Baumstamm balanciert, stoppt und schaut ihre Schwester fragend an. „Siehst du wirklich Dinosaurier?", fragt Rosa und ist etwas besorgt um den Zustand ihrer kleinen Schwester. Marie ist völlig verwirrt. „Was meinst du?", fragt sie zurück. Rosa merkt, dass sie es ernst meint. Sie will jetzt nichts Falsches sagen und die Illusion Maries zerstören, denn sie vermutet schon, dass es keine einfache Einbildung sein kann. Schließlich war da ja wirklich etwas. Rosa sah es auch, nur sah sie eben die Realität.

„Als Mama und Erich in das Dorf gegangen sind, und das Dorf dann angegriffen wurde, was hast du da gesehen?", fragt Rosa. Marie schaut zu Boden und schweigt.

Rosa verflucht ihre Neugier. Sie hätte das nicht so fragen dürfen. Sie geht hinüber zu ihrer Schwester und setzt sich auf den Baumstamm, auf dem Marie noch steht. „Komm, setz dich auch", sagt Rosa. Marie setzt sich.

„Ich will nicht, dass du dich schlecht fühlst. Ich will nur sicher gehen, dass es dir gut geht. Deswegen habe ich dich das gefragt. Du weißt, ich würde niemals wollen, dass du traurig bist", erklärt sie Marie und legt einen Arm um ihre Schulter.

„Ich habe Dinosaurier gesehen", antwortet Marie bedrückt.

„In der Luft oder auf dem Weg?", fragt Rosa. Sie ist neugierig, denn sie sah ebenfalls die Bemalung auf dem Flugzeug. Eine Art Gesicht mit spitzen Zähnen.

Vielleicht hatte das irgendetwas damit zu tun.

Welcher kranke Mensch würde so etwas nur machen?

„Erst habe ich den Dinosaurier in der Luft gesehen. Und dann kam der riesige Dino mit kurzen Armen angerannt. Die sahen beide genauso aus wie die Tiere in deinem Buch", erzählt Marie.

Rosa findet das überaus interessant. Kann es sein, dass die Bilder in ihrem Buch ihr so große Angst gemacht haben, dass sie dachte die Tiere seien echt? Und als sie dann das Gesicht auf dem Flugzeug sah, war das vermutlich die Bestätigung.

Sollte sie ihr verraten, dass es nicht echt war?

Sie denkt lange darüber nach, doch kommt zum Entschluss, dass sie das lieber nicht tun sollte. Scheinbar ist der Krieg für sie erträglicher, wenn sie denkt irgendwelche Monster greifen an, als zu wissen, dass Menschen, die aussehen wie du und ich, solche Gräueltaten begehen können.

„Wieso hast du mich das gefragt?", will Marie wissen.

Was sollte sie auf die Schnelle darauf antworten?

Sie erfindet einen Grund. „Ich dachte, ich hätte drei Dinosaurier gesehen, deshalb", sagt sie. Ob ihr Marie das abkaufen würde?

„Hey, ich habe eine Idee", sagt Rosa lächelnd.

Marie reagiert nicht. „Wie wäre es, wenn wir morgen jagen?", fragt sie und deutet auf das Gewehr. Marie schaut sie an. „Du meinst, dass wir ein Tier erschießen?", fragt sie nach.

„Wieso nicht? Wir müssen doch sowieso lernen, wie man damit umgeht. Dann könnten wir doch gleich unser Essen jagen", antwortet Rosa. Doch Marie ist sich nicht sicher, was sie davon halten soll. Sie hat Angst vor dem Gewehr.

„Ich weiß nicht", sagt sie und zuckt mit den Schultern.

„Das war ja nur ein Vorschlag. Für heute haben wir ja noch essen", antwortet Rosa und steht dann auf. „Laufen wir weiter", sagt sie und legt ihr die Hand auf das Bein.

Nach stundenlangem Laufen sind beide erschöpft und beschließen, dass es für den heutigen Tag reicht. Sie finden eine Stelle im Wald, die relativ flach und wenig bewachsen ist. „Hier sollten wir heute übernachten", schlägt Rosa vor. Marie ist einverstanden. Sie legen das Gewehr und den Wanderbeutel ab. Rosa hat auch schon einen Plan, um nicht auf dem harten Boden schlafen zu müssen. „Eigentlich könnten wir uns eine Art Zelt bauen", sagt sie und schaut sich dabei um. Das weckt Maries Neugier und ihre Augen leuchten auf.

„Ein Zelt?", fragt sie aufgeregt. „Ja, ein Zelt. Wir müssen nur genug Äste und Laub sammeln. Na, hast du Lust?", fragt sie ihre kleine Schwester und sieht bereits, dass sie es kaum aushält und unbedingt loslegen will. Marie springt auf und ab.

„Ja! Bauen wir ein Zelt!", ruft sie. Rosa beugt sich auf Augenhöhe mit Marie hinab. „Dann sammelst du so viel Laub,

wie du kannst und ich breche ein paar Äste ab, verstanden?",
fragt sie. Doch Marie rennt schon los und fängt an zu
sammeln.

Rosa schaut sich um. Sie muss lange Äste von Bäumen
abbrechen. Sie könnte auch welche benutzen, die bereits auf
dem Boden liegen. Sie müssen aber so gerade wie möglich
sein.

Rosa hat vor, einen größeren dicken Ast schräg an einen
Baum zu lehnen und dann mehrere dünnere Äste gegen
diesen Ast zu legen. Darüber und darunter würden sie dann
ganz viel Laub verteilen und ein Dach und gleichzeitig eine
Matratze haben.

In ihrer Vorstellung ist das machbar und scheint einfach, doch
nach mehreren Versuchen merkt sie, dass es alles andere als
das ist. Alleine schon das Abbrechen der Äste ist sehr
mühsam, da die Bäume zu dieser Jahreszeit am stärksten sind.
Die dünneren Äste, die sie letztendlich hat, rollen immer
wieder vom dickeren herab. Rosa ist kurz vorm Verzweifeln,
während Marie immer wieder haufenweise Laub ans Lager
bringt.

Irgendwann aber kommt ihr der Gedanke, den dickeren Ast
nicht so steil an den Baum zu lehnen. Sie müssen ja schließlich
nicht darin aufstehen. Hauptsache sie passen flach hinein und
können darin schlafen.

Nach langer und harter Arbeit steht dann das Lager endlich.
Es sieht tatsächlich so aus, wie sich Rosa das vorgestellt hatte,
nur der Aufbau war viel schwieriger.

Sie breiten den Inhalt ihres Wanderbeutels vor sich aus und
beginnen zu Essen. Die Frau hatte ihnen geschnittenes Brot,
einen Aufstrich und sogar Obst eingepackt.

Auch wenn sie und ihr Sohn sonderbar waren, passte sie auf
ihre eigene Art tatsächlich auf Rosa und Marie auf und

kümmerte sich um sie. Das wird den Schwestern beim Essen bewusst.

„Denkst du an die beiden?", fragt Marie, während sie das Essen genießt. Rosa nickt. „Ich denke an vieles. Ich denke an so viele Menschen, die wir bis jetzt getroffen haben, sogar an den Verrückten", sagt sie und muss kurz lachen.

Doch dann trifft sie der Schlag. Der Verrückte. Er war es! Er hatte ihr und ihrer Schwester eingeredet, dass die Dinosaurier angreifen. Deswegen sieht Marie Dinosaurier!

„Was ist?", fragt Marie, die bemerkt, dass ihre Schwester plötzlich nichts mehr isst. Rosa schüttelt kurz den Kopf. „Nichts… nichts ist, alles in Ordnung", sagt sie und isst dann weiter.

Das ist ein Gedanke, der sie vermutlich die ganze Nacht lang beschäftigen wird.

Nach dem Essen, sie hatten noch Reste übrig, bindet Rosa den Wanderbeutel fest zu und kontrolliert den Knoten noch einmal. Heute Nacht würden sie kein Feuer anzünden. Sie haben kein Werkzeug dafür dabei. Dafür haben sie aber ein gemütliches Bett, dass sie zusammen mit eigenen Händen gebaut haben.

Sie wünschen sich eine gute Nacht und legen sich auf das Laub. Es ist weich. Rosa hofft, dass es reicht, um sie warm zu halten.

Am nächsten Morgen werden sie erneut geweckt von Vogelgezwitscher. Eine schönere Art geweckt zu werden gibt es nicht, nur die Umstände könnten schöner sein.

Rosa steht auf und schaut sich um, während Marie noch kurz liegen bleibt. Sie ist vorsichtig, doch sieht nichts Verdächtiges. Sie sind relativ nah an ihrem Dorf und somit auch am Krieg.

„Hast du gut geschlafen?", fragt sie ihre kleine Schwester, die aus dem Unterschlupf krabbelt. „Ja! Es war sehr gemütlich", antwortet sie und reibt sich die Augen. Das erfreut Rosa. „Dann lass uns frühstücken und loslaufen. Was sagst du?", fragt Rosa. Marie ist einverstanden.
Heute würden sie endlich zuhause ankommen. Deshalb beeilen sie sich mit dem Essen und lassen sich nicht viel Zeit. Dann binden sie den Wanderbeutel wieder zusammen und machen sich auf den Weg.

Einige Zeit später kommen die Schwestern an einer Lichtung an, an dessen Ende ein Baumstumpf steht. Sie bleiben stehen und schauen sich um. „Hier war ich schon mal. Wenn wir das nächste Waldstück weiterlaufen, sollten wir bei unseren Apfelbäumen ankommen. Unser Dorf ist nicht mehr weit weg. Und wir haben es geschafft, ohne den großen Fluss zu finden", sagt Rosa. Beide freuen sich über ihre Errungenschaft. „Wie fühlst du dich?", fragt Rosa ihre kleine Schwester, die plötzlich auf den Boden schaut und traurig zu sein scheint.
„Ich habe Angst", antwortet Marie verunsichert. „Ich auch, Marie. Ich auch, aber wir haben nichts zu verlieren. Wir müssen zumindest versuchen Papa zu finden. Außer ihn haben wir niemanden. Und er hat niemanden außer uns. Wir dürfen ihn nicht alleine lassen", erklärt Rosa. Und erneut wird den beiden bewusst, dass sie ihre Mutter und ihren Bruder verloren haben. Marie weint und umarmt ihre Schwester. „Ich will nicht, dass noch jemand stirbt", sagt sie, während sie sich an ihre Schwester stützt. Rosa legt ihre Hand um Maries Kopf und drückt sie an ihre Brust. „Das wird nicht passieren", sagt sie vor sich hin und kann ihre Aussage selbst nicht glauben.

Worin hatten sie sich hineingeritten?

Wie kam es so weit, dass beide mitten im Krieg enden und sich Sorgen um ihr Überleben machen würden?

Auch Rosa ist total verunsichert über ihren Plan, aber ihr ist bewusst, dass ihre kleine Schwester niemanden mehr hat außer ihr.

Ob ihr Vater am Leben bleiben würde, bis sie ihn finden würden?

Würden sie ihn überhaupt finden?

Rosa versucht gegen diese Gedanken anzukämpfen, denn diese sind logisch. Alle Sorgen, die sie hat, sind legitim. Wenn sie weiter darüber nachdenken würde, wäre die einzig logische Entscheidung, so weit wie möglich vom Krieg wegzurennen und irgendwo ein neues Leben zu beginnen. Ihre Mission ist das komplette Gegenteil von Logik und rationalem Denken. Sie wollen nicht alleine sterben.

Sie müssen ihren Vater finden. Er muss noch leben und auf sie warten.

Rosa zieht ihre Jacke aus und legt sie vor sich auf den Boden. Dann kniet sie sich darauf. „Setz dich hinter mich, während ich versuche, dieses Gewehr zu bedienen", sagt Rosa und Marie tut, was ihr gesagt wird. Sie legt den Wanderbeutel ab, den sie seit heute Morgen mit sich trägt. Rosa schüttelt das Gewehr, um herauszufinden, wie viel Munition darin ist, doch das ist nicht wirklich hilfreich. Sie legt das Gewehr vor sich auf den Boden und betrachtet es sorgfältig.

Das Gewehr ist teilweise aus Holz und aus Metall. Am dickeren Ende ist ein Bogen, der mit Metall verkleidet ist. Das müsste das Teil sein, das man sich gegen die Schulter drückt. Am Bogen ist auch ein kleiner Metallstift. Rosa dreht an ihm, doch nichts geschieht. Der Stift ist aber beweglich. Sie zieht vorsichtig daran, doch erst nachdem sie ordentlich Kraft anwendet, lässt sich der Stab hinausziehen.

Er ist länger als gedacht. Während sie ihn herauszieht, öffnet sich eine kleine Luke auf der Seite des Gewehrs. Rosa sieht goldene Metallstücke darin. Das ist die Munition.

Sie lässt den Stift los, um mit dem Finger die Munition zu begutachten, doch in dem Moment, als sie loslässt, schnellt der Metallstift zurück und die Luke schließt sich plötzlich.

Rosa erschrickt. Ihr Herz rast.

Sie hat große Angst einen Fehler zu begehen, den sie nicht mehr rückgängig machen könnte. Sie dreht sich um zu Marie, die auch ängstlich auf dem Boden sitzt. „Geh hinter einen Baum", sagt ihr Rosa und Marie steht auf. Sie versteckt sich hinter einen Baum und streckt ihren Kopf hervor.

„Bitte pass auf, Rosa", ruft sie ihrer Schwester zu.

Das Adrenalin rast durch Rosas Körper.

Sie zieht denselben Stift erneut vorsichtig heraus und hält ihn dieses Mal, während sie die Luke untersucht, die sich dabei öffnet. Tatsächlich, das ist Munition.

Wie viele es wohl sind?

Während sie die Waffe untersucht, schaut ihr Marie immer noch nervös zu. Sie bemerkt aber nicht, dass sich ihr jemand von hinten nähert. Jemand schleicht sich an sie heran und packt sie auf einmal an den Schultern. Plötzlich schreit sie und springt auf. Ein Mann, den sie zuvor noch nie gesehen hat, hält sie fest. Marie kann sich nicht bewegen und versucht sie zu wehren, doch vergebens. Auch Rosa erschrickt und dreht sich um.

Was macht der denn hier?

Rosa greift sofort nach dem Gewehr und hält es schussbereit an ihre Schulter. Der Mann, der sie überfällt, ist Leo, der Stuhlmacher.

„Lass sie sofort los!", schreit Rosa und richtet das Gewehr auf ihn.

„Na, na, na. Du wirst doch wohl nicht ein Gewehr auf einen alten Bekannten richten, oder?", sagt der Stuhlmacher und Rosa erkennt sofort das Unheil in seinen Augen.

Ein alter Bekannter?

Marie versteht nicht, wer das ist und was der Mann vorhat.

„Hilfe! Rosa!", schreit sie.

Das Blut in Rosas Adern beginnt zu kochen.

„Ich schieße! Lass sie sofort los!", schreit Rosa erneut, doch Leo scheint tiefentspannt und sorglos.

„Seid ihr hier, um euren Vater zu finden? Der ist gerade damit beschäftigt, sich in einem Graben vor den Feinden zu verstecken. Der kann ja nicht einmal ein Gewehr halten. Sogar du machst das schon besser als dein Vater", sagt der Stuhlmacher und hält dabei immer noch Maries Arme von hinten fest, während sie versucht, sich aus seinen Griffen zu befreien.

Rosa hält diesen Anblick und seine widerlichen Worte nicht mehr aus. Sie muss es tun. Es gibt keine andere Lösung. Ihr Herz rast. Sie schließt die Augen und drückt ab.

Doch nichts geschieht. Rosa ist schockiert. Die Waffe war doch geladen. Sie hat es mit eigenen Augen gesehen. Sie hat die Munition sogar berührt. Leo fängt an mit offenem Mund zu lachen. Dabei sieht man seine verfaulten Zähne.

Er holt weit aus und schlägt Marie mit voller Wucht auf den Hinterkopf. Augenblicklich verliert sie das Bewusstsein und fällt zu Boden. Leo lässt Marie wie einen Sack fallen und läuft auf Rosa zu.

Rosa ist außer sich vor Wut. Sie sieht rot. Sie schreit und drückt immer wieder ab, doch es geschieht immer noch nichts. Wenn das Gewehr funktionieren würde, würde Rosa den widerlichen Mann regelrecht durchsieben, so oft wie sie abdrückt. Sie sieht keinen Ausweg mehr und holt mit dem Gewehr aus. Sie will ihn damit, so fest sie kann, schlagen. Rosa richtet das dicke Ende des Gewehrs auf den Mann und schlägt zu.

Doch er wehrt den Schlag locker ab und nimmt ihr das Gewehr ab.

Am vorderen Ende, am Lauf des Gewehrs, befindet sich noch ein Metallstab. Leo, zieht an ihm und man hört, wie sich die Munition im Gewehr bewegt. Dann zielt Leo in die Luft und drückt ab. Ein Schuss wird abgefeuert. Rosa schrickt kurz zusammen.

„Du hast die Waffe nicht entsichert", sagt er grinsend und richtet das Gewehr nun auf Rosa.

Rosa läuft vor Wut die Spucke aus dem Mund. Sie sieht aus wie ein wildgewordenes Tier.

„Entspann dich, tu einfach, was ich dir sage und euch passiert nichts", sagt Leo, der noch immer auf Rosa zielt.

„Was willst du von uns, du widerliches Schwein?", kreischt Rosa, die es nicht aushält ihrer Schwester nicht helfen zu können.

„Nun ja, du bist ein Mädchen und ich bin ein Mann. Jetzt will ich dich zur Frau machen", antwortet der Stuhlmacher und ein dreckiges, ekelhaftes Grinsen erscheint erneut in seinem Gesicht.

„Du bist kein Mann!", schreit ihn Rosa an. Leo ist irritiert.

„Was für ein Mann flieht vor dem Krieg, während andere Männer ihr Leben für die Freiheit riskieren? Wieso bist du nicht bei den anderen Männern und kämpfst für das Dorf so wie mein Vater? Du bist ein mickriger Käfer, der Angst hat, mehr nicht!", schreit ihn Rosa an. Und nun macht sie entschlossene Schritte auf ihn zu.

Leo macht ein paar Schritte rückwärts. „Los, binde deine Schwester an einen Baum fest!", versucht er ihr zu befehlen.

„Eher sterbe ich!", antwortet Rosa, die Leo immer näher kommt.

Leo, der total überrascht ist von Rosas Reaktion, wird panisch.

„Ich drücke ab!", schreit er, doch das macht Rosa nichts aus. Seine Versuche sie einzuschüchtern, prallen von ihr ab, wie von einem Panzer. Als sie noch näher kommt, holt Leo aus, und schlägt ihr mit dem dicken Ende des Gewehrs aufs Gesicht. Rosa verliert ihr Bewusstsein.

Mit dröhnenden Kopfschmerzen und einer verschwommenen Sicht kommt Marie langsam wieder zu sich. Sie kann ihre Schwester hören. Sie schreit.

Marie will sich die Augen reiben, um besser sehen zu können, doch merkt schnell, dass ihre Hände um einen Baum festgebunden sind. Neben ihr liegt das Gewehr und der Stock des Wanderbeutels. Ihre Hände wurden mit dessen Tuch festgebunden.

Doch was passiert mit ihrer Schwester?

Sie kann hören wie Rosa schreit und weint, und einen Mann, wie er stöhnt.

Dann verschärft sich ihre Sicht langsam wieder.

Rosa beugt sich über den Baumstumpf, den sie vorhin am Ende der Lichtung gesehen hatten. Ihre Arme sind hinter ihrem Rücken festgebunden. Der Mann, der sie vorhin noch festgehalten hatte, ist untenrum nackt. Seine Hose ist an seinen Knöcheln. Mit einer Hand hält er Rosas festgebundene Hände und mit der anderen hält er ihr Kleid hoch.

Was macht er da?

Was auch immer das ist, es scheint Rosa sehr wehzutun. Sie schreit sehr laut und plötzlich erkennt Marie, dass Blut an Rosas Beinen herunterläuft.

Sie muss sofort ihrer Schwester helfen, bevor der Mann sie tötet. Marie schaut auf das Gewehr, das neben ihr liegt. Irgendwie muss sie ihre Hände freibekommen, damit sie ihre große Schwester retten kann.

Marie reibt ihre Handgelenke immer wieder gegeneinander. Sie versucht alles, damit sich der Knoten im Tuch lockert. Sie hat nicht mehr viel Zeit. Der Mann tut ihrer Schwester weh und sie blutet. Marie weiß nicht, wie lange Rosa noch aushalten kann. Und tatsächlich, irgendwie wird der Knoten immer lockerer und löst sich schließlich.

Rosa, die gerade auf grauenhafte Weise ihre Unschuld verliert, befindet sich in einer Trance. Vor ihren Augen sieht sie ihre Familie in ihrem Zuhause. Wie alle glücklich am Esstisch sitzen und lachen. Es gibt keine Spur von Krieg oder Gewalt. Sie sieht, wie ihr Vater eine ganze Flasche Apfelsaft auf den Tisch stellt. Marie trinkt ihn genüsslich und Erich will auch unbedingt ein Glas davon haben. Ihre Mutter serviert das Essen. Es gibt Fleisch und Gemüse.

Rosa schaut in die Augen ihres Vaters. „Papa, ich hab dich lieb", sagt sie und noch bevor er antworten kann, hört Rosa plötzlich einen ohrenbetäubenden Knall.

Sie wacht aus ihrem Zustand auf und schaut sich panisch um. Was war das?

Dann sieht sie die kleine Marie, die auf dem Boden sitzt mit offenem Mund. Das Gewehr liegt vor ihr auf den Boden. Dann steht Rosa auf und dreht sich um. Beim Aufstehen fällt ihr Kleid wieder über ihre Taille. Leo, der Stuhlmacher, liegt auf seinem Bauch auf dem Boden. In seinem Kopf befindet sich ein riesiges Loch, aus dem zerkleinerte Gehirnmasse und jede Menge Blut hervortritt.

„Ma… Marie… warst du das?", fragt Rosa schockiert und läuft auf ihre Schwester zu. Doch bei jedem Schritt, den sie macht, verspürt sie unerträgliche Schmerzen in ihrem Intimbereich. Was hat der Stuhlmacher ihr angetan?

Rosa lässt sich vor Marie auf die Knie fallen. Sie ist völlig außer Atem. Sie legt ihren Kopf auf Maries Schulter und versucht zu ihr durchzudringen. „Das hast du sehr gut gemacht. Du hast mich gerettet Marie", sagt sie und kann nicht glauben, was gerade passiert ist. Sie weint unkontrollierbar.

Rosa hatte Todesangst. Sie dachte, sie und ihre Schwester würden diesen Vorfall nicht überleben. Sie verspürt Schmerzen, wie sie sie noch nie zuvor in ihrem Leben verspürt hatte. Sie fühlt sich gedemütigt und entwürdigt. Und ihre Schwester rettete ihr das Leben, indem sie das Leben eines anderen nahm.

Wie soll ein Kind so etwas verkraften?

Rosa kann nicht mehr und lässt sich nach vorne fallen. Ihr Körpergewicht drückt auch Marie zu Boden, die nicht ansprechbar ist.

Sie liegen beide auf dem Gras in der Lichtung. Marie ist wie eine Hülle ihrer selbst. Rosa liegt mit am Rücken festgebundenen Armen auf der kleinen Schulter ihrer Schwester und versinkt in Tränen, Leid und Schmerz.

Nach einigen Minuten verspürt Rosa plötzlich eine Vibration in der Luft. Dann hört sie ein Summen, das immer lauter wird. „Marie, Marie! Steh auf, schnell! Wir müssen uns verstecken!", ruft sie ihrer Schwester zu, als ihr bewusst wird, dass sie in einer Lichtung liegen und man sie aus der Luft sofort sehen würde.

„Marie! Los, steh auf!", ruft Rosa und stupst sie mit ihrem Kopf an. Dann bewegt sich Marie langsam.

„Was ist los?", fragt sie verwirrt und steht langsam auf. Sie schaut auf ihre Schwester, die noch auf dem Boden liegt.

„Wieso sind deine Hände zusammengebunden?", fragt sie. Marie ist offensichtlich völlig neben sich. Doch dann hört sie auch das Geräusch im Himmel, das immer lauter wird.

„Los, hilf mir auf!", schreit Rosa und Marie hilft ihr, aufzustehen. Gemeinsam rennen sie in den Wald und verstecken sich hinter einem Baum.

„Binde mich los, Marie", sagt Rosa, während beide den Himmel beobachten. Marie schaut wie erstarrt in den Himmel und sieht, wie mehrere Dinosaurier über ihren Köpfen hinweg fliegen. Sie fliegen in einer Formation.

Was machen Dinosaurier hier?

Rosa ruft erneut ihrer Schwester zu. „Marie, jetzt binde mich los!", sagt sie. Marie schüttelt sich. Als sie die Arme ihrer Schwester losbindet, sieht sie das Blut an ihren Beinen.

„Du blutest ja", sagt Marie erschrocken.

Rosa richtet sich auf und schüttelt ihre Arme locker. Dann blickt sie auch hinab und sieht das Blut an ihren Beinen. Der Schmerz hat nicht nachgelassen. Sie weiß, wo das Blut herkommt. Was würde sie nur alles dafür tun, um das Geschehene rückgängig zu machen oder zumindest zu vergessen?

Sie warten, bis die Flugzeuge weggeflogen sind. Rosa ist überrascht, weil sie auf den Flugzeugen keinen braunen Stern sieht, das Symbol der Union. Waren das freundliche Flugzeuge?

Marie beginnt zu weinen. Waren die Dinos da, um wieder Tod und Unheil anzurichten?

„Wir werden sterben. Die Dinosaurier sind wieder da", sagt Marie und fängt unkontrolliert an zu zittern.

Rosa nimmt sie in die Arme. „Nein, Marie. Das waren keine Dinosaurier", sagt sie.

Ihre kleine Schwester will das nicht glauben. „Ich habe sie gesehen und du auch!", schreit sie weinend.

Doch diesmal waren die Dinos nicht da, um ihnen zu schaden.

„Das waren unsere Freunde", sagt Rosa und ist erleichtert, ein Zeichen von Hoffnung gesehen zu haben. Vielleicht könnte der Krieg tatsächlich bald vorbei sein.

Marie ist total verwirrt. Gibt es auch freundliche Dinosaurier?

Nachdem Rosa ihre kleine Schwester schließlich etwas beruhigen kann, fragt Marie erneut, was passiert ist. Dann sieht sie plötzlich am Ende der Lichtung einen Mann auf dem Boden liegen. Sie kann seinen nackten Hinterteil sehen.

„Da vorne liegt ein nackter Mann", sagt Marie irritiert.

Auch Rosa schaut hinüber zur Leiche des Stuhlmachers. „Du hast recht", sagt sie und läuft auf ihn zu.

Auf dem Weg hebt sie das Gewehr auf und richtet es auf die Leiche, als sie direkt davor steht.

Sie zielt auf sein Gesicht und drückt ab. Seine linke Gesichtshälfte wird völlig demoliert und Fleisch- und Hautstücke spritzen Rosa ins Gesicht.

Dann tritt sie ihm in die Rippen und stößt ihn um. Nun liegt er auf dem Rücken. Rosa zielt auf seinen Penis und drückt ab. Auch der wird durch den Einschlag der Munition förmlich zerrissen.

Dann legt sich Rosa das Gewehr wieder um die Schulter und wischt sich über das Gesicht. Sie schaut den Stuhlmacher und das, was von ihm übriggeblieben ist, noch ein letztes Mal an. „Du bist eine widerliche tote Kakerlake", sagt sie angeekelt und spuckt auf ihn.

Dann dreht sie sich zu ihrer Schwester, die völlig schockiert dasteht und nicht begreifen kann, was ihre Schwester eben getan hat.

„Das war das Richtige", sagt Rosa völlig empfindungslos. Das reicht als Begründung für ihre Tat. „Ist der tot?", fragt Marie verängstigt. Rosa schaut ihre Schwester kurz an und überlegt. Sie scheint verdrängt zu haben, was passiert ist.

Doch das ist gut so. Rosa freut sich für Marie. „Ja, er schmort in der Hölle", antwortet Rosa. Marie schaut sie nur irritiert an. „Lass uns Papa finden", sagt Rosa und nimmt ihre kleine Schwester an der Hand. „Deine Jacke...", sagt Marie.

„Kennst du den Weg?", fragt Marie ihre Schwester, die sie mit zielbewussten Schritten durch den Wald führt. „Wir folgen den Dinosauriern", antwortet Rosa und bestätigt somit zum ersten Mal, was ihre Schwester glaubt, gesehen zu haben. Der Unterschied zwischen Flugzeugen und ausgestorbenen Tieren scheint Rosa plötzlich nicht mehr wichtig zu sein.

„Woher weißt du, wohin die fliegen?", fragt Marie beim Gehen und muss aufpassen, dass sie nicht stolpert. Ihre Schwester läuft ziemlich schnell den Hang hinab und zieht sie in derselben Geschwindigkeit an der Hand.

Dann bleibt Rosa plötzlich stehen. Sie schaut Marie an. „Hör zu, ich habe einen Plan. Wir können nicht von dieser Flussseite aus in das Dorf laufen. Hier haben wir keinen Schutz. Wir müssen eine Brücke finden und auf die andere

Flussseite wechseln. Dort können wir langsam durch das Maisfeld laufen. Das ist sicherer", erklärt sie ihrer Schwester. Marie nickt. Sie vertraut ihrer Schwester, auch wenn sie ihr seitdem Vorfall mit dem nackten Mann Angst macht.

Schließlich kommen sie unten am Ende des Waldes an. Vor ihnen ist der große Weg und daneben tatsächlich der große Fluss. Sie haben es fast geschafft.
Bald wären sie zuhause.
Bevor sie den Wald verlassen, schaut sich Rosa nach möglichen Gefahren um. Die Luft scheint rein zu sein.
Doch sie können aus weiter Entfernung Schüsse hören. Wenn sie den Wald jetzt verlassen, wird es schwierig. Dann gibt es kein Zurück mehr.
Rosa überprüft noch das Gewehr. Sie zieht den langen Stift am dicken Ende heraus und schaut in die Luke. Eine Patrone liegt darin. Sie schüttelt das Gewehr langsam und vorsichtig. Sie hört, dass da mindestens noch eine weitere Patrone sein muss. Sie drückt den Stift wieder hinein und schaut Marie an.
„Nicht vergessen, wir haben nur uns beide. Wir müssen aufeinander aufpassen. Bis jetzt hast du das verdammt gut gemacht, Marie. Weiter so. Und mach immer genau das, was ich dir sage. Wir müssen jetzt rennen, bis wir auf der anderen Flussseite sind", sagt sie ihrer Schwester und schaut ihr dabei tief in die Augen.
Marie bekommt Tränen in den Augen. Der Blick und die Art ihrer großen Schwester machen ihr Angst. Doch Rosa unterbindet das Weinen sofort und drückt ihr den Zeigefinger an die Lippen. „Versprochen, du darfst weinen, wenn das alles hier vorbei ist, aber nicht jetzt", sagt sie und wischt ihr dann die Tränen weg.
Marie ist völlig irritiert.

„Bist du bereit?", fragt Rosa. Marie schluckt den Speichel in ihrem Mund hinunter und nickt dabei.

Plötzlich sieht Rosa eine Staubwolke auf sie zukommen. Das ist kein gutes Zeichen. Hatte man sie schon entdeckt? „Schnell, zurück!", ruft sie ihrer Schwester zu und sie rennen wieder in den Wald hinein. Sie verstecken sich hinter einem Gebüsch. Dann hört Rosa ein Motorengeräusch. Vorsichtig linst sie zwischen den Zweigen hindurch, um zu erkennen, wer das ist und wohin sie fahren. Ein grünes Militärfahrzeug ohne Dach fährt mit hoher Geschwindigkeit an ihnen vorbei. Auf der Seite des Fahrzeugs befindet sich ein brauner Stern. Rosa dreht sich zu ihrer Schwester. „Hast du das gesehen?", flüstert sie ihr zu. Marie nickt. Sie hatte den Dinosaurier gesehen. Ein gebrochenes Mädchen.

Rosa hofft, dass das nur eine Phase ist und man ihr nach dem Krieg helfen könnte. Sie findet, dass das kein gesundes Verhalten ist. Das muss eine Art Schutzmechanismus des Verstandes sein. Aber um weiter darüber nachzudenken ist keine Zeit. Als das Auto fort ist, schleichen sie sich zurück zum Weg. Erneut schaut sich Rosa um. Diesmal ist die Luft rein. „Auf drei", flüstert Rosa und fängt an zu zählen.

Dann rennen sie los. Sie laufen den Fluss stromabwärts, weg vom Dorf, denn weiter unten sollte eine Brücke auf die andere Seite führen. Rosa weiß das. Es dauert nicht lange, bis sie sie sehen. „Los, wir müssen rüber!", ruft Rosa und beide besteigen die wackelige Holzbrücke. Sie sollten die Brücke nicht rennend überqueren. Das macht die ganze Aktion nur noch gefährlicher, aber sie müssen.

Denn sollten jetzt feindliche Soldaten in der Nähe sein, hätten die beiden absolut keine Deckung und wären ihnen schutzlos ausgeliefert.

„Rosa, bitte lauf langsamer. Warte auf mich!", ruft Marie, die noch am Anfang der Brücke steht und versucht, gegen ihre Ängste anzukommen. Rosa, die schon fast auf der anderen Seite ist, dreht sich um. Sie sieht, wie ihre Schwester Probleme mit ihrem Gleichgewicht hat. Durch die schnellen und festen Schritte Rosas, wackelt die Brücke heftig. Sie kann sich das nicht länger ansehen. Rosa läuft vorsichtig, aber schnell einige Schritte zurück zu ihrer Schwester und streckt ihre Hand aus. „Nimm meine Hand!", ruft sie ihr zu, doch Marie traut sich nicht das Seil loszulassen, das sie mit beiden Händen fest umklammert.

Marie weint. Rosa ist kurz vor dem Verzweifeln.

„Marie! Nimm meine Hand, wir schaffen das!", ruft sie ihr zu. Doch Marie laufen das Nasenwasser und die Spucke im Gesicht zusammen. „Ich habe Angst!", schreit sie zurück. Rosa kommt ihr noch weitere Schritte entgegen und packt ihre Schwester an der Hand. „Los!", schreit sie und verstärkt dadurch die Angst ihrer Schwester nur noch mehr.

Doch sie haben jetzt keine Zeit zu verschwenden. Jede Sekunde zählt und es geht um Leben und Tod. Rosa zieht sie mit Schwung zu sich und Marie stolpert und fällt fast hin. Doch Rosa hilft ihr schnell, sich aufzurichten. „Wir müssen schnell rüber!", ruft sie und zieht ihre Schwester hinter sich über die Brücke.

Dann kommen sie endlich auf der anderen Seite an und sehen mehrere Bäume am Fuße der Berge. Sie setzen sich darunter und atmen erst einmal tief durch. Marie weint noch.

„Wieso bist du nicht gerannt?", fragt Rosa verwundert und aggressiv. „Du machst mir Angst! Ich will nicht mehr!", schreit Marie und versinkt in Tränen.

Rosa realisiert, dass sie streng war zu ihrer Schwester, aber Marie scheint den Ernst der Lage nicht zu begreifen. Jetzt ist doch nicht die richtige Zeit für Gefühlsausbrüche.

Rosa versteht nicht, wieso Marie das nicht erkennt.

„Marie, du verstehst nicht…", sagt Rosa, doch kommt nicht dazu, ihren Satz zu beenden, denn Marie steht auf und stürmt los. Rosa verdreht die Augen. Sie kann es nicht fassen, wie stur ihre Schwester gerade ist. „Marie!", ruft Rosa und steht auch auf. Sie sieht das Marie in Richtung der Maisfelder und des Dorfes läuft, völlig unbeeindruckt von den Schuss- und Explosionsgeräuschen, die aus dem Dorf kommen, dessen Umrisse sie tatsächlich schon erkennen können.

Rosa rennt ihrer Schwester hinterher und hält sie auf.

„Verstehst du nicht, dass wir in Gefahr sind?", fragt sie sie erneut und zieht sie zur Seite in ein Gebüsch. „Das ist mir egal! Ich will einfach nur noch zu Papa!", sagt Marie trotzig.

Rosa reißt sich zusammen. Wenn sie weiterhin so hart zu ihrer Schwester ist, würden sie sich beide in große Gefahr bringen. Sie muss darauf achten, dass das unter keinen Umständen passieren darf. Sie trägt die Verantwortung für ihre Schwester.

Und als ihr das wieder klar wird, realisiert sie, was für ein Druck auf ihr lastet, und was sie bis jetzt alles durchgemacht haben. Sie verloren ihre Mutter und ihren Bruder, sie wurde vergewaltigt, Marie tötete einen Menschen und sie schändete eine Leiche. Sie und ihre Schwester wurden Zeuge von all dem und sie waren noch immer am Leben und das darf sich nicht ändern.

Reflexartig fließen Rosa die Tränen. Immer wieder schaffte sie es, vor ihrer Schwester stark zu sein und für sie eine Art Schutzwall zu bauen aus ihrem Mut und ihrer

Entschlossenheit, sie zu beschützen, doch jetzt bricht eben dieser Wall. Rosa kann nicht mehr.

All diese Gefühle, die sie so stark verdrängt hatte, holen sie in diesem Moment nach und nach ein. Sie erleidet einen Nervenzusammenbruch.

Marie ist bei diesem Anblick erschüttert. Rosa war für sie schon immer eine zweite Mutter gewesen. Schon vor dem Krieg war Rosa ein Mensch, der Marie an der Hand hielt und durch das Leben führte. Sie war die starke Schulter, an der sie sich stützen und ausweinen konnte.

Doch dann sah sieh, wie sie auf einen toten Menschen schoss. Aus welchem Grund hatte sie das getan?

Sie war blutverschmiert und hatte einen stechenden Blick, als sie auf sie zukam mit dem Gewehr in der Hand. Das war ein Moment, in dem Marie sich vor Angst fast in die Hose gemacht hatte. So hatte sie ihre Schwester noch nie zuvor gesehen und niemals hätte sie gedacht, dass ihre Schwester in der Lage dazu wäre, solche Sachen zu tun.

Sie gibt keine Acht mehr auf Maries Gefühle. Es war ihr völlig egal, als sie weinte und Angst hatte, über die Brücke zu laufen. Rosa packte sie an der Hand und zerrte sie auf die andere Seite.

Wieso ist Rosa plötzlich so grob?

Und jetzt sitzt sie neben ihr und weint.

Ist Rosa überfordert?

Ist Marie eine zu große Last für sie?

Wäre Rosas Leben einfacher ohne sie?

Wie gerne wäre Marie jetzt bei ihrem Vater und würde ihn einfach nur umarmen. Dann wäre das alles vorbei. Ihr Vater würde sie verstehen, denn er hat sie immer verstanden. Noch nie war ihr Vater grob zu ihr und noch nie hatte er sie angeschrien. Selbst dann nicht, als ihre Mutter vor Wut platzte, weil Marie heimlich mit dem Verrückten redete. Er blieb ruhig und redete in einem normalen Ton mit ihr. Ihr Vater ist voller Fürsorge. Sie vermisst ihn so sehr.

Aber vielleicht vermisst auch Rosa ihn einfach nur sehr. Vielleicht weint sie deshalb.

Doch plötzlich bemerkt Marie seltsame Geräusche aus der Ferne. Sie klingen wie das Heulen von großen Tieren.

Während Rosa noch auf dem Boden kauert, steht Marie langsam auf und läuft vorsichtig in Richtung der Geräusche. Dann erblickt sie etwas, dass sie total überrascht und womit sie nie in ihrem Leben gerechnet hätte. Einige hunderte Meter entfernt von ihr, hinter den Maisfeldern, stehen sie alle.

Dinosaurier in verschiedenen Größen, Formen und Farben. Es ist, als ob Marie eine bahnbrechende Entdeckung gemacht hätte. Sie grasen als Herde. Einige von ihnen stoßen ab und zu einen grellen Schrei aus. Andere fliegen über ihren Köpfen. Marie ist wie erstarrt von diesem Anblick.

Sie grinst und hat gleichzeitig Angst vor diesen Tieren, aber noch ist sie in sicherer Entfernung. Sie können sie nicht sehen. Sollte sie näher gehen?

Könnte sie sie streicheln?

Rosa hatte ihr doch gesagt, dass manche von ihnen ihre Freunde sind.

Vielleicht sind sie gar nicht so gefährlich, wie sie aussehen.

Marie macht einen Schritt nach dem anderen und ist überwältigt von dem, was sie gerade sieht.

Sie muss es Rosa zeigen. Sie muss das auch sehen.

„Rosa! Komm her!", ruft sie laut und dreht sich zurück zu ihrer großen Schwester.

Rosa, die ihre Beine angezogen hat und ihre Handflächen an ihr Gesicht hält, bleibt für einen Moment still. Sie nimmt ihre Hände weg und ihr vor Tränen angeschwollenes Gesicht tritt hervor.

„Papa?", fragt sie völlig irritiert. Doch dann sieht sie, wie ihre kleine Schwester vor den Maisfeldern steht und unmittelbar hinter den Maisfeldern gepanzerte Fahrzeuge, Soldaten und riesige Waffen lauern. Sie sieht, wie sie auf ihr Dorf schießen und dass Häuser brennen.

Rosa ist schockiert. Was macht ihre Schwester da?

Ist sie lebensmüde?

Sie springt auf und rennt auf sie zu. Auch Marie rennt los. Doch Rosa holt sie ein, packt sie am Arm und reißt sie auf den Boden. Beide fallen in das Maisfeld. Marie beginnt zu weinen.

„Was machst du denn?", fragt sie laut. Rosa zittert vor Angst. Was ist, wenn sie gesehen wurden? „Sei leise", sagt sie ihrer Schwester flüsternd und hält ihr den Mund zu. Marie versteht das nicht.

Was hat ihre Schwester nur? Was soll das?

Sie verteidigt sich und beißt in ihre Hand, doch Rosa bleibt stark. Sie hält ihre Hand gegen Maries Mund. „Hör auf!", flüstert sie und weint verbittert.

Marie ist verwirrt, als sie erneut ihre Schwester weinen sieht. Sie gibt nach und lässt locker.

„Da sind Dinosaurier", sagt Marie und will aufstehen.

Rosa ist völlig überfordert. „Marie, da sind keine Dinosaurier. Es gibt keine Dinosaurier. Das sind Soldaten, die uns umbringen werden, wenn sie uns sehen", versucht sie ihr leise klarzumachen und hält sie am Boden.

„Nein!", schreit Marie und schafft es, Rosa zu treten und sich zu befreien. Marie steht auf und rennt auf den Feldweg.

„Marie!", brüllt Rosa und rennt ihr hinterher.

Und gerade, als sie sie einholt und sie erneut am Arm packt, hören sie plötzlich wieder diese überaus laute und markerschütternde Sirene, die die Bevölkerung vor einer Gefahr warnt. Erst verstehen die beiden nicht, was das ist, doch schnell wirft sich Rosa zusammen mit ihrer Schwester in ein Maisfeld.

Es dauert nicht lange, bis der Boden anfängt zu beben und sie Explosionen hören, die in ihrer unmittelbaren Nähe detonieren. Beide halten sich die Hände an die Ohren und drücken die Augen zu.

Dann wird es wieder für einen Moment still. Rosa gibt Marie ein Zeichen, dass sie durch das Maisfeld kriechen sollten. Es wäre zu gefährlich, jetzt aufzustehen und sich zu zeigen. Die Feinde könnten überall lauern. Rosa hört, die Propeller der Kriegsflugzeuge über sich fliegen.

Marie ist verängstigt. „Die Dinos greifen an", flüstert sie ihrer Schwester zu. „Ich weiß. Aber wir sind Papa ganz nahe. Ich spüre es", antwortet ihr Rosa flüsternd.

Und dann hören sie plötzlich, wie eine Kette rattert und etwas aufheult. Es wird immer lauter. Je näher es kommt, desto mehr wackelt der Boden, als ob er jeden Moment unter ihnen aufbrechen und sie verschlingen würde.

Dann sieht es Marie.

Ein riesiger Dinosaurier steht direkt vor ihnen und heult auf. Sie sieht, wie die Spucke des Tieres an seinen langen spitzen Zähnen herabfließt und erkennt die stechend gelben Augen. Sie starren sie an, als ob sie sie die ganze Zeit gesucht und nun endlich gefunden hätten.

Marie erstarrt vor Angst.

Rosa steht sprunghaft auf und packt Marie am Arm. „Renn!", schreit sie und sie sprinten los durch die Maisfelder. Marie kann nicht erkennen, wohin sie rennen, doch sie spürt den

Dinosaurier hinter sich, der mit jedem Schritt ein Erdbeben erzeugt. Sie weint und schreit während sie rennt.

Der Dinosaurier lässt einen mächtigen Schrei fahren und die beiden fallen zu Boden. Schnell stehen sie aber wieder auf und rennen weiter. Wie lange können sie noch vor diesem Ungeheuer wegrennen?

„Papa!", schreit Marie aus tiefster Seele, während sie ihrer Schwester hinterherrennt. Und dann fällt Rosa plötzlich durch die Maispflanzen auf einen Feldweg. Auch Marie stolpert über dieselbe Stelle und landet auf dem Feldweg auf dem Boden. Rosa ist schon längst wieder aufgestanden und rennt weiter, doch Marie bleibt auf dem Boden sitzen und schaut den Dinosaurier an, der immer näher kommt.

Sie wird von dem Anblick traumatisiert.

„Los, Marie, bitte bleib nicht stehen!", ruft ihr Rosa zu. Doch sie erkennt, in welcher Lage sich ihre Schwester befindet. Sie dreht um und packt sie wieder am Arm.

„Wir müssen weiter rennen!", schreit sie und zieht sie mit sich, als sie wieder losrennt.

Und plötzlich holt sie ein sehr grelles Licht von hinten ein und eine unsichtbare Kraft wirft beide zu Boden.

Sie sehen beide schwarz.

Kapitel 5 – Der Apfel

Marie hört ein lautes Piepen und Summen in beiden Ohren. Die Wucht der Explosion scheint ihr Gehör geschädigt zu haben. Sie hat Schmerzen am ganzen Körper, doch schafft es gegen den Willen ihres Körpers entspannen zu wollen, ihre Augen zu öffnen. Sie spürt es. Eine Stimme in ihr sagt, dass sie jetzt wach sein muss. Sie darf sich nicht entspannen, bevor sie die Augen geöffnet hat.

Sie sieht alles verschwommen. Marie erkennt verschiedene Farbmuster, die sich vor ihr bewegen, aber sieht keine Umrisse. Es sind wie verschwommene Wolken in verschiedenen Größen und Farben, die sich vor ihren Augen bewegen. Sie hat Angst, denn sie weiß nicht was passiert.

Dann werden aus dem Summen, das sie wahrnehmen kann, Worte und Sätze. Jemand spricht tatsächlich zu ihr, doch sie versteht nichts. Ihr Gehört kommt nur langsam zurück.

Kann es sein? Ist das tatsächlich ihr Vater, der zu ihr spricht? Sie fühlt, wie ihr Körper sie förmlich anfleht, sich nicht mehr anzustrengen. Langsam erkennt sie auch, dass vor ihr jemand ist und sie anschaut. Marie sammelt all ihre Kraft. „Papa?", fragt sie mit größter Anstrengung.

Ist es wahr?

Haben sie es geschafft, ihren Vater zu finden?

Nach diesem Wort spürt sie plötzlich eine weiche und warme Berührung auf ihrem Gesicht. Das muss ihr Vater sein. Marie ist überglücklich, ihn gefunden zu haben.

Mit dieser Bestätigung, dass nichts, was sie und ihre Schwester durchgemacht haben, umsonst war, und sie ihren Vater noch einmal sehen konnte, gibt Marie dem Willen ihres Körpers nach und schließt die Augen. Sie entspannt sich und kämpft nicht mehr gegen das Schicksal an.

„Bestätige Luftangriff auf feindliche Stellung im Osten, Herr Kommandant!", ruft Ferdinand, der mit einem Fernglas den Angriff auf die feindlichen Panzer auf der anderen Seite des Flusses beobachtet. Er liegt in einem Graben, während er seinem Befehlshaber Bericht erstattet. Ferdinand ist umzingelt von Maschendrahtzaun und provisorischen Lagern und Barracken. Die Nord- und Südwestseite des Dorfes sind seit einigen Tagen unter vollständiger Kontrolle des heimischen Militärs. Noch vor wenigen Tagen begann hier der feindliche Angriff und es wurde von allen Seiten geschossen, Bomben explodierten.

Ferdinand bekommt nach seiner Meldung die Anweisung, mit seinen Kameraden die Position des Luftangriffes nach überlebenden feindlichen Soldaten zu überprüfen.

Sie konnten die Stellung im Dorf länger halten als gedacht. Viele Regionen in unmittelbarer Nachbarschaft sind gefallen und liegen nun in den Händen der Union.

Als sie hier ankamen war noch alles ruhig, doch es dauerte nicht lange, bis die Union mit voller Kraft in die Offensive ging und den sicher geglaubten Sieg gefährdete.

Gleich nach Ankunft im Dorf rannte Ferdinand mit Erlaubnis seines Kommandanten dorthin, wo sein Haus stand.

Er war sich nicht sicher, was er vorfinden würde, doch hoffte auf ein Überlebenszeichen seiner Familie.

Doch was Ferdinand vorfand, war nicht das, was er sehen wollte. Sein Haus und die Häuser der Nachbarn waren alle zerstört. Ferdinand rannte durch den Haufen, der einst seine Familie beherbergte und beschützte. Er fand keine Leichen darin, was ihn wenigstens ein bisschen beruhigte.

Seine Familie war also nicht mehr im Dorf.

Waren sie in Sicherheit?

Würde er sie eines Tages wieder sehen können?

Würde das alles irgendwann ein Ende haben?

Ferdinand wird einer Gruppe von zehn schwer bewaffneten Soldaten zugeteilt, damit sie über die von ihnen zerstörte Brücke auf die andere Flussseite gelangen.

Die Brücke war ein wichtiger Punkt und musste, ähnlich wie das Stahlwerk, aus taktischen Gründen zerstört werden, damit die feindlichen Truppen sie nicht benutzen konnten.

Ferdinands Befehlshaber ordnete Verstärkung per Luft an, die das Einzäunen der Feinde ausnutzen und diese bombardieren sollte.

Durch diesen Angriff nahmen die Aussichten zu, dass der Krieg bald ein Ende haben würde. Der Feind schickte sein ganzes Militär für die Eroberung, doch hier scheiterten sie. Hier hatten sie die größten Verluste.

Man ist sich mittlerweile sicher, dass die nächsten Tage ein Friedensabkommen unterzeichnet werden würde.

Trotzdem ist es Ferdinands Aufgabe, nach Überlebenden zu suchen und diese zu verhaften. Einige seiner Kameraden schossen auf Überlebende, auch wenn diese sich ergaben. Ferdinand konnte sich das nicht mitansehen, doch konnte die Wut und Verzweiflung dieser Menschen verstehen.

Zu Fuß marschieren sie in einem schnellen Tempo los und gelangen dann schließlich zur alten Brücke.

Dort liegen große Trümmer aus Beton und Holz, über die sie klettern müssen.

Auf der anderen Seite teilen sie sich auf und nähern sich mit gezogenen Waffen den brennenden Panzern und Fahrzeugen, die vom Luftangriff getroffen wurden. Über Funk bestätigen sie die Todesopfer und die einzelnen Treffer.

Die Lage ist entspannt, da es bisher keine überlebenden feindlichen Soldaten gibt. Die Kameraden sind stolz, solch einen Angriff durchgesetzt zu haben, auch wenn sie nicht am Steuer der Flugzeuge saßen. Jede Schwächung des Feindes war ein gutes Gefühl und ein Schritt Richtung Normalität.

Als Ferdinand sich dem letzten Panzer nähert, der am Ende der Maisfelder steht, sieht er zwei Körper auf dem Boden liegen.

Sind das Kinder?

Was haben Kinder mitten im Kriegsgebiet zu suchen?

„Kinder! Hier sind Kinder!", schreit Ferdinand, der sein Funkgerät fallen lässt und sofort zu den Körpern rennt.

Er kann nicht glauben, was er sieht. Sein Herz hört für einen Moment auf zu schlagen und ihm wird eiskalt.

Ist das wahr?

Wie ist das möglich?

Das sind seine Kinder!

Ferdinand fällt vor den beiden auf die Knie. Marie hat beide Beine verloren und verliert literweise Blut. Er dreht sie um und nimmt sie in seine Arme. „Marie! Marie! Hörst du mich?", schreit er und verliert dabei seinen Verstand. Er stößt einen herzzerreißenden Schrei der Verzweiflung von sich.

„Was habt ihr hier gemacht?", fragt er weinend, während er seine leblose Tochter in seinen Armen hält. Gerade, als er sie wieder hinlegen und zu Rosa gehen will, öffnet Marie plötzlich langsam ihre Augen.

„Marie! Bleib bei mir! Marie, bitte bleib bei mir!", spricht er zu ihr. Er dreht sich zu seinen Kameraden, die schockiert hinter ihm stehen und nicht wissen, wie sie reagieren sollen.

„Ruft sofort einen Sanitäter! Worauf wartet ihr? Los holt einen Arzt!", schreit er sie an. Dann zieht er sich sein Hemd aus und versucht damit irgendwie die Blutung zu stoppen, doch dafür ist es längst zu spät. Marie hat schon zu viel Blut verloren, um diesen Tag noch zu überleben.

Er schaut sie an und ist total verzweifelt. „Bitte! Marie, bitte, bleib stark!", spricht er zu ihr. Dann öffnet sie tatsächlich ihren Mund. Ferdinand geht mit seinem Ohr nah an ihr Gesicht. Sie spricht. „Papa", sagt sie mit ihrem letzten Atemzug und schließt ihre Augen. Ferdinand streicht ihr über das kleine Gesicht. In seinen Armen hält er seine tote Tochter. Er weint völlig außer Kontrolle und verliert den Bezug zur Realität.

Schließlich treffen die Sanitäter per Hubschrauber ein. Sie sehen noch schwache Lebenszeichen bei Rosa. Ihr Herz schlägt noch. Man kümmert sich um sie und schließt sie an verschiedenen Maschinen an. Für Marie kommt aber jede Hilfe zu spät. Die Ärzte können nur noch ihren Tod feststellen. Ferdinand steht reglos da und beobachtet unter Tränen, wie seine Töchter in den Hubschrauber geladen werden.

Über Marie wurde ein weißes Tuch gelegt.

Ferdinand kann diesen Anblick nicht ertragen und ist völlig überfordert.

Sein Kommandant ist mittlerweile auch am Ort des Geschehens angekommen. Er war verantwortlich für diesen Angriff. Doch woher hätte er wissen können, dass sich auch Kinder in diesem Gebiet befinden?

Er legt eine Hand auf Ferdinands Schulter. „Soldat, eines Ihrer Kinder hat überlebt. Sie müssen für sie da sein", sagt er und gibt sich selbst größte Mühe, seine Emotionen unter Kontrolle zu halten.

Auch wenn er in seiner militärischen Karriere sehr viel erlebt und gesehen hat, ist es einfach etwas Anderes tote oder verletzte Kinder zu sehen.

Ferdinand reagiert nicht auf die Anweisung.

„Ich gehe mit ihm", sagt er den anderen Soldaten und führt Ferdinand zum Hubschrauber. Sie setzen sich neben den Liegen auf die Notsitze. Der Befehlshaber schnallt sich und Ferdinand an.

Sie fliegen in ein Krankenhaus in einer größeren Stadt, weit weg vom Krieg. Dort hätten sie die besten Versorgungsmöglichkeiten für Ferdinands Tochter.

Als sie dort ankommen, kommt auch langsam Ferdinand zu sich. Er realisiert, dass sie versehentlich seine Töchter beschossen hatten. Marie ist tot. Sein kleines Mädchen.

Er fragt sich nun immer wieder, wieso sie dort waren.

Diese Frage geht ihm nicht mehr aus dem Kopf.

Wieso waren sie nicht bei Emilia?

Und wo war Erich?

Ferdinand ist völlig überfordert. Er weiß nicht, was er fühlen oder tun soll.

Während Marie in die Leichenhalle gebracht wird, kommt Rosa in die Notoperation. Davon würde ihr Leben abhängen.

Würde sie es überleben?

Würde sie bei ihrem Vater bleiben?

Der Kommandant holt Ferdinand eine Tasse Tee, während sie im Warteraum sitzen. Das könnte Stunden dauern.

„Geht es Ihnen gut, Soldat?", fragt er, während er Ferdinand den Tee reicht. Er kommt sich bei dieser Frage blöd vor, doch Ferdinand nickt.

„Ihre Tochter wird gerade operiert. Sie hat innere Verletzungen, aber könnte es überleben", erklärt er ihm.

Ferdinand nickt weiter. „Gut, gut, sie darf nicht auch noch gehen", sagt Ferdinand und schaut ins Leere.

Der Kommandant legt seine Hand auf Ferdinands Schulter.

„Ist sie ein starkes Mädchen?", will er wissen.

Ferdinand wird bewusst, dass Rosa eine wahre Kämpferin ist und schon immer eine war. Ihm wird klar, dass sie die Kraft dazu hätte, das zu überleben.

„Ja, sie ist sogar sehr stark. Viel stärker als ich. Sie kommt ganz nach ihrer Mutter", antwortet Ferdinand stolz mit Tränen in den Augen.

„Gott wird seine Hand über sie halten, da bin ich mir sicher", sagt der Kommandant.

Dann denkt Ferdinand an seine Frau und an Erich.

„Wo ist der Rest meiner Familie?", fragt er panisch. Der Befehlshaber schaut irritiert. Er hat keine Antwort darauf.

„Was meinen Sie?", fragt er Ferdinand.

Er steht auf. „Meine Frau, mein Sohn. Waren sie auch dort? Haben sie überlebt?", fragt er.

„Beruhigen Sie sich, Soldat. Ich werde mich persönlich darum kümmern", antwortet sein Vorgesetzter. Er schaut sich um.

„Schwester, geben Sie Acht auf meinen Soldaten", sagt er zu einer Krankenschwester, die an einem Schreibtisch sitzt. Sie nickt und geht zu Ferdinand, der erneut kurz davor ist, seinen Verstand zu verlieren.

Der Befehlshaber geht an die frische Luft und greift zu seinem Telefon. Dann erteilt er den Befehl, am selben Ort und in der Umgebung nach Ferdinands Familie zu suchen. Er hat kein gutes Gefühl bei dieser Sache.

Welche Mutter würde ihre Kinder in ein Kriegsgebiet laufen lassen?

Doch er muss alles in seiner Machtstehende tun, um die Wahrheit zu erfahren. Er steht in Ferdinands Schuld. Es ist seine Aufgabe als sein Kommandant, und seine Pflicht als Verantwortlicher für den Angriff, der seine Töchter getroffen hat.

Als er zurück in den Warteraum geht, sieht er, wie die Krankenschwester und andere Angestellte damit kämpfen, Ferdinand zu beruhigen und ihn festzuhalten. Er scheint völlig neben sich zu sein. „Kunsk!", schreit der Kommandant und rennt auf ihn zu. Er packt ihn mit einem festen Griff. In dem Moment rammt eine Krankenschwester eine Spritze mit Beruhigungsmitteln in Ferdinands Oberschenkel.
Schließlich gibt Ferdinand nach.
Sie atmen auf. „Es ist sehr schwer für ihn. Das sind seine Töchter", sagt der Kommandant und nimmt Ferdinand in Schutz.

Ferdinand wacht auf einer Liege auf. Vor ihm sitzt sein Kommandant in einem Stuhl und schläft. Er muss kurz überlegen, doch ihm wird schnell wieder bewusst, wo er ist. Er steht auf und weckt dadurch seinen Kommandanten.
„Soldat", sagt er und richtet sich auf.
„Wie geht's meiner Tochter?", will Ferdinand wissen. Der Befehlshaber nickt zuversichtlich.
„Sie ist am Leben", antwortet er.
Sie ist am Leben! Rosa, seine Tochter, hat es geschafft! Ferdinand ist außer sich vor Freude und umarmt seinen Vorsitzenden. Ihm kommen Freudentränen. Rosa hatte tatsächlich überlebt.
Er wusste es. Seine Tochter ist die stärkste Person, die er kennt. Und er weiß noch nicht einmal, was sie alles im Krieg durchgemacht hat, während sie getrennt waren.
„Darf ich sie sehen?", fragt er voller Vorfreude. In diesem Moment betritt die Krankenschwester den Raum. „Herr Kunsk, wie fühlen Sie sich?", fragt sie.

„Ich will meine Tochter sehen. Wo ist sie?", fragt er. „Ich hole den Arzt", antwortet die Schwester und verlässt wieder den Raum.

Der Kommandant lächelt. „Sie hatten Recht, Soldat. Ihre Tochter ist wirklich eine Kämpferin", sagt er und klopft ihm auf die Schulter.

Es dauert nicht lange, bis der Arzt das Zimmer betritt. „Herr Kunsk, ich bin Dr. Umay. Zunächst möchte ich Ihnen mein Beileid für Ihren Verlust ausdrücken", sagt er und erinnert Ferdinand an die verheerende Wahrheit. Ferdinand nickt.

„Es gibt trotzdem gute Nachrichten. Die Operation verlief gut und Ihre Tochter hat es überstanden. Kommen Sie, ich bringe Sie zu ihr", sagt der Arzt souverän und hinterlässt einen vertrauenserweckenden Eindruck.

Ferdinand und der Kommandant richten sich auf.

Sie laufen dem Arzt hinterher. Auf dem Weg in Rosas Zimmer zählt der Arzt auf, welche Eingriffe er an seiner Tochter vorgenommen hat. Ferdinand versteht nur die Hälfte. Ihm ist nur wichtig, dass sie noch am Leben ist und er sie umarmen und ihr sagen kann, wie sehr er sie liebhat, wie stolz er auf sie ist.

Als sie vor ihrer Zimmertür ankommen, dreht sich der Arzt erneut zu Ferdinand. „Herr Kunsk, Ihre Tochter ist momentan nicht ansprechbar. Ich kann Ihnen nicht sagen, wann sie wieder aufwachen wird. Ihre Verletzungen waren sehr schwer und gravierend. Sie können nun zu ihr, doch sollten nicht lange bleiben", sagt er und öffnet Ferdinand die Tür.

Ferdinand schaut noch einmal die Gesichter an, die um ihn herumstehen. „Lasst mich bitte alleine mit meiner Tochter", sagt er und betritt dann das Zimmer.

Dort liegt sie. Er kann es nicht glauben. Seine geliebte Tochter ist vor ihm. Sie ist groß geworden, fast schon eine Frau.

Sie ist an verschiedenen Maschinen angeschlossen, doch durch diese kann er den Herzschlag seiner Tochter hören. Ihm kommen die Tränen beim Anblick seines Kindes.

„Du lebst", sagt er und greift nach ihrer Hand, als er sich neben sie auf ihr Bett setzt. Er hebt sie und küsst sie. In diesem Moment verspürt er ein extrem starkes Gefühl, dass seine Tochter, deren Hand er endlich wieder halten kann, alles ist, was er hat.

„Du bist mein Ein und Alles", flüstert er ihr zu.

Er redet mit ihr, als ob sie ihn hören könnte. All die Sachen, die sich in den Wochen des Krieges in ihm angesammelt haben. Die Worte, die er seinen Kindern so gerne noch gesagt hätte, bevor man ihn einberufen hat, teilt er nun mit Rosa. Es erleichtert ihn enorm, dass er das nun endlich tun kann.

„Ich hatte so große Angst ohne euch, und noch viel größere Angst um euch. Wo auch immer deine Mutter und dein Bruder sind. Ich weiß, dass du alles gegeben hast, um sie alle zu beschützen. Denn das bist du, du gibst mehr Acht auf die Menschen um dich herum als auf dich selbst.

Du bist eine großartige große Schwester und Tochter. Ich bin unendlich stolz auf dich. Bis zum letzten Moment warst du an der Seite deiner Schwester und hast sie beschützt, bis es zu viel wurde. Deine Schwester hat es leider nicht geschafft. Neben dir fanden sie ein Gewehr.

Du musst es bei dir getragen haben, als die Bomben hinter euch eingeschlagen sind. Es war geladen und wurde wohl benutzt.

Du bist der stärkste Mensch, den ich kenne und ich bin stolz darauf, dich meine Tochter nennen zu dürfen. Du hast bestimmt schneller zum Gewehr gegriffen als ich.

Ich bin gespannt darauf, mir all deine Heldentaten anzuhören, wenn du aufwachst. Ich kann es nicht erwarten für dich da zu sein, wie du für deine Familie da warst, dich in meinen Armen zu halten und dir zu sagen, wie viel du mir bedeutest", sagt er und ist sich dabei sicher, dass sie ihn hören kann.

Sie kann nur nicht antworten, aber das wird sie, sobald sie aufwacht.

Er steht auf und geht zur Tür, wo der Arzt, die Krankenschwester und der Kommandant warten. Er nickt als Zeichen, dass alles in Ordnung ist. „Herr Kunsk, wir werden Ihre Tochter, nachdem Sie aufgewacht ist, noch einige Tage hierbehalten. Es müssen noch einige Tests durchgeführt werden und sie wird eine Zeit lang unter Beobachtung stehen müssen, bevor wir sie entlassen können", erklärt ihm der Arzt. Ferdinand ist einverstanden.

„Und… was ist mit Marie?", fragt er anschließend.
Sein Kommandant macht einen Schritt und greift ein. „Wir werden uns um die Beerdigung kümmern. Sie brauchen sich keine Gedanken zu machen, Soldat", sagt er ihm.
„Und falls ich es unter diesen chaotischen Umständen vergessen habe, auch ich möchte Ihnen mein tiefstes Beileid ausdrücken", fügt er hinzu. Ferdinand nickt und ihm fließt eine Träne über das Gesicht. „Vielen Dank, Herr Kommandant", antwortet er.
Ferdinand dreht sich erneut zum Arzt. „Darf ich Marie noch ein letztes Mal sehen?", fragt er angeschlagen. Der Arzt nickt stumm. Sie werden zur Leichenhalle begleitet. Die Schwester und der Kommandant bleiben vor der Tür stehen.
Ferdinand betritt gemeinsam mit dem Arzt den Raum, in dem Marie mit einem Tuch bedeckt auf einem Metalltisch liegt.

Bei diesem Anblick kann er sich nicht mehr halten und stürzt zu ihr. Er streicht ihr über das Haar und ihre Wange.

„Mein kleiner Engel. Mein unschuldiger Engel. Was habe ich nur getan? Was habe ich getan?", fragt er und wird sichtlich wütend.

Der Arzt legt ihm seine Hand auf die Schulter. „Herr Kunsk, das ist der Krieg. Er hat keine Gewinner und die Schuldigen sind nicht diejenigen, die in diesen Kriegen kämpfen. Sie dürfen sich nicht die Schuld geben", erklärt ihm der Arzt. Ferdinand weint, während er seine verstorbene Tochter umarmt. „Das ist nicht fair", sagt Ferdinand und schluchzt.

„Am Krieg ist nichts fair. Herr Kunsk, Sie haben eine Tochter, die noch am Leben ist. Sie müssen stark für sie sein", sagt der Arzt. Ferdinand versteht das. Er bittet den Arzt um einen Moment, in dem er mit Marie alleine sein kann, um sich zu verabschieden. Der Arzt verlässt den Raum.

Einige Zeit später verlässt auch Ferdinand den Raum. Im Flur warten die anderen.

„Wie wird es jetzt weitergehen?", fragt Ferdinand.

„Gehen Sie nach Hause, Herr Kunsk. Nehmen Sie sich die Zeit, die Sie brauchen. Wenn Ihre Tochter aufwacht, lassen wir Sie es umgehend wissen", erklärt Dr. Umay.

Ferdinand fühlt sich in diesem Moment einsamer als auf dem Schlachtfeld im Krieg.

„Nach Hause?", fragt er bedrückt Der Kommandant schreitet ein „Ich kümmere mich darum", sagt er und reicht dem Arzt zum Dank und Abschied die Hand.

Ferdinand und der Kommandant werden von zwei Soldaten in einem Militärfahrzeug abgeholt. Man fährt sie in eine nahegelegene Kaserne. „Müssen Sie nicht zurück an die

Front?", will Ferdinand wissen. „Ich muss erst hier meine Pflichten erfüllen. Nach der Beerdigung werde ich zurückfahren. Übrigens, sind Sie von Ihrer Dienstpflicht befreit. Nehmen Sie sich so viel Zeit, wie Sie brauchen", antwortet ihm der Kommandant.

Ein rhythmisches Piepsen weckt Rosa langsam aus ihrem tiefen Schlaf. Als sie die Augen öffnet, wird sie geblendet von grellen Lichtern. Sie reibt sich langsam die Augen und merkt dabei, dass ein durchsichtiger Schlauch an ihrer linken Handoberfläche hängt. Sie sieht einen weiteren Schlauch und tastet ihn ab. Er führt in ihre Nasenlöcher. Auf ihr liegt eine kratzige graue Decke und darunter sind Kabel mit runden Aufklebern an ihrem Oberkörper befestigt. Sie schaut sich einen Moment lang um. Es dauert nicht lange, bis sie realisiert, dass sie in einem Krankenhaus oder einer ähnlichen Einrichtung ist.
Sie hat den Angriff des Kettenfahrzeugs überlebt?
Wo ist Marie? Ist sie auch noch am Leben?
Rosa richtet sich panisch im Bett auf. Dabei spürt sie Schmerzen am ganzen Körper.
„Hallo? Ist hier jemand?", ruft Rosa, doch bekommt keine Antwort. Sie schaut sich erneut um. In welchem Krankenhaus ist sie? In ihrem Dorf haben sie so etwas nicht.
Sie ruft erneut etwas lauter und dann betritt endlich eine ältere Dame das Zimmer. Sie trägt eine weiße Schürze und einen weißen Hut mit einem roten Kreuz darauf.
„Oh, Kleines, du bist ja wach", sagt die Frau erfreut.
„Wo ist meine Schwester? Hat sie überlebt?", fragt Rosa ungeduldig.
„Leg dich hin, meine Hübsche. Ich hole einen Arzt", sagt die Frau lächelnd und geht wieder aus dem Zimmer.

Was ist hier los? War das wirklich eine Krankenschwester?
Dann betritt nach einigen Augenblicken ein Arzt das Zimmer.
Er trägt einen weißen Kittel und hält ein Klemmbrett in der
Hand. Rosa ist völlig irritiert.

Der Arzt stellt sich zu Rosa ans Bett. „Wie fühlen Sie sich Frau
Kunsk? Wissen Sie wo Sie sind?", fragt er.

„Ich habe Schmerzen, aber ich weiß nicht, wo ich bin",
antwortet Rosa. Der Arzt macht sich Notizen auf seinem
Klemmbrett. „Wo ist meine Schwester?", will Rosa wissen.

„Frau Kunsk, wir müssen einige Tests machen, um sicher zu
gehen, dass die OP gut verlaufen ist", antwortet der Arzt und
tastet sie ab. Er stellt ihr etliche Fragen und scheinbar besteht
Rosa den Test, denn der Arzt packt irgendwann seinen Stift
wieder ein. „Sagen Sie mir wo meine Schwester ist", verlangt
Rosa nun. Der Arzt verlässt kommentarlos den Raum.

Was? Was soll das denn?

Was hat das zu bedeuten?

Doch dann betritt der Arzt erneut das Zimmer. Er ist aber
nicht alleine. Neben ihm ist ein Pfarrer mit einer Bibel in der
Hand und komplett in schwarz gekleidet.

Als Rosa den Pfarrer sieht, gerät sie in Panik.

„Nein! Nein, bitte sagen Sie mir, dass Marie überlebt hat!
Bitte!", ruft sie angstverzerrt.

„Bitte beruhigen Sie sich. Ich werde Ihnen alles, was passiert
ist, erzählen", sagt der Arzt.

Rosa platzt bald vor Neugier. Sie kann die Ungewissheit nicht
ertragen.

„Was ist passiert?", fragt sie und bekommt fast eine
Schnappatmung. „Sie sind seit gut zwei Wochen hier
Patientin", fängt der Arzt an.

Zwei Wochen? Das kann doch nicht sein. Hat sie zwei Wochen
geschlafen? Wieso hat Rosa davon nichts mitbekommen?

Sie versucht dem Arzt aufmerksam zuzuhören, während ihr unzählige Gedanken und Fragen durch den Kopf schießen.

„Sie und Ihre Schwester wurden bei einem Luftangriff schwer verletzt", erzählt der Arzt.

„Luftangriff? Aber, da war doch dieses Fahrzeug", antwortet Rosa irritiert. Der Arzt nickt. „So wie ich das verstanden habe, haben unsere Truppen einen Luftangriff auf die feindliche Stellung ausgeführt. Sie und Ihre Schwester fand man in der Nähe eines feindlichen Panzers", erklärt der Arzt.

„Und wo ist meine Schwester?", will Rosa nun endlich wissen, doch der Arzt schweigt. Er blickt auf den Boden und schüttelt den Kopf. „Sie hat den Angriff nicht überlebt. Sie ist in den Armen Ihres Vaters verstorben. Mein herzliches Beileid", sagt der Arzt.

Das darf nicht wahr sein. Marie ist gestorben. Plötzlich fühlt Rosa eine innere Leere und wieder einen stechenden Schmerz in ihrer Brust, wie damals, als sie ihre Mutter zum letzten Mal gesehen hatte.

Sie hatte es nicht geschafft, ihre Schwester zu beschützen. Sie konnte ihr Versprechen nicht einhalten. Sie versprach ihr, ihren Vater zu finden, doch schaffte es nicht.

Doch in diesem Moment realisiert sie, was der Arzt gesagt hat.

„Haben Sie gesagt, sie starb in den Armen unseres Vaters?", fragt sie. „Richtig, Ihres Vaters. An dem Tag war er an der Front und nach dem Angriff fand er Sie, seine Töchter", erklärt der Arzt.

Rosa ist völlig überfordert mit all diesen Informationen und weiß gar nicht, was sie fühlen soll. Ihr Vater war also doch am Leben und sie hatte es doch geschafft, ihn zu finden.

Sie hatte Marie tatsächlich zu ihrem Vater gebracht.

Rosa muss lächeln. „Und wo ist mein Papa?", fragt sie
überglücklich.

„Ihr Vater ist nur einen Telefonanruf entfernt. Ich habe die
Schwester bereits darum gebeten, ihn zu informieren",
antwortet der Arzt mit einem kurzen Lächeln.

Dann tritt der Pfarrer vor. „Frau Kunsk, der liebe Herr Gott…"
will er sprechen, doch Rosa unterbricht ihn. „Herr Pfarrer, bei
allem Respekt. Ich glaube nicht an Gott", sagt sie und wehrt
sein Gebet ab. Der Pfarrer ist schockiert. „Wie bitte?", fragt er
völlig entsetzt. „Ich tu es nicht", sagt Rosa und hebt dabei
eine Augenbraue. Der Pfarrer verlässt kopfschüttelnd und
wortlos den Raum. Der Arzt schaut sie an. „Frau Kunsk, bitte
lassen Sie mich oder die Schwestern wissen, wenn Ihnen was
fehlt", sagt er. Dann nickt er Rosa zum Abschied zu und
verlässt das Zimmer.

Rosa ist völlig überfordert mit der Situation.
Sie hat ihre Schwester verloren, aber ihr Vater ist am Leben.
Rosas Welt ist zerstört, denn sie verlor ihre Schwester so kurz
vor ihrem Ziel. „Papa wartet auf uns", sagte Marie mit einem
so hoffnungsvollen Blick. Sie konnte es nicht erwarten,
loszulaufen und nach Hause zu gehen.

Wieso bleibt ihr dieser Wunsch verwehrt, aber Rosa nicht?
Was hatte Rosa getan, dass sie es als einzige Überlebende
zurück nach Hause schaffte?
Hatte sie es verdient, wenn sie nicht einmal auf ihre
Geschwister aufpassen und sie beschützen konnte?
Was war Erichs Schuld?
Was war Maries Schuld?
Was war Emilias Schuld?

Wie könnte Rosa ihrem Vater in die Augen blicken und ihm gestehen, dass sie es nicht schaffen konnte?
Wie könnte sie ihrem Vater sagen, dass alle tot waren, nur sie nicht?
Und wie könnte sie ihrem Vater sagen, dass der einzige Grund, warum er sich von seiner Familie nicht verabschieden konnte, ihre dumme und verdammte Angst war?

Rosa verspürt einen gigantischen Hass gegen sich selbst. Sie ballt ihr Hand zu einer Faust, schreit auf und schlägt gegen ihr Bett, sich selbst und alles, was in Reichweite ist.
Sie kann nicht aufhören zu schreien.
Wie konnte man ihr jemals verzeihen, wenn sie sich selbst niemals verzeihen könnte?
Rosa wird panisch. Sie kann nicht mit dem Gedanken leben, ihrem Vater zu begegnen, ihm all diese Nachrichten übermitteln und ihm ihre Schuld gestehen zu müssen.
Damit würde sie das Leben ihres Vaters zerstören.
Das Leben des Mannes, den sie so sehr liebte, den sie so sehr brauchte und den sie niemals vergessen konnte.
Dieser Mann würde sie hassen, sie verabscheuen und fertig machen. Das erträgt Rosa nicht. Nicht einmal den Gedanken daran.

Sie setzt sich auf, reißt sich die Schläuche aus der Nase und aus der Hand und steht auf. Aus dem Einstichloch in der Hand fließt sofort Blut. Sie reißt sich die Verkabelung vom Oberkörper und aus dem regelmäßigen Piepen der daran angeschlossenen Maschine wird nun ein durchgehendes Geräusch. Sie schaut sich im Zimmer um.
Auf einem Stuhl hängt ihr olivgrünes Kleid, das sie trug. Sie nimmt es sich und zieht sich um. Noch während sie sich das

Patientenhemd auszieht, bemerkt sie, dass ihre Brüste größer geworden sind. Sie ist kurz verwundert, doch, sie schenkt dem nicht länger Aufmerksamkeit.

Sie zieht sich ihr Kleid über und schaut aus dem Fenster.

Das ist das Erdgeschoss! Rosa öffnet das Fenster und springt hinaus.

Sie rennt los und kann dabei ihre Tränen nicht mehr unterdrücken. Sie verliert erneut die Kontrolle über ihre Emotionen. Schon wieder ist sie auf der Flucht.

Würde sie das bereuen?

Rosa hört nicht auf zu laufen. Sie darf es nicht riskieren, ihrem Vater zu begegnen oder sich erwischen zu lassen.

Sie hat keine Ahnung, wo sie ist. Dieser Ort ist nicht ihre Heimat. Das ist nicht ihr Dorf. Es ist eine große Stadt. Überall sind Menschen und Autos und jeder ist schick gekleidet.

Wo ist Rosa?

Ist der Krieg vorbei?

Ist sie in einem anderen Land?

Rosa wird langsamer, als sie in eine belebte Gegend der Stadt ankommt. Sie ist fasziniert von der Gelassenheit mancher Menschen, der Hektik der anderen im Trubel der Stadt und dem Anblick der schieren Größe der Häuser.

Plötzlich wird sie von einem Mann in einem Hut angesprochen. Rosa erschrickt. „Entschuldigen Sie, ich suche den Bahnhof", sagt der Mann. Rosa schaut ihn ahnungslos an. Der Mann wiederholt sich, doch als er von ihr keine Antwort bekommt, läuft er weiter und fragt jemand anderen.

Dann erst realisiert Rosa, was passiert ist.

„Ein Bahnhof?", fragt sie sich und läuft dem Mann hinterher, als er eine Wegbeschreibung erhält und los eilt.

Plötzlich steht vor ihr ein riesiges imposantes Gebäude mit so hohen Fenstern, wie sie sie noch nie gesehen hatte.

Rosa betritt das Gebäude und ist überwältigt von der Menschenmenge.

Überall hängende riesige Schilder und Tafeln. Darauf stehen Ortschaften, von denen ihr ihre Eltern erzählt hatten und verschiedene Uhrzeiten. Es gibt viele verschiedene Geschäfte und Theken, an denen sich Menschen anstellen. Es ist sehr laut. Jeder redet. Menschen verabschieden und begrüßen sich. Dann sieht Rosa einen Obststand auf einem gutbesuchten Markt in diesem Gebäude.

Dort liegen im Licht glänzende Äpfel in verschiedenen Farben. Rosa läuft das Wasser im Mund zusammen. Sie hat enormen Hunger. Sie nähert sich dem Laden und schaut sich um, ob sie jemand beobachtet, dann greift sie nach einem Apfel und rennt los. Doch keiner schreit ihr hinterher. Sie wurde nicht bemerkt. Trotzdem schämt sie sich. Diebin.

Das Gebäude hat auf der anderen Seite ebenfalls Türen und Ausgänge. Die Menschen laufen in diese Richtung.

Was ist das hier?

Rosa läuft ihnen hinterher und verlässt das Gebäude wieder. Jetzt ist sie an einem Bahnsteig. Menschen stehen da und warten. Sie haben fast alle Gepäck bei sich.

Rosa geht zu einer älteren Frau, die alleine wartet und spricht sie an. „Worauf warten Sie hier?", fragt sie.

Die Frau ist etwas irritiert, doch muss lachen.

„Na, ich warte hier auf die Lokomotive", antwortet sie.

Rosa kommt sich dumm vor. „Was ist das?", fragt sie weiter.

Die Frau ahnt, dass Rosa nicht von dieser Gegend ist und vermutlich noch nie eine Lokomotive gesehen hat.

„Das ist ein großes Gefährt, in das ich einsteige. Und das wird mich ganz weit wegfahren", erklärt sie halbironisch.

Sie würde ganz weit wegfahren.

Rosa denkt nach. Sie ist fasziniert von dem Gedanken, ganz weit wegzufahren, alles hinter sich zu lassen.

Sie müsste nur in die Lokomotive einsteigen.

Sie denkt noch einmal an ihre Familie zurück. Wie gerne würde sie die Zeit zurückdrehen und mit ihnen in diese Lokomotive einsteigen?

Rosa trifft eine Entscheidung. Es fällt ihr überaus schwer, doch das wäre die Möglichkeit für einen Neuanfang.

Sie läuft einige Schritte auf dem Bahnsteig, doch bleibt dann stehen. Sie wird es tun.

Während sie auf die Lokomotive wartet und sich ihre unbekannte Zukunft ausmalt, beißt sie in den Apfel, und in dem Moment, als sie das erste Stück herunterschluckt, wird ihr plötzlich sehr übel.

Sie schaut sich um und eilt zu einem Mülleimer, den sie sieht, und übergibt sich.

War der Apfel schlecht?

Das kann doch nicht der Grund sein. Sie hatte zusammen mit Marie Schlimmeres gegessen und ihr ging es danach gut.

Sie hält den angebissenen Apfel vor sich und dreht ihn langsam. Sie inspiziert ihn.

Auf einmal muss sie an die alten Zeiten denken, als sie mit der ganzen Familie zur Apfelernte gefahren sind. Sie muss an die Zeiten denken, in denen sie glücklich waren und vor nichts und niemandem fliehen mussten. Sie denkt an ihren Vater, der es schaffte, es sich nicht anmerken zu lassen, der aber angeschlagen war, nur weil seine Kinder an dem einen Abend keinen Apfelsaft trinken konnten. Er verkraftete es nicht seine Kinder traurig zu sehen, auch wenn der Grund ein einfacher Apfelsaft war.

Das alles bemerkte Rosa und hatte deshalb eine spezielle Bindung zu ihm. Sie wollte immer an seiner Seite sein, nicht weil er ihr Vater war und sie beschützte, sondern auch weil sie seine schwachen Seiten kannte und ihn beschützen wollte.

Rosa kommt nicht über den Tod ihrer Mutter und ihrer Geschwister hinweg. Wie denn auch?
Sie starben alle vor ihren Augen. Sie hat so viel gesehen und jetzt, da sie jemanden hätte, mit dem sie das Gesehene teilen könnte, würde sie davor fliehen?

Sie hört ein lautes Pfeifen. Als sie den Gleisen entlang schaut, sieht sie eine riesige schwarze Wolke in den Himmel aufsteigen und dann erkennt sie die imposante schwarze Maschine auf eisernen Rädern. Das ist die Lokomotive. Selbst darüber schreibt man Bücher. Dann, als die Maschine am Bahnhof eintrifft, wird sie langsamer und bleibt schließlich mit einem lauten Quietschen stehen und zischt.

Welche Abenteuer würden sie darin erwarten?

Rosa wirft den Apfel in den Mülleimer.

© 2024 Jefferson Mustafa
Verlag: BoD · Books on Demand GmbH, Überseering 33,
22297 Hamburg, bod@bod.de
Druck: Libri Plureos GmbH, Friedensallee 273,
22763 Hamburg
ISBN: 978-3-8423-6844-6